«La primera trilogía erótica de Irene Cao tiene como telón de fondo la laguna de Venecia. Más pasional que *Cincuenta sombras de Grey*. Hay sexo, y en abundancia. Pero no enseguida, porque está dosificado como se debe».

IL GIORNALE

«Tres libros escritos como un mapa sensorial para el descubrimiento del placer y de los vórtices del erotismo. [...] Rizzoli apuesta por una joven y prometedora escritora del norte, nueva sacerdotisa erótica investida del redescubrimiento de un epicureísmo moderno que hunde sus raíces en la tradición italiana del arte, de la cocina y del *savoir-faire* latino».

GAZZETINO

Yo te miro

Yo te miro
Irene Cao

S

Título original: *Io ti guardo*
© 2013, RCS Libri S.p.A., Milán
© De la traducción: 2013, Patricia Orts
© De esta edición: 2014, Santillana USA Publishing Company
2023 N.W. 84th Ave.
Doral, FL, 33122
Teléfono: (305) 591-9522
Fax: (305) 591-7473
www.prisaediciones.com

Diseño de cubierta: Compañía

Primera edición: Febrero de 2014

Printed in USA by HCI Printing

ISBN: 978-1-62263-652-5

PRISA EDICIONES

A Manuel, mi hermano

1

El amarillo absorbe la luz del sol, se torna naranja y después adquiere un matiz rojo encendido. Un corte, poco menos que una herida, deja entrever los minúsculos granos de color morado resplandeciente. Hace horas que mis ojos están clavados en esta granada. Es un simple detalle, desde luego, pero es a la vez la clave del mural.

El tema es el rapto de Proserpina, una instantánea del momento en que el severo señor de los infiernos, un Plutón envuelto en la nube purpúrea de su túnica, aferra con fuerza por la cintura a la diosa, que está cogiendo una enorme granada a orillas de un lago.

El fresco no está firmado, de manera que el autor está rodeado por un halo de misterio. Lo único que sé es que vivió a principios del siglo XVIII y que tuvo que ser un auténtico genio, considerando el estilo del dibujo, los granos del color y el delicado juego de sombras y claroscuros. Estudió cada pincelada, y yo me esfuerzo para estar a la altura de su voluntad de perfección. A distancia de varios siglos, mi tarea es interpretar su gesto creativo y reproducirlo en el mío.

Esta es la primera restauración merecedora de ese nombre que me han encargado y en la que trabajo completamente sola. A mis veintinueve años, la siento como una gran responsabilidad, pero también con una pizca de orgullo: desde que salí de la Escuela de Restauración he estado esperando una oportunidad y ahora que ha llegado haré todo lo que pueda para ser digna de ella.

Por eso estoy aquí, subida desde hace horas en esta escalera, vestida con un mono de tela encerada y un pañuelo rojo que sujeta el casco marrón —aunque algunos mechones rebeldes se obstinan en soltarse y me tapan los ojos—, sin dejar de mirar a la pared. Por suerte aquí no hay espejos, porque a buen seguro tengo la cara demacrada y ojeras. Da igual. Son las señales visibles de mi determinación.

Miro por un momento afuera: soy yo, Elena Volpe; estoy sola en el inmenso vestíbulo de un palacio antiguo que lleva mucho tiempo deshabitado y que está situado en el corazón de Venecia. Soy, ni más ni menos, lo que quiero ser.

He pasado una semana limpiando el fondo del fresco y hoy usaré el color por primera vez. Una semana es mucho tiempo, puede que demasiado, pero no he querido arriesgarme. Hay que proceder con la máxima precaución, porque basta equivocarse en una pincelada para comprometer todo el trabajo. Como decía uno de mis profesores: «Si lo limpias bien, tienes medio trabajo hecho».

Algunas partes del fresco están completamente destrozadas, así que tendré que resignarme a enlucirlas de nuevo con yeso. La culpa es de la humedad de Venecia, que penetra todo: la piedra, la madera, el ladrillo. No obstante, alrededor de las zonas dañadas hay otras en las que los colores han conservado todo su brillo.

Esta mañana, mientras subía por la escalera, me dije: «No bajaré hasta que no encuentre los tonos justos para la granada». Pero ahora pienso que tal vez me dejé llevar por el optimismo… Ni siquiera sé cuántas horas han pasado; sigo aquí, probando toda la escala del rojo, del naranja y del amarillo sin dar con un resultado que me satisfaga. He tirado ya ocho cuencos de prueba en los que mezclo los polvos pigmentados con un poco de agua y unas cuantas gotas de aceite para dar consistencia al compuesto. Cuando estoy a punto de aventurarme con el noveno cuenco oigo un timbre. Procede del bolsillo del mono. Por desgracia. De nada sirve tratar de ignorarlo, así que cojo el móvil, corriendo un gran riesgo de caerme, y leo el nombre que parpadea con insistencia en la pantalla.

Es Gaia, mi mejor amiga.

—Ele, ¿qué tal? Estoy en el Campo Santa Margherita. ¿Vienes a beber algo al Rosso? Hay más gente de lo habitual, es estupendo, ¡vente! —dice de golpe, sin preguntarme antes si me pilla en buen momento y sin dejarme hablar, dado que lo único que pretende es que le responda enseguida.

Gaia está en plena fase mundana. Mi amiga trabaja para los locales de moda de la ciudad y del Véneto, organiza eventos y fiestas vip. Empieza a eso de las cuatro de la tarde y no para hasta altas horas de la noche. Pero para ella no se trata exclusivamente de un trabajo, sino de una auténtica vocación; apuesto a que lo haría igual aunque no le pagaran.

—Perdona…, ¿qué hora es? —pregunto intentando contener el chorro de palabras.

—Las seis y media. Entonces ¿qué?, ¿vienes?

El Rosso es un pub donde se reúne la juventud veneciana que no da golpe, el tipo de personas que necesitan a alguien como Gaia para saber cómo ocupar sus veladas.

Dios mío, ¿ya es tan tarde? El tiempo ha pasado volando y no me he dado ni cuenta.

—Ele…, ¿sigues ahí? ¿Estás bien? Di algo, coño… —Gaia grita y su voz me taladra el tímpano—. Ese maldito fresco te está agilipollando…, ¡debes venir aquí enseguida! Es una orden.

—Vamos, Gaia, media hora más, te lo prometo —inspiro hondo—, pero cuando acabe me iré a casa. No te enfades, por favor.

—Claro que me enfado. ¡Eres una capulla! —suelta.

Un clásico. Representamos siempre la misma escena: al cabo de dos segundos vuelve a estar serena y feliz. Menos mal que en lo que concierne a mis negativas Gaia tiene memoria de pez.

—Vale, escucha: ve a casa si quieres, descansas un poco y más tarde vamos al Molocinque. Solo te digo que tenemos dos entradas para el *privé*...

—Gracias por pensar en mí, pero no tengo ninguna gana de meterme en ese maremágnum —me apresuro a decir antes de que siga.

Sabe que no soporto las multitudes, que soy poco menos que abstemia y que para mí bailar significa, en el mejor de los casos, mover un pie al ritmo de la música; un ritmo muy personal, a decir verdad. Soy tímida, no me va ese tipo de diversión, me siento siempre fuera de lugar. Pero Gaia no da su brazo a torcer: una y otra vez trata de arrastrarme a sus veladas. Y en el fondo, pese a que nunca se lo confesaré, se lo agradezco.

—¿Has acabado ya de trabajar? —le pregunto, intentando alejar la conversación de territorios potencialmente peligrosos.

—Sí, hoy me ha ido genial. He estado con una directora rusa. Hemos pasado tres horas en Bottega Veneta mirando bolsos y botas de piel, luego la llevé a Balbi y allí a la señorona le dio por comprar dos jarras de cristal de Murano. Por cierto, en Alberta Ferretti he visto un par de vestidos de la nueva colección que parecen hechos a propósito para ti. De un color beis que quedaría fantástico con el tono avellana de tu pelo... Un día de estos vamos y te los pruebas.

Cuando no está ocupada sugiriendo a la gente adónde ir por la noche, Gaia les explica cómo gastarse el dinero: en la práctica, es una *personal shopper.* Es ese tipo de mujer que tiene las ideas claras sobre todo y una gran habilidad para convencer a los demás. Tan grande que algunos están incluso dispuestos a pagar con tal de dejarse convencer.

Yo, sin embargo, no: a lo largo de los veintitrés años de amistad que nos unen he desarrollado anticuerpos.

—Claro que iremos; así acabarás comprándotelos tú, para variar.

—Tarde o temprano conseguiré que te pongas algo decente. ¡Has de saber que el reto que tengo contigo sigue pendiente, querida!

Desde que éramos adolescentes Gaia lleva adelante la cruzada contra mi forma, digamos un poco descuidada, de vestir. Para ella ir con vaqueros y zapato plano no representa una cómoda posibilidad, sino la intención explícita e incomprensible de mortificarse. Si fuera por ella, iría todos los días a trabajar con minifalda y unos tacones de doce centímetros, sin importar que luego tenga que subir y bajar por unas escaleras de pintor como mínimo poco peligrosas o que pase horas en ciertas posiciones que, desde luego, no se pueden definir como cómodas. «Si yo tuviese tus piernas…», me repite siempre. Y luego me recita el mantra de Coco Chanel: «Hay que ir siempre elegantes, todos los días, porque el destino puede estar esperándonos a la vuelta de la esquina». De hecho, no sale de casa si no está perfectamente maquillada, peinada y con los complementos adecuados.

A veces resulta increíble comprobar hasta qué punto estamos en las antípodas. Si no fuera mi mejor amiga, es muy probable que no la soportara.

—Pero, Ele —vuelve a la carga, impasible—, esta noche tienes que venir al Molo…

—Vamos, Gaia, no te enfades, te he dicho que no puedo.

Cuando se le mete una cosa en la cabeza me saca de mis casillas.

—Pero ¡si va a venir Bob Sinclar!

—¿Quién? —le pregunto, a la vez que en mi frente parpadea la frase FILE NOT FOUND.

Gaia resopla exasperada:

—El DJ francés, ese tan famoso. Estaba en el jurado de la Mostra del Cinema hace una semana…

—¡Ah, en ese caso…!

—Sea como sea —prosigue como si nada pudiese hacer mella en ella—, sé de buena tinta que en el *privé* habrá varios personajes famosos, entre los cuales, ojo al parche, estará… —hace una pausa estudiada— ¡Samuel Belotti!

—Dios mío, ¿el ciclista de Padua? —gimo irritada, en un tono de total desaprobación. Es uno de los numerosos medio novios «famosos» que Gaia ha ido sembrando por todos los rincones de Italia.

—Ni más ni menos.

—No entiendo qué ves en él; es un cretino, un arrogante, no sé por qué te parece tan estupendo. —Tampoco en cuestión de hombres tenemos los mismos gustos.

—Pues porque sé dónde es tan estupendo… —replica riéndose.

—De acuerdo. —Paso de largo—. ¿Y a él le apetece?

—Le he escrito un SMS. No me ha respondido, ahora está con la bailarina de la tele —explica exhalando un suspiro—, pero yo no cejo, porque no me ha dado del todo el pasaporte... Creo que solo está ganando tiempo.

—No sé cómo te las arreglas para conocer a cierta gente, aunque quizá prefiero no saberlo.

—Trabajo, querida, puro trabajo —dice, y puedo imaginar de maravilla la sonrisita maliciosa que tiene dibujada en este momento en la cara—. Las relaciones públicas, ya se sabe, requieren un gran esfuerzo...

—Las palabras «trabajo» y «esfuerzo» dichas por ti suenan vacías, carentes de significado —la provoco escondiendo una pizca de envidia. En eso me gustaría parecerme un poco a ella, lo reconozco. Yo soy toda rigor y sentido de la responsabilidad; ella, ligereza y descarada inconsciencia.

—No me quieres, Ele. ¡Eres mi mejor amiga y no me quieres! —dice risueña.

—Como quieras, ve al Molo y diviértete. ¡Y procura no cansarte demasiado, querida!

—La verdad es que siempre me dices que no..., pero me importa un comino, seguiré machacándote, ya lo sabes. No me rindo así como así, cariño...

Claro que lo sé. Todo ese teatro es nuestra manera de decirnos cuánto nos queremos.

—Es que ahora estoy pasando por un momento muy malo; no puedo acostarme a las tres, si no mañana no me levantaré.

—De acuerdo, te dejo ganar por esta vez. —Por fin…—. ¡Pero tienes que prometerme que este fin de semana nos veremos! —concluye, yendo al grano.

—Te lo prometo. A partir del sábado estoy a tu disposición.

Tengo que tirar también el noveno cuenco de rojo Tiziano: he acercado el color a la piel de la granada y es evidente que aún no lo he conseguido. Me resigno a volver a empezar desde el principio, pero un ruido a mis espaldas llama mi atención. Alguien ha entrado por la puerta principal y está subiendo la escalinata de mármol: son pasos de hombre, sin duda; por un momento he temido que Gaia hubiese improvisado algo. Me apresuro a bajar por la escalera de mano procurando no tropezar con los cuencos que he dejado caer de cualquier manera sobre la tela protectora.

La puerta del vestíbulo se abre antes de lo previsto y en el umbral aparece el cuerpo seco de Jacopo Brandolini, el propietario del palacio, además de mi cliente.

—Buenas tardes —lo saludo con una sonrisa de circunstancias.

—Buenas tardes, Elena —me contesta sonriéndome a su vez—, ¿cómo va el trabajo?

Al tiempo que se anuda a la altura del pecho las mangas del suéter —de cachemira, claro está— que lleva sobre los hombros, mira el cementerio de cuencos que se extiende a nuestros pies.

—Muy bien —miento, asombrada de mi descaro, pero no me apetece explicarle los detalles que, en cualquier caso, no comprendería. No obstante, debo añadir algo para aparentar tono profesional—: Acabé de limpiar ayer y a partir de hoy puedo concentrarme en el color.

—Estupendo. Confío en usted, dejo todo en sus manos —dice alzando la mirada del suelo y posándola en mí. Sus ojos son pequeños y azules, dos grietas de hielo—. Como ya sabe, me interesa mucho ese mural. Quiero que quede lo mejor posible. A pesar de que no está firmado, se ve que el autor tenía buena mano.

Asiento con la cabeza.

—El que lo pintó era, sin lugar a dudas, un gran maestro —me apresuro a decir.

Brandolini esboza una sonrisa que revela un punto de satisfacción. Tiene cuarenta años, pero aparenta varios más. Su apellido es antiguo —es el vástago de una de las familias de nobles venecianos más célebres— y también él lo parece un poco. Es delgadísimo, tiene la tez clara, la cara demacrada y nerviosa y el pelo rubio ceniza. Además, se viste como un viejo. O, mejor dicho, la ropa produce sobre él un efecto extraño, un tanto retro; por ejemplo, en este momento lleva un par de vaqueros Levi's y una camisa azul de manga corta, pero, dado que parece flotar dentro de ella debido a lo delgado que está, el resultado tiene algo de añejo que no sabría explicar. Con todo, se dice que el conde tiene un discreto éxito con las mujeres. Es muy rico, no me lo puedo explicar de otra forma.

—¿Cómo se encuentra aquí? —pregunta al tiempo que mira alrededor como si estuviese verificando que todo está en su sitio.

—¡De maravilla! —respondo a la vez que me suelto el pañuelo que llevo al cuello, consciente de que mi aspecto no es muy presentable.

—Si necesita algo pídaselo a Franco. Si hay que ir a buscar material puede mandarlo a él.

Franco es el portero del palacio. Es un hombrecillo achaparrado y muy simpático, aunque también discreto y silencioso. En los diez días que llevo trabajando aquí solamente nos hemos cruzado dos veces: en el jardín del patio interior, mientras él regaba el *agapanthus*, y delante de la puerta de entrada, mientras sacaba brillo a los picaportes de latón.

—Me las arreglo muy bien sola, gracias. —Me doy cuenta demasiado tarde de que mi respuesta es un poco brusca y me muerdo la lengua.

Brandolini alza los brazos en señal de rendición.

—En cualquier caso —carraspea—, he pasado para decirle que a partir de mañana habrá un inquilino en el palacio.

—¿Un inquilino?

No. No es posible. No estoy acostumbrada a trabajar con gente alrededor creando confusión.

—Se llama Leonardo Ferrante, es un célebre chef de origen siciliano —me explica complacido—.Viene directamente de Nueva York para abrir nuestro nuevo restaurante en San Polo. Supongo que sabrá que lo inauguramos dentro de tres semanas.

En colaboración con su padre, el conde dirige ya dos restaurantes en Venecia; uno se encuentra detrás de la plaza de San Marcos y el otro, más pequeño, al abrigo del puente de Rialto. Los Brandolini tienen otro en Los Ángeles, además de dos clubes privados, un café y una residencia. El año pasado abrieron dos más en Abu Dabi y en Estambul. En fin, que no es raro ver fotografías suyas en las revistas de papel satinado o de cotilleo que tanto le gustan a Gaia.

A mí lo mundano no me interesa. Pero, sobre todo, lo último que necesito ahora es que algo me estorbe.

—Hemos dado saltos mortales para hacerlo todo en poco tiempo y, como sabe, la logística veneciana no es de gran ayuda —prosigue él sin notar mi contrariedad—, pero cuando se desea algo con intensidad el esfuerzo que se hace para obtenerlo no pesa.

Por si fuera poco, también da lecciones de vida. Asiento mecánicamente con aire de aprobación. La idea de tener que trabajar con un desconocido vagando por el palacio me irrita sobremanera. ¿Cómo es posible que Brandolini no entienda que el mío es un trabajo delicado? ¿Que basta una nimiedad para que pierda la concentración y lo ponga en peligro?

—Ya verá que se lleva de maravilla con Leonardo, es una persona exquisita.

—No lo dudo, el problema es que este vestíbulo…

No me deja acabar.

—No puedo obligarlo a vivir en una fría habitación de hotel —continúa Brandolini con el aplomo de quien no tiene que pedir permiso a nadie—. Leonardo es un espíritu libre y aquí se sentirá a sus anchas, podrá cocinar cuando quiera, desayunar de noche y comer por la tarde, leer un libro en el jardín y disfrutar del canal desde la terraza.

Estoy en un tris de hacerle notar que desde el vestíbulo donde trabajo se accede a las restantes habitaciones del palacio, que no hay otro acceso y que, por tanto, el tipo en cuestión pasará por aquí a saber cuántas veces al día. Pero Brandolini también lo sabe, así que, evidentemente, ha decidido hacerse el sueco. Dios mío, estoy al borde de una crisis de nervios.

—¿Cuánto tiempo se quedará aquí el chef? —pregunto deseando que la respuesta sea alentadora.

—Al menos dos meses.

—¡¿Dos meses?! —repito sin molestarme ya por ocultar mi irritación.

—Sí, dos meses, puede que incluso más, al menos hasta que el restaurante esté completamente en marcha. —El conde se vuelve a ajustar el suéter en los hombros, luego me mira resuelto a los ojos—. Espero que no le suponga un problema. —Como si pretendiese decir: «Lo quiera o no, tendrá que aguantarse».

—Bueno, si no hay más remedio… —Que, a su vez, es mi manera de decir: «No me apetece en absoluto, pero ¿qué puedo hacer?».

—De acuerdo, en ese caso le deseo un buen trabajo. —Me tiende su fina mano—. Adiós, Elena.

—Adiós, señor conde.

—Me llamo Jacopo, por favor.

¿Trata de dorarme la píldora acortando las distancias? Le concedo una sonrisa forzada.

—Adiós, Jacopo.

Cuando sale Brandolini me siento en el sofá de terciopelo rojo que hay pegado a la pared este de la sala. Me encuentro inquieta, intolerante: he perdido la concentración. No quiero saber nada de su restaurante, de su aristocrático chef, me importa un carajo su inauguración de las mil y una noches. Lo único que quiero es trabajar en paz, sola y en silencio. ¿Pido tanto? Me llevo las manos a la cabeza y miro los cuencos abarrotados de pintura al temple que parecen estar allí con el único objetivo de echarme en cara mi fracaso. Haciendo un gran esfuerzo decido ignorarlos. ¡Al infierno también el mural! Son las siete y media y mi concentración se ha ido a hacer puñetas. Basta. Estoy cansada. Me voy a casa.

Salgo a la calle y me dejo envolver por el aire húmedo y dulzón del mes de octubre. Se siente ya el fresco de la noche. El sol se ha puesto casi por completo en la Laguna y empiezan a encenderse las farolas.

Recorro las calles a paso rápido, con la mente luchando aún por liberarse. Tengo la impresión de que ha quedado atrapada en el polvoriento vestíbulo y temo que permanezca allí mucho tiempo, dada mi propensión a rumiar las cosas. Gaia y mi madre me lo suelen reprochar: dicen que cuando se me mete algo en la cabeza me abstraigo, que estoy distraída, en las nubes. Es cierto, me pierdo de buena gana en mis pensamientos, los secundo cuando me llevan lejos…, pero es tan solo una pequeña evasión de la realidad, un vicio personal al que no estoy dispuesta a renunciar. Por eso me encanta andar sola por la calle: dejo que sean mis pies los que me guíen con la mente finalmente libre y sin nadie que exija ser el centro de mi atención.

Una leve vibración me obliga a volver de golpe a la realidad. Tengo un SMS sin leer en la pantalla del iPhone.

Bibi, ¿vienes al cine? Esta noche ponen la última de Sorrentino en el Giorgione. Besos

Filippo. Alguien con el que me apetece pasar la velada, incluso después de un día como este, pero no creo tener la energía suficiente para arrastrarme hasta el Giorgione. Estoy agotada y no me entusiasma la idea de encerrarme durante dos horas en una sala. Necesito repantigarme en un sofá.

De manera que le envió este:

¿Y si cenamos en mi casa y luego vemos una película? Estoy muerta, no creo que hoy pueda disfrutar de Sorrentino...

Contestación inmediata:

Ok. Nos vemos en tu casa ;-)

Conozco a Filippo desde la época de la universidad. Nos vimos por primera vez en el curso de Arquitectura de Interiores; yo aún era una novata, en su caso era el tercer año. Un día me propuso que estudiásemos juntos y yo acepté. Me parecía alguien del que me podía fiar, sentía, de ma-

nera aún misteriosa, que entre nosotros existía cierta afini-
dad. No tenía ninguna razón en especial para pensar así, lo
sabía sin más.

De manera que nos hicimos amigos enseguida. Íbamos juntos a las exposiciones, al cine, al teatro. O pasá-
bamos noches enteras charlando. Filippo me llama «Bibi»
desde entonces. Me repetía una y otra vez que me parecía
a una tal Bibi de un cómic japonés que había leído,
un personaje un poco torpe y con tendencia a rumiarlo
todo y a perderse en fantasías retorcidas y carentes de
sentido.

Después de la universidad, no recuerdo bien por qué,
nos perdimos un poco de vista. Hace un año Gaia me dijo
que él había empezado a trabajar para Carlo Zonta, un famoso arquitecto italiano, y que se había mudado a Roma.

Luego, hace un mes, como si solo hubiese pasado un
día desde aquellos años que me parecían ya tan remotos,
volvió a dar señales de vida con un correo electrónico: «He
vuelto a Venecia. ¿Cuánto tiempo hace que no vamos al
palacio Grassi?». Una invitación inesperada que me pilló
tan desprevenida que, de repente, me di cuenta de lo mucho que lo había echado de menos. Acepté al vuelo.

Era la primera vez que volvíamos a vernos después
de mucho tiempo y, sin embargo, daba la impresión de que
nada había cambiado. Paseamos por las salas del museo
con calma, parándonos delante de nuestras obras preferi-
das —yo recordaba aún las suyas y él las mías— y contán-
donos nuestras vidas desde el momento en que nos habíamos perdido de vista.

Después nos volvimos a ver: una vez salimos a cenar y otra al cine. Nos dijimos también que sería estupendo organizar un reencuentro con los demás compañeros de universidad, pero, quién sabe por qué, ni siquiera lo intentamos.

Falta poco para las nueve y el sonido del telefonillo me obliga a salir del cuarto de baño con un poco de maquillaje en los ojos y el pelo recogido, como aquel que dice. Me obligo a no pensar en la expresión que pondría Gaia si me viese de esta guisa. Abro la puerta en vaqueros, camiseta de tirantes blanca y chanclas, y mientras espero a que suba me sumerjo en una sudadera enorme. Es mi look casero, pero estoy segura de que Filippo no se escandalizará...

Sube corriendo la escalera con dos cajas de pizza en las manos. Cuando llega lo recibe la voz dulce y cálida del último CD de Norah Jones.

—¡Vamos, deprisa, que se enfrían! —dice nada más entrar. Tira al suelo su bolsa, me da un beso fugaz en la mejilla y se dirige como un rayo a la cocina.

—¿Tienes hambre?

Lo sigo y hago sitio en la mesa.

—¡Me estoy muriendo de hambre!

Ha abierto ya un cajón —tras adivinar enseguida el correcto, pese a que hace años que no mete el pie en mi piso— y ha encontrado el cortador de pizza. Se ocupa en primer lugar de la mía.

Lo miro. Su cara es, en cierta manera, abierta y luminosa, casi tranquilizadora; quizá esa sea otra de las razones por las que decidimos ser amigos en la universidad. Tiene unos ojos grandes y profundos, de forma alargada; pasarían por asiáticos si no fuera porque son verdes y por la mata de pelo rubio y desgreñado que le cubre la cabeza.

—Verdura sin pimientos, tu preferida —me dice al tiempo que me tiende la pizza ya troceada.

Se acuerda hasta de eso. Asiento con la cabeza complacida y él me escruta con sus ojos, que son casi una anomalía y que capturan a la fuerza la mirada. Permanecemos así un segundo; luego Filippo se concentra de nuevo en la pizza y yo me pongo a buscar los vasos por hacer algo. Es apenas un instante, pero los dos somos conscientes de que el aire está cargado de una extraña electricidad.

—Esta noche yo también soy vegetariano, así te sentirás menos sola —dice mientras abre la segunda caja. Sonríe, dejando a la vista sus dientes, blancos y regulares. Otra cosa que me gusta de él. Al igual que el hoyuelo que tiene en la mejilla derecha—. No obstante, Bibi, ¿te puedo decir que la pizzería de abajo es un asco?

—Sí, puedes decírmelo —contesto a la vez que doy el primer mordisco a la pizza—; de todas formas seguiré yendo…, es el único medio rápido e indoloro que tengo para alimentarme.

—¿No será que ha llegado la hora de que aprendas a cocinar?

Finjo que reflexiono sobre ello un par de segundos antes de responder:

—No.

Coge una aceituna de su pizza y me la tira.

Después de cenar, mientras preparo mi infusión de melisa, Filippo echa un vistazo a mis DVD, que están colocados de cualquier manera en el último estante de la librería.

—¿Y esto? —Se echa a reír—. ¿De dónde sale? —dice agitando en el aire la funda de *¿Bailamos?*

—¡Dios mío, Gaia debió de olvidarlo aquí hace tiempo! —Me tapo la cara con un brazo.

Me mira con aire grave y comprensivo.

—A mí me da igual… Puedes decírmelo, si ahora te gustan estas cosas no debes avergonzarte; admitirlo es el primer paso para superarlo. Puedes hablar con un amigo…, si quieres puedo ayudarte.

—Idiota.

El cine es una de las pasiones que Filippo y yo siempre hemos compartido. A menudo nos veíamos en los foros de cine universitarios, los dos solos en la sala, y nos quedábamos a mirar hasta los créditos del final de las películas desconocidas de unos directores ignotos, pertenecientes a una soporífera e igualmente olvidada vanguardia rusa, abandonados por nuestros compañeros, que, hacía ya un buen rato, se habían ido a tomar una copa.

Filippo sigue mirando los títulos de las películas y saca *Un día especial*, de Ettore Scola.

—Debo de haberla visto ya cuatro veces, pero me apetece volver a verla. ¿Y a ti?

—En mi caso sería la tercera, así que de acuerdo.

Filippo se echa en el sofá. Trajina con el mando a distancia mascullando entre dientes algo sobre las nuevas tecnologías. Resulta cómico, me hace sonreír. Me uno a él con dos tazas humeantes en las manos. Las dejo sobre la mesita, lanzo a un rincón las chanclas, bebo un sorbo de infusión olvidando que aún está ardiendo y me quemo la lengua… Luego me dejo caer sobre el sofá a su lado.

Mientras en la pantalla de plasma empiezan a pasar los créditos iniciales, noto que Filippo pone su rodilla encima de la mía. Ese contacto me agita inesperadamente, como si, de buenas a primeras, me diera cuenta de lo cerca que estamos. Me acomodo en el sofá apartándome de él unos centímetros. Él no parece darse cuenta, puede que sea simplemente una de mis paranoias…

La película prosigue, dulce y amarga, tal y como la recordaba. La vemos envueltos en un silencio religioso, a la vez que damos sorbos a la infusión, que, en el ínterin, ha alcanzado una temperatura humana. De cuando en cuando retrocedemos para volver a ver las escenas más memorables. Mastroianni y Sofia Loren dan en este momento unos pasos de baile siguiendo el dibujo del pavimento.

Con el rabillo del ojo veo que Filippo me está observando; a decir verdad, sé que lo está haciendo desde que empezó la película. Me vuelvo hacia él y lo escruto.

—¿Qué pasa?

Sonríe, como si lo hubiese pillado in fraganti.

—Estaba pensando que no has cambiado nada en estos años. —No deja de mirarme. Su interés me produce cierta inquietud.

—Y yo que pensaba que había mejorado con los años… —digo tratando de salir del apuro.

—Bueno, el único defecto que tenías lo has eliminado, por suerte. —Le dirijo una mirada inquisitiva—. Valerio, tu ex.

Le doy un puñetazo en el brazo fingiendo que me ha ofendido. Con Valerio empecé a salir el último año de universidad. Filippo no lo soportaba y no hacía nada por disimularlo. «Es demasiado superficial e inmaduro para ti», me repitió mil veces, hasta la exasperación.

—Me costó un poco entenderlo, pero he de reconocer que tenías razón —admito.

—¿Cuánto tiempo hace que rompisteis?

—Año y medio.

—¿Y ahora no sales con nadie?

Directo al grano. No me lo esperaba.

—No.

A saber por qué el silencio que sigue a continuación me parece oprimente. Me gustaría tener una ocurrencia para romper esta especie de tensión palpable, pero no es el caso. No sé qué pretende Filippo, lo único que sé es que yo nunca he pensado en ello. Al menos hasta ahora. Estoy encantada de haberlo recuperado como amigo y jamás he considerado la posibilidad de que entre nosotros pueda haber algo más. Pero, de repente, mi castillo de certezas parece estar a punto de derrumbarse.

—Esta es mi escena preferida —dice Filippo volviéndose de nuevo hacia la pantalla. Mastroianni y la Loren han subido a la azotea y están doblando las sábanas tendidas. Quizá Filippo ha notado mi incomodidad y ha decidido salir en mi ayuda. Ese tipo de detalles son propios de él.

Exhalo un leve y silencioso suspiro de alivio. Intento distraerme, quizá sean solo fantasías mías y él no se haya propuesto nada. Me concentro en la película y, poco a poco, me relajo de verdad.

Fuera ha empezado a llover y tengo la sensación de que las gotas que caen en el tragaluz rozan también mi corazón. Es una sensación agradable, y siento un deseo irresistible de abandonarme…

De repente, como si estuviese emergiendo de un coma muy profundo, oigo que una voz delicada me susurra:

—Bibi, me marcho.

Abro los ojos y veo a Filippo de pie, inclinado hacia mí. Los créditos de cierre se deslizan por la pantalla. Hago ademán de levantarme.

—Pero ¿por qué no me has despertado?

—Chis, quédate ahí. —Me echa con dulzura una manta sobre los hombros—. Te robo el paraguas roto.

—Puedes llevarte el bueno.

—No te preocupes…, no voy muy lejos. —Me acaricia la mejilla con una ternura inaudita en él y me roza la frente con un beso—. Adiós, Bibi.

2

Esta mañana he decidido descansar un poco del mural. Tengo un montón de aburridísimas tareas domésticas que hacer. Digamos que nunca he sido un ama de casa perfecta. El cesto de la ropa sucia rebosa y me resigno a poner una lavadora. Luego paso por la tintorería a recoger un vestido que lleva allí desde el verano y me aventuro en el supermercado para hacer la compra a mi manera: en pocas palabras, me abastezco de platos preparados y congelados, que son, desde siempre, mi especialidad. Una vez en casa me dejo tentar unos segundos por la idea de ordenarla un poco, pero las ganas de hacerlo se pasan enseguida; prefiero trabajar, de manera que cojo las llaves y salgo.

Antes de ir al palacio entro en Nobili: necesito medio gramo de polvo azul ultramar, por si no basta con el que tengo. Prefiero comprar yo el color y asegurarme de que es el correcto. Si mandase a Franco, como sugiere Brandolini, me arriesgaría a que en Nobili no volvieran a verlo por haberse equivocado de color.

A las dos de la tarde la calle del palacio está desierta. La ventaja de trabajar como autónoma en un edificio del que prácticamente solo yo tengo las llaves —bueno, al menos hasta ayer…— es que, en caso de que vaya retrasada, puedo dedicar el sábado a mi tarea, cuando la ciudad está menos frecuentada: no hay estudiantes ni personas que vayan a trabajar, y los turistas se concentran en San Marcos y en Rialto, que queda lejos de aquí.

Introduzco la llave larga en la cerradura del portón de la entrada, doy una vuelta a la izquierda y dos a la derecha y noto que gira en vacío. El portón está abierto y la alarma desconectada. Mejor así, porque en una ocasión saltó por error y fue la única vez en que tuve que recurrir a Franco. Probablemente esté dentro. Subo la larga escalinata de mármol y empujo la puerta de servicio, que da acceso al vestíbulo.

Por desgracia, el momento que tanto temía ha llegado.

Delante de mí se recorta una espalda robusta, envuelta en una camisa de lino rojo. Es él. El inquilino. No esperaba que estuviese ya aquí. Está observando el mural y parece hechizado por él. Inmóvil. Enorme. A sus pies hay una bolsa de viaje que tiene aspecto de haber pasado por más de un aeropuerto de la que asoma el borde de una cazadora vaquera.

Finjo un ligero golpe de tos para indicar mi presencia; él se vuelve y me embiste con una mirada tan intensa que casi me hace retroceder. Sus ojos son de un color negro impenetrable, pero, tras las cejas espesas, emanan una luz que, no sé por qué, me deja sin aliento.

—Hola, soy Elena —digo recuperando cierto aplomo y mirando el fresco—. La restauradora.

—Hola. —Sonríe—. Leonardo, encantado. —Me estrecha la mano y siento su piel áspera sobre la mía. Debe de ser el trabajo el que le ha estropeado tanto las manos—. Jacopo me ha hablado mucho de ti.

Ojeras, labios carnosos, nariz pronunciada, barba descuidada y en parte rojiza y una cabellera oscura que hace tiempo que no ve las tijeras de un barbero: parece salido de un cuadro de Goya. Debe de rozar los cuarenta años, pero su presencia es tan sólida e indispensable como la de un árbol secular.

—Esta pintura es sumamente sensual —afirma volviéndose de nuevo hacia la pared, con leve acento sículo.

Aprovecho para estudiarlo a fondo: viste unos pantalones negros de lino, al igual que la camisa, abotonada a medias, bajo la cual se intuye una poderosa musculatura. En su pecho moreno se entrevé un mechón de vello oscuro. Va calzado con un par de zapatillas de deporte rotas en varios puntos. Parece encerrar una energía misteriosa e indómita que podría estallar de un momento a otro bajo la ropa.

—Técnicamente se trata de una violación —preciso. Cuando me siento incómoda y quiero mantener las distancias tiendo a comportarme como una sabionda, no puedo evitarlo. Me mira y bajo los ojos. La vergüenza me incendia la cara—. Representa una escena de la mitología clásica, el rapto de Proserpina —añado en tono algo menos arrogante.

Asiente con la cabeza, absorto aún en la contemplación del mural.

—Plutón rapta a Proserpina y la lleva al Hades. Antes de acompañarla de nuevo a la Tierra, donde permanecerá seis meses, la obliga a comer nueve granos de granada. Es un mito que guarda relación con el tiempo y las estaciones.

Uno a cero para el cocinero siciliano, que conoce a los clásicos: me ha hecho callar, me lo merecía.

Leonardo mira en derredor aparentemente admirado y exhala un hondo suspiro. Noto que lleva un minúsculo pendiente de plata en el lóbulo derecho.

—La verdad es que el palacio es magnífico; es una suerte estar aquí, ¿no te parece?

«Lo ha sido hasta hoy, hasta antes de que llegaras», pienso, pero jamás tendré el valor de decírselo.

—Todo en orden, amigo, podemos irnos —tercia Jacopo. Ha salido de pronto del pasillo que hay a la izquierda del vestíbulo, y en cuanto nota mi presencia se apresura a saludarme—: Hola, Elena.

—Buenos días, conde…, esto…, Jacopo. —Todavía me cuesta un poco llamarlo por su nombre.

—Veo que os habéis presentado ya.

—Sí —asiente Leonardo—. Elena es muy amable, me estaba explicando su trabajo —miente por mí, que no he sido mínimamente amable, y busca mi complicidad con una mirada a la que, sin embargo, no correspondo.

Brandolini sonríe complacido.

—Ven, Leo —lo coge de un brazo—, te enseñaré tus habitaciones. Olga vino ayer para prepararlo todo.

Leonardo agarra la bolsa del suelo, se la echa al hombro y se dispone a seguir al conde.

Me siento angustiada al pensar en la asistenta.

—Disculpe, Jacopo… —La voz me sale más chillona de lo que desearía.

—¿Sí? —El conde se da media vuelta, al igual que Leonardo.

—No es nada, solo quería pedirle un favor. —Uso un tono más cordial—. Si puede, dígale a Olga que no limpie el vestíbulo; si levanta polvo podría echar a perder la restauración.

—Por supuesto, no se preocupe —me tranquiliza—. Ya se lo he advertido.

Noto de nuevo que Leonardo me mira. Trato de ignorarlo, pero no puedo, sus ojos son como imanes.

—Gracias —contesto al conde, y me vuelvo para escapar de su magnetismo. Los dos se despiden y desaparecen en las salas que hay detrás del vestíbulo.

Respiro hondo para liberarme de la extraña turbación que siento —aunque no sirve de mucho— y me pongo de inmediato manos a la obra: quiero probar el azul que he comprado hace un rato. Me dirijo al grifo de la cocina y lleno a medias la jarra que tiene un filtro que ayuda a eliminar las impurezas. La cal de Venecia es letal, daña gravemente el color. Lo he aprendido sola, por desgracia en la práctica, y me siento muy orgullosa de haber hecho ese descubrimiento.

Oigo las voces y los ruidos que hacen los dos intrusos en el ala derecha del palacio. Me tendré que acostumbrar a ellos, pero todavía no sé cómo. Espero que el tal Leonardo sea un tipo discreto. Confío en que pase el día en el restaurante y que esté el resto del tiempo en su habitación. No quiero tenerlo rondando por aquí, su presencia me turba.

Me arrodillo en la tela de protección y empiezo a mezclar los pigmentos blanco y azul en los tres cuencos. El color de la túnica de Proserpina no supone un gran problema, a diferencia de la granada. Cuando voy por el tercer cuenco tengo la impresión de que me estoy aproximando al resultado. El verdadero motivo de esta prueba es secundar mis manías incontroladas de perfeccionismo y comprobar que el pigmento es, efectivamente, de buena calidad.

—Mi querida Elena, yo me marcho. —Brandolini aparece de nuevo en el vestíbulo al cabo de un rato. Solo—. La dejo en buena compañía. Ya verá como le gusta estar con Leo. —Es la segunda vez que me lo dice y, no sé por qué, me parece de mal agüero. Pasa el dedo índice por el picaporte de la puerta de servicio, como si pretendiese quitar una capa de polvo inexistente—. Le deseo un buen trabajo. Adiós.

—Adiós, señor conde…, mejor dicho, Jacopo.

Son casi las seis y Leonardo aún no ha dado señales de vida. Durante un rato he oído música clásica en el piso de arriba, pero después se ha vuelto a sumir en el silencio. Supongo que dormirá durante toda la tarde, dado que ha viajado desde Nueva York y tendrá que recuperarse de la diferencia horaria. Sea como sea, si se queda en su madriguera y no sale, por mí encantada.

Entro en el cuarto de baño para arreglarme. Me quito la camiseta de trabajo y los vaqueros y me pongo unos pantalones limpios y una camisa de algodón que he traído en una bolsa de gimnasio. Diga lo que diga Gaia, así es como entiendo yo la elegancia.

Esta noche voy a casa de mis padres, a una cena familiar para celebrar que mi padre deja la Marina Militar, si bien aún no se ha producido el anuncio oficial. Después de cuarenta años de honrosa carrera, el teniente Lorenzo Volpe se retira del escenario. Ironías del azar, soy hija de un exmarino y apenas sé nadar. Quizá sea culpa de mi madre, quien, cuando íbamos a la playa en verano, siempre temía no volver a verme en cuanto me alejaba un poco de la orilla. Estoy segura de haber heredado de ella el carácter ansioso y, he de reconocerlo, en cierta medida paranoico. En cambio, a mi padre le debo una testarudez ilimitada y la plena dedicación al trabajo.

Sé ya que en cuanto cruce el umbral de casa mi madre saldrá a mi encuentro y me dirá que estoy demasiado delgada, demasiado cansada, hecha un desastre, vaya, a pesar de mis penosos intentos de ocultar el estrés a golpe de rímel y colorete. Mi padre, en cambio, me observará en silencio durante toda la velada y cuando llegue el momento de marcharme me acompañará a la puerta con las manos a la espalda, bien erguida.

—¿Cómo van las cosas? —me preguntará antes de que salga—. Si necesitas algo, aquí nos tienes. A tu disposición.

Yo le diré que no se preocupe, le daré un beso en la mejilla, como de costumbre, y volveré a casa serena y en paz conmigo misma, como solo me sucede cuando estoy en su compañía.

Hace bastante que no los veo y tengo muchas ganas de que me mimen.

Me froto los labios delante del espejo para mezclar bien el pintalabios que he extendido apresuradamente y meto todo en la bolsa. Estoy lista. Antes de salir echo una ojeada furtiva a la escalera. Según parece, Leonardo sigue atrincherado en sus habitaciones; no sé si despedirme de él. No tengo muy claro que sea oportuno.

Al final decido no despedirme.

Salgo por el portón de madera maciza procurando no hacer ruido y una vez en la calle me vuelvo instintivamente a mirar el palacio. La luz está encendida en la planta noble. Me produce un extraño efecto pensar que a partir de hoy ya no volveré a estar sola con mi fresco.

Son las últimas horas de la tarde de un tedioso domingo veneciano. He quedado con Gaia en el Muro, en Rialto, para tomar el aperitivo. Hace un rato me amenazó seriamente por teléfono: «¡Si no vienes vestida de mujer, juro que pediré a los gorilas que te echen!». Por lo general, ignoro sus consejos, pero de vez en cuando me gusta complacerla. Aun así me niego en redondo a ponerme un monstruoso tacón de doce centímetros, de manera que he elegido una sandalia de raso verde con un tacón que no pasa de los ocho. A ello se añade un minivestido de seda sin tirantes y una chaqueta negra. En mi caso se trata de un gesto de valor nada desdeñable, dado que no alcanzo a imaginar algo que resulte más femenino (bueno, reconozco que quizá podría haberme mostrado un poco más atrevida con el gorrito de colegiala…). Sé ya que, en todo caso, me arrepentiré, porque de noche en Venecia nos movemos a pie entre puentes y adoquines; el taxi cuesta una fortuna y los *vaporetti* funcionan al ralentí. Gaia tendrá que reconocer mi sacrificio.

El Muro está ya atestado, la gente se amontona entre el mostrador y los ventanales que dan a la plaza. La idea de mezclarme con el gentío no me entusiasma, pero tengo que hacerlo, al menos para dar un sentido al esfuerzo inhumano que me ha supuesto soportar los tacones para llegar hasta aquí. A codazos consigo abrirme paso entre la multitud que se apelotona delante de la puerta y en dos zancadas, propias de una *top model* al final de su carrera, entro en el local sana y salva. El caos reina soberano —la banda sonora no es, lo que se dice, de las más delicadas— y el índice de alcoholemia está ya por las nubes, pese a que apenas son las siete. Dado que soy prácticamente abstemia, nunca consigo integrarme del todo en las situaciones en las que el alcohol constituye el único placer. En cambio, Gaia es capaz de beberse tres mojitos en una hora y quedarse tan fresca.

¡Aquí está, la reina de la mundanidad! Va de una mesa a otra dedicando a todos su sonrisa más engatusadora, salpimentada con unos saludos melosos y tan agudos que rozan el ultrasonido. Su cola de caballo rubia destaca entre la multitud. Gaia es ya de por sí alta, pero, como de costumbre, también en esta ocasión luce sus tacones de combate. Se ha parado en el centro de un grupo de gente que conozco. Me pongo de puntillas y le hago una señal desde lejos. Por suerte, me ve. Bracea excitada invitándome a acercarme. Chocando con una decena de personas, me hundo en el gentío y me aproximo a ella.

—¡Por fin! ¿Dónde demonios te habías metido? —Me estampa un beso en la mejilla. Luego, como era de prever, me mira de arriba abajo—. ¿Y esas sandalias? Qué verde tan estiloso… ¡Así se hace, Ele, me gusta!

Examen aprobado. Al menos esta noche no tendré que enfrentarme a los gorilas.

—¿Y bien? ¿Cómo te fue con tu ciclista la otra noche? —le digo al oído pellizcándole un costado.

—No me fue. —Gaia pone una carita de dolor poco creíble—. Me temo que tiene otras cosas en la cabeza en estos momentos…

—¿Qué me dices? —digo fingiendo estupor.

—Sea como sea, ¡no dejaré que Belotti me encadene! No, ni hablar… —Recupera la agresividad en un abrir y cerrar de ojos—. Bueno…, un sitio en mi corazoncito sigue teniéndolo, pero debo dejar que se decida. Si me quiere tendrá que venir a buscarme.

—Ya veremos… —Sigo sin entender por qué le interesa tanto ese tipo. Los misterios insondables del amor. O de las hormonas, en el caso de Gaia.

—En cualquier caso, anoche, en el Pequeño Mundo, vi a Thiago Mendoza. ¿Sabes quién es? El modelo de Armani. Nos dimos el número de teléfono.

—Veo que no te cuesta nada consolarte… —No sé quién es la nueva adquisición, pero es típico de Gaia reaccionar ante un rechazo lanzándose a una nueva conquista.

Suelta una sonora carcajada y prosigue, dirigiéndose también al resto del grupo:

—Tengo sed, chicos. ¿Otro *spritz* para todos?

El grupo acepta por unanimidad y Gaia me coge del brazo y me arrastra de nuevo a la multitud.

—Nico, ¿me preparas ocho *spritz* al Aperol? —le dice al camarero cuando llega a la barra moviendo las pestañas cargadas de rímel.

—Enseguida, amor.

Es típico de los venecianos, tanto hombres como mujeres, llamar «amor» a las personas que conocen desde hace menos de una hora. Y Nico, el camarero aspirante a actor, no es una excepción.

—Y también una Coca-Cola para mi amiga —añade Gaia anticipándose a mis deseos.

Mientras tanto, el resto del grupo se ha acercado a la barra y en menos que canta un gallo los vasos pasan de mano en mano rozándose para brindar.

—¿Vamos a fumar? —propone alguien.

La manada se desplaza pacíficamente al exterior. Gaia se queda conmigo y se sienta en el taburete que está frente al mío. La Coca-Cola tarda en llegar.

—¿Filippo viene a cenar con nosotros?

—Por lo visto sí.

—Me alegro de volver a verlo.

Cuando conocí a Filippo ella había dejado la universidad hacía ya mucho tiempo. Se lo presenté yo, pero los dos descubrieron enseguida que tenían varios amigos en común: Venecia es bastante pequeña, uno acaba por conocer a casi todos, sobre todo si las relaciones sociales constituyen una enfermedad, como en el caso de Gaia.

De repente, alguien la llama desde el rincón donde están los sofás.

—Perdona, voy a hablar con unas personas —dice devolviendo el saludo y bajando de un salto del taburete.

—Ve, ve —contesto—. ¡Cumple con tu deber!

Gaia me guiña un ojo y desfila con sus *leggings* superceñidos. No hace mucho descubrí, obviamente gracias a ella, que los vaqueros ceñidos, rayanos en lo asfixiante, se llaman así. Gaia los luce a menudo, pese a que tiene los gemelos un poco gruesos, el defecto de su cuerpo que más la atormenta. Disfruto del espectáculo desde mi taburete: unos movimientos de gata y una camiseta de tirantes de algodón desteñida que deja poco espacio a la imaginación, si bien todo es mérito del *push-up* con relleno, porque Gaia al natural no pasa de la setenta y cinco (aunque eso solo lo sabemos los hombres que se han acostado con ella y yo).

Nico me pone, por fin, la Coca-Cola.

—¿Me echas un poco de hielo? —le pido.

—¿Quieres también limón, amor?

—Sí, gracias.

Después de dar el primer sorbo con la pajita oigo sonar el teléfono. Un SMS de Filippo.

Bibi, me he retrasado.
Llego dentro de media hora.
Beso

Le respondo enseguida, con la esperanza de que no tarde mucho.

Ok, ¡te esperamos!

Cuando acabo de responder, una mano me acaricia un hombro. Me vuelvo de golpe y veo a Leonardo Ferrante, *el inquilino.*

—Hola, Elena —dice—. Venecia es realmente un pañuelo...

Va descuidado, como antes; lleva la camisa por fuera de los pantalones, que no debe de haber planchado en su vida. Con todo, parece de verdad contento de verme.

—Hola... —Me ha pillado por sorpresa. Me acomodo mejor en la silla. Yo no me alegro tanto de verlo. Este hombre me desconcierta. Cuando lo tengo delante ni siquiera logro prever mis pensamientos. Y eso no es bueno.

Toma asiento en el taburete que Gaia ha dejado libre sin esperar a que lo invite y me escruta con sus ojos negros.

—¿Estás sola? —Me roza el brazo con una mano y, a saber por qué, el gesto me turba.

—No, estoy con unos amigos… —contesto agitando una mano en el aire como si pretendiese explicarle que, si bien cada uno va por su lado, todos seguimos aquí.

Hay algo en Leonardo que me inquieta, que me llega directo a la tripa, como un golpe seco. Me gustaría que se fuese. Aunque no lo tengo muy claro.

Se vuelve de repente hacia un grupo de gente que se está sentando a una mesa.

—Chicos, pedid lo que queráis —dice con aire autoritario—, enseguida estoy con vosotros. —Después se dirige de nuevo a mí—: Es el equipo del restaurante, mis colaboradores —me explica señalándolos.

—Ah, entonces tiene que irse… —me apresuro a responder.

—No, me alegro de haberte visto. —De manera que es oficial: pese a que yo sigo hablándole de usted, él ha decidido por su cuenta acortar las distancias.

—¿Por qué no me tuteas? —continúa.

Me miro las manos enfurruñada. Ni que me hubiera leído el pensamiento.

—Sí, claro… —murmuro. Por buena educación y para superar la vergüenza, hago un esfuerzo para entablar conversación—: Ayer salí del palacio procurando no hacer ruido. Espero no haberte despertado. —De inmediato me arrepiento de mis palabras. En el fondo, es él quien debe tratar de no tocarme las narices. ¿Por qué me justifico?

—Tranquila, cuando duermo no oigo nada.

Capta la mirada del camarero, que, mientras tanto, se ha acercado a nosotros.

—Un Martini blanco.

Nico le llena el vaso y él saca la cartera.

—Pago también el suyo —dice señalándome.

—No, no es necesario… —Intento oponerme hundiendo la mano en el bolso. Él me lo impide. Mi muñeca parece minúscula entre sus dedos; apenas me roza, pero lo hace resuelto. Sacude mínimamente la cabeza y yo me rindo al instante—. De acuerdo, gracias.

Mientras bebe a sorbos su Martini observa mi vaso.

—¿Por qué no bebes alcohol?

—Soy abstemia —me justifico encogiéndome de hombros.

—Eso está muy mal. —Esboza una sonrisa un tanto falsa—. Las personas que solo beben agua tienen algo que esconder.

—Pero yo no bebo solo agua. Esto, por ejemplo, es Coca-Cola.

Leonardo se echa a reír dejando a la vista unos dientes blancos y feroces. Tengo la impresión de que no se ríe de mi ocurrencia, sino de mí. A continuación da un nuevo sorbo a su vaso y adopta un aire serio.

—Te molesta mucho que viva en el palacio.

—No… —respondo sin pensar, pero dejo la frase a medias. La suya no es una pregunta y salta a la vista que mi falsa cortesía no le interesa. Lo intento de nuevo—: La verdad es que habría preferido seguir sola —me arriesgo a decir—. Soy así, no puedo concentrarme con gente alrededor. Además, los trabajos de restauración deberían hacerse en un ambiente lo más aislado posible.

Espero que diga algo así como: «Comprendo, procuraré molestarte lo menos posible». Pero no lo hace. Sigue escrutándome como si acabase de comprender algo fundamental que, sin embargo, a mí se me escapa.

De repente alarga una mano hacia mí. Retrocedo instintivamente —¿cuándo le he dado permiso para tocarme?—, pero sus dedos se hunden en mi pelo donde las puntas rozan el cuello.

—Cuidado, se te ha caído esto.

Sujeta uno de mis pendientes entre el pulgar y el índice. Lo miro atontada; luego lo cojo a toda prisa y me lo vuelvo a poner.

—Me ocurre a menudo, no están bien hechos —me justifico evitando su mirada. Mi cara se tiñe de todas las tonalidades del rojo. Ahora sí que daría lo que fuese por que se marchase.

Por suerte, uno de sus colaboradores lo llama. Leonardo le contesta con un ademán y después se gira de nuevo hacia mí.

—Perdona, tengo que volver con ellos —me dice—. Nos vemos mañana.

—Por supuesto, hasta mañana.

Veo cómo se reúne con el grupo sentado a la mesa, y mientras verifico que el pendiente escurridizo está en su sitio trato de sobreponerme a esta absurda sensación de vergüenza.

Gaia reaparece poco después. Ha conseguido liberarse de los deberes que conllevan las relaciones públicas. Se sienta de nuevo en el taburete y me escudriña con una mirada poco menos que policiaca. Me preparo psicológicamente para el interrogatorio.

—Ele, tesoro —ya sé adónde quiere ir a parar—, ¿quién es ese tipo?

—¿Quién?

—No disimules —me ataja—, ese con el que estabas hablando hace un minuto.

—Es el tipo que Brandolini ha tenido la amabilidad de meterme en el palacio. Se llama Leonardo y es chef. —Mi voz delata cierta crispación.

—Qué interesante... —Gracia lo observa a distancia—. Pero ¿cuántos años tiene?

—¿Y yo qué sé? Solo he cruzado dos palabras con él.

—Podrías habérmelo presentado..., ¡es supersexi!

—¡Dios mío, Gaia! ¿Será posible que siempre estés de caza? —Abro los brazos—. Además, no entiendo qué le ves, es un grosero —digo mirándolo también.

—Se ve a la legua que no es uno del montón, es un hombre de pies a cabeza. Hazme caso, Ele... —Gaia se muerde el labio.

Busco las palabras para contradecirla, pero no doy con ellas.

—¡Chicas! —Una voz familiar me salva de la lección de anatomía masculina que Gaia está a punto de iniciar.

Filippo se abre paso entre la gente y nos saluda besándonos en las mejillas.

—Perdonad, he tenido un problema en el estudio. El gilipollas de Zonta me hace trabajar hasta en domingo. Él y sus clientes millonarios… ¿Cuánto tiempo hace que no nos veíamos, Gaia?

—Dos años, Filippo. Por favor, dime que no he envejecido, aunque no lo pienses. —Nos echamos a reír los tres. Luego Gaia le da un *spritz*—. Ahora te bebes esto y luego vamos a cenar.

—¿Habéis decidido ya dónde? —Filippo da un sorbo al *spritz* sin protestar.

—¿Por qué no vamos al restaurante vegetariano del gueto? —propongo. Por la forma en que me miran entiendo de inmediato que mi idea no ha sido bien recibida.

—Ele —dice Gaia—, cómo te lo diría… Estamos un poco hartos de ti y de tus manías con la carne.

—Bueno, retiro la propuesta. Eres una insensible. —Pongo expresión de ofendida, pese a que jamás me enfado de verdad cuando es Gaia la que hace comentarios sobre mis manías vegetarianas.

—Vamos al Mirai —tercia Filippo—, el restaurante japonés de Cannaregio.

—¡Sí! —exclama Gaia—. Me encanta el sushi y allí lo bordan.

—Vale, así podré comer un poco de arroz y verduras.

—Entonces, ¿aceptado? —Filippo me mira como si dijese: «Espero haber propuesto un buen acuerdo».

Le sonrío y asiento con la cabeza.

—¡Vamos!

En el Mirai la cena fue agradable. Al final la mesa era de diez, porque en el Muro Gaia invitó a unas cuantas personas. El gesto, claro está, era intencionado. Sí, porque una vez acabada la cena, la reina de la noche logró arrastrar a todos al Pequeño Mundo, una de las discotecas en las que trabaja como relaciones públicas. A todos salvo a Filippo y a mí.

Cuando rechacé la invitación, Filippo me propuso que prosiguiéramos la velada juntos y ahora estamos caminando sin rumbo por la ciudad. Todavía hay gente por la calle, la temperatura es bastante templada y apetece estar fuera. Los bares se hallan abarrotados y de vez en cuando vemos a alguien salir de uno de ellos tambaleándose. Yo también empiezo a trastabillar, pero no por el alcohol, sino por las sandalias, que me están torturando los pies.

—No puedo más, parémonos un momento, por favor.

Un segundo después de decir esta frase me dejo caer en un banco vacío y me pongo a rebuscar en el bolso con la esperanza de encontrar una tirita. En vano. Antes de salir pensé en coger un par, pero después me olvidé. Me descalzo y veo que mis pies están rojos e hinchados, marcados por los surcos que han dejado las tiras. La moda es cruel.

—Dios mío, cómo están… —murmuro mientras los acaricio. Pero el caso es desesperado.

Filippo me coge el pie derecho y lo apoya en sus rodillas, obligándome a volverme por completo hacia él.

—¿Qué haces? —le pregunto sorprendida.

—Una cura de emergencia —contesta él al tiempo que empieza a masajearlo. Su caricia es terapéutica, siento que la sangre empieza a circular de nuevo. Me relajo unos minutos y dejo que sus manos se muevan dulcemente por el pie. Poco a poco, sin embargo, el alivio se torna en vergüenza. Estoy tumbada en un banco, en plena noche, y Filippo me está dando un masaje en los pies. La situación es un tanto extraña… y su gesto es demasiado íntimo tratándose de nosotros dos. Lo miro y noto que también él me mira, pero no como corresponde a un amigo. Nuestras caras están muy cerca, falta poco para que nos besemos, siento que va a ocurrir, lo deseo, pero a la vez me da miedo, contengo la respiración…

Un móvil suena y nos devuelve bruscamente a la realidad. Es el mío.

—Ele, disculpa la hora. ¿Estabas durmiendo?

Es Gaia.

—No, no…

El hechizo se ha roto. Recupero mis pies y me pongo a toda prisa las sandalias. Mientras me las abrocho miro de reojo a Filippo; parece decepcionado, y puede que yo también lo esté. Pero es irremediable, Gaia reclama mi atención.

—¿Me oyes? ¿Dónde estás?

—Sí, perdona. Aún estoy fuera…

—Escucha, me he metido en un buen lío. Me he peleado con Frank en el Pequeño Mundo… Está loco, me obligó a ir a su despacho y me dijo que la última vez que estuve en el local le llevé una gente de mierda. Me marché dando un portazo. El problema es que me he olvidado las llaves y el resto de mis cosas en su escritorio.

—¿Y no puedes volver a cogerlas?

—No, Ele, no quiero volver a ver a ese cabrón. Lo haré mañana, antes de que abra la discoteca y él haga acto de presencia. Pero esta noche… ¿puedo dormir en tu casa?

—Claro, te espero allí en un ratillo.

—Llego en dos minutos.

¿Dos minutos? Por lo visto estaba segura de que le diría que sí.

Cuelgo y me vuelvo hacia Filippo.

—Perdona, pero Gaia va camino de mi casa, ha perdido las llaves de la suya.

Él esboza una sonrisa, pero aun así me parece advertir en su mirada un velo de pesar.

—No te preocupes, Ele, te acompaño al *vaporetto*.

Lo esperamos durante un cuarto de hora en silencio, en el aire flota el bochorno que nos ha causado el beso fallido. Bromeamos para aliviar la tensión. Cuando llega el *vaporetto* me parece un príncipe azul que viene a salvarme, de manera que subo a él encantada, casi me precipito dentro.

—Bibi…, me llamarás, ¿verdad? —me dice Filippo desde el muelle.

—Por supuesto, hasta pronto —le contesto agitando la mano. Acto seguido me alejo deslizándome en el agua.

Delante del portón de casa me espera ya Gaia, que sigue enfadada. Mientras subimos la escalera me cuenta con pelos y señales lo que ha sucedido con Frank y eso me ayuda a dejar de pensar en Filippo. De cuando en cuando se encoleriza y me veo obligada a recordarle que baje la voz: es tarde y en el edificio todos están durmiendo.

Mientras nos preparamos para acostarnos, en el cuarto de baño noto que la mirada de Gaia me sigue en el espejo.

—¿No me estás ocultando algo? —Ya está, Gaia, la gran inquisidora.

—¿Y qué se supone que iba a ocultarte? —mascullo sin dejar de lavarme los dientes.

—No lo sé, Filippo y tú no me decís la verdad. ¿He interrumpido algo?

—Solo somos amigos, Gaia.

No parece en absoluto convencida.

—Mmm…, yo creo que le gustas. Pero ¿qué digo?, siempre le has gustado. —Me encojo de hombros—. ¿Y tú qué dices?

—No sé. Nunca lo he pensado en serio. —Y no miento, al menos hasta esta noche…

Nos metemos bajo las sábanas de la cama de matrimonio en la que duermo y, a saber por qué, el ambiente se anima de improviso. Gaia me lanza una almohada a la cara y enseguida me vienen a la mente las fiestas de pijama que organizábamos cuando éramos adolescentes. Nos reímos de cómo éramos entonces y de cómo somos ahora. Apago la lámpara y nos damos las buenas noches.

Apenas he conciliado el sueño, cuando la voz de Gaia me despierta:

—Ele...

—¿Eh? —le respondo medio dormida.

—Pero ese Leonardo..., dijiste que vive en el palacio en el que trabajas, ¿verdad?

—Sí.

—¿Y dónde, exactamente?

—Mañana te lo explico. Ahora duérmete.

3

Ele!

Alguien me está zarandeando por la espalda.

—¡Vamos, Ele, despiértate! —La voz de Gaia me devuelve a la realidad de golpe.

—¿Qué pasa? —mascullo con la voz pastosa de sueño.

—Coño, me he acordado de que tengo que ir a recoger a Contini al aeropuerto…, el director…, tiene una cita en el taller de Nicolao para ver los trajes de la próxima película.

El aroma a café recién hecho me invade dulcemente el olfato.

—Pero ¿qué hora es?

—Las siete y cuarto. Espero que el vuelo de Roma lleve retraso…

Me restriego los ojos para ver mejor. Gaia está ya vestida y maquillada. No sé cómo puede caminar aún con los botines que llevaba anoche.

—Tengo que irme pitando. El café está preparado. —Me da un fugaz beso en la mejilla—. Gracias por la hospitalidad.

—De nada —gruño volviéndome hacia un lado—. Me encanta que me den patadas por la noche.

Gaia me revuelve el pelo, sale entornando la puerta y me deja sola en la habitación para que me acabe de despertar. La sigo con el pensamiento por la escalera, me la imagino pegada ya a la BlackBerry hablando de vestidos, complementos y lentejuelas.

Haciendo un esfuerzo que me parece inhumano me apoyo en la cabecera de la cama. Mi cuerpo cruje. Tal vez debería considerar la idea de ir al gimnasio con ella. Gaia no aparenta, desde luego, los veintinueve años que tiene, es un estallido incesante de energía.

No obstante, la imagen de mi cuerpo brincando en mallas delante de un espejo al ritmo de la música neutraliza de antemano cualquier posible entusiasmo por la gimnasia. Me tocará convivir con unas articulaciones crujientes, me resignaré.

Bajo de la cama y me sumerjo en el armario, donde recupero al azar una falda y un suéter deportivos, y a continuación me encamino hacia el cuarto de baño.

La luminosidad de esta mañana de octubre me recibe fuera del portón. Es una luz tenue, que caldea sin dañar la mirada. Hoy no cogeré el *vaporetto:* de San Vio a Ca' Rezzonico hay tan solo diez minutos y tengo ganas de disfrutarlos a fondo.

La vista necesita acostumbrarse gradualmente a la luz matutina. Y no puedo permitir que hoy, el día en que pienso dedicarme en cuerpo y alma a la granada, me traicionen los ojos: mi reto es encontrar el matiz perfecto.

Camino sin prisas, con paso lento y relajado; en parte porque aún me duelen los pies y también porque es imposible sustraerse al sosiego veneciano.

El primer puente del día me recuerda que el alma de estos lugares es el agua, no la piedra, desde luego. Y me gusta detenerme, aunque solo sea un momento, para observar la vida desde aquí arriba. A mis pies, el río de San Vio es un canal estrecho, extraño, una franja que une el Gran Canal con las Zattere partiendo en dos el barrio. Desde aquí se pueden ver las dos caras de Venecia: San Marcos a un lado y la Giudecca al otro. La Venecia de los turistas y la de los venecianos.

El campanario de la iglesia de Sant'Agnese señala las nueve. Me apresuro. Llego tarde. Mientras paso por delante de las galerías de la Academia, una mujer rubia y obesa me pide en inglés que le saque una fotografía con su novio. No me apetece, tengo prisa, pero acepto y ella me tiende la cámara a la vez que me explica qué botón debo apretar. Me echo el bolso al hombro y abro un poco las piernas para mantener el equilibrio, al mismo tiempo que sus expresiones de felicidad se congelan en el encuadre.

Clic. Enfoco, primer disparo. *Clic.* Fotografía en pose, unas sonrisas de treinta y dos dientes y una vista de tarjeta postal, probablemente la que elegirán para su álbum. *Clic.* La tercera foto, inesperada, cuando dejan de posar. La mejor.

La pareja se suelta y me da las gracias repetidas veces. Al igual que muchos, no solo han venido a Venecia para visitarla, sino también para vivir una historia romántica. Y tienen todo el derecho. Al menos, eso creo…

Esbozo una sonrisa y me escabullo. Una brisa ligera me revuelve el pelo. Aún no es cortante, pero sí que anticipa el invierno que está en puertas.

El aire huele a cruasanes calientes descongelados y a capuchino, el aroma intenso que acompaña mis pasos cada vez que voy a trabajar a pie. Casi nunca desayuno en un bar. Por la mañana no como, tengo el estómago cerrado y, además, luego me entra sueño. Hoy me paro un momento en el estanco que hay debajo del pórtico para comprar una caja de regaliz: me ayuda a concentrarme y a evitar mis bajadas de tensión crónicas.

La calle del palacio da directamente al Gran Canal. Hay que estar atento cuando se camina por ella, sobre todo de noche. Es un callejón anónimo, escondido, mal iluminado y poco aristocrático, infestado en varios puntos de malas hierbas que se pegan a las paredes. Nadie diría que al final de esta lengua de guijarros se esconde la entrada de uno de los edificios más hermosos de Venecia.

Por otra parte, esta ciudad constituye una anomalía urbanística. Todo parece estar en ruinas, a punto de diluirse en el agua turbia, pero, al mismo tiempo, rebosa vida y atrae irremediablemente la mirada con una belleza que deja sin aliento.

Los pinceles y la pintura al temple están justo donde los dejé el sábado, en el mismo orden riguroso. Nadie los ha tocado y eso me tranquiliza. También el fresco está como corresponde, no le ha ocurrido nada. Quizá parezca evidente, pero a una obra en restauración le puede suceder una infinidad de cosas si no se vigila. Todas las mañanas compruebo ansiosa que no haya una mancha de humedad, una fila de hormigas o huellas humanas en él.

En el piso de Leonardo no hay señales de vida. Quizá haya salido ya.

Me pongo el uniforme de trabajo y, disfrazada de cazafantasmas, me dispongo a empezar. Estoy casi lista…, debo refrescarme los ojos con colirio como sea. Por culpa de Gaia, que no paraba de revolverse en la cama —y, a decir verdad, también de Filippo, que no dejaba de darme vueltas en la cabeza—, no he dormido bien esta noche y tengo los ojos tan pesados como dos bolas de plomo.

Por un momento pasa por mi mente la escena de anoche en la que Filippo me masajeaba los pies en el banco. Sucedió hace tan solo unas horas, pero en este momento me parece un sueño. El recuerdo está desenfocado, no consigo revivir las sensaciones que debería traer consigo. Qué raro.

Cojo el frasco azul del bolsillo del peto, echo la cabeza hacia atrás y dejo caer dos gotas en el ojo derecho y dos en el izquierdo. Al principio el líquido quema, pero el escozor pasa en cinco segundos y me siento renacer.

De repente, se oye una carcajada maliciosa en el vestíbulo. A pesar de que aún tengo los ojos empañados, puedo ver dos figuras acercándose hacia mí. Caminan cogidos de la mano. Leonardo y…, parpadeo para enfocar…, y una mujer guapísima: el pelo vaporoso, el cutis de porcelana y el cuerpo envuelto en un elegante vestido corto de raso rojo que, además de resaltar sus piernas, torneadas y esbeltas, le deja toda la espalda al aire. Su porte causaría envidia hasta a la mismísima Audrey Hepburn, y su mirada es satisfecha y luminosa.

—Buenos días, Elena —dice Leonardo cuando pasan a mi lado. No va vestido para salir: lleva una sudadera y chanclas en los pies, en extraño contraste con la elegancia de ella.

—Hola —contesto con estudiada indiferencia.

La diva me saluda con una inclinación de cabeza y sigue a Leonardo repiqueteando con los tacones en el suelo. Se encaminan hacia el tramo de escaleras que lleva a la salida; él desliza una mano por la espalda desnuda de ella con un movimiento sensual a la vez que protector. El contraste entre su piel oscura y la blanca de ella es turbador. No puedo por menos que pensarlo. Es evidente que han pasado la noche juntos, en el aroma que han dejado a sus espaldas al pasar se percibe un ligero olor a sexo.

Me gustaría poder volver a concentrarme en mi trabajo, pero algo nuevo me distrae; en esta ocasión es un estruendo que procede del exterior y que hace temblar las

paredes. Parece el motor de una barca al arrancar. Intrigada, aparto la cortina de una de las puertas acristaladas que
dan al Gran Canal y veo que hay una lancha atracada en el
embarcadero del palacio. Y en ella está la diva: se acaba de
quitar los tacones y se ha puesto una cazadora negra de cuero. Se acerca al borde y busca a Leonardo con la mirada. Él
no se hace de rogar e, inclinándose desde el embarcadero,
le da un beso fugaz en los labios; acto seguido alza la cuerda del palo de amarre y se despide de ella levantando una
mano. La diva se pone unas gafas de sol negras, acciona la
palanca que hay en el puente de mando y parte como un
rayo dejando tras ella una estela plateada. Parece la escena
de una película, pero todo es real.

Suelto la cortina y vuelvo de inmediato al trabajo. No
es asunto mío, me repito al mismo tiempo que trato de
pensar en otra cosa.

Leonardo vuelve enseguida. Finjo que estoy muy
ocupada mientras mezclo al azar varios pigmentos esforzándome por mantener la mirada clavada en ellos. Pasa
por delante de mí sin decir una palabra y en un segundo
desaparece silbando en sus habitaciones.

Preparo un poco de rojo y subo a la escalera dispuesta a
dedicarme a la granada. Espero poder trabajar en paz, pero, como de costumbre, mis pensamientos vagan por su
cuenta y yo no hago sino perseguirlos. Me pregunto si esa
mujer será la novia de Leonardo o la aventura de una sola
noche… No logro apartar de mis ojos la imagen de él aca-
riciándole la espalda desnuda y el beso, tan sensual.

Oigo correr el agua en el cuarto de baño. Luego una voz poderosa, aunque desentonada, entona una melodía con sabor a verano y a mar. Leonardo se toma su tiempo, por lo visto esta mañana no tiene demasiada prisa por ir a trabajar.

Cuando me vuelvo para buscar un pincel veo que ha salido del cuarto de baño y que ahora se acerca a mí por el vestíbulo. Con el pecho al aire. Lleva una toalla azul enrollada a la cintura, tiene el pelo mojado y va descalzo. Recuerda a un guerrero de la Antigüedad. Se aproxima a mí con aire descarado y el suelo, inestable, oscila un poco bajo su peso.

—¿Cómo va, Elena?

—Bien, gracias —digo casi susurrando, esforzándome por parecer indiferente. Intento mantener la mirada pegada al fresco. Me siento agitada, minúscula, además de hecha un adefesio con este mono que no tiene la menor forma. ¿Por qué no va a vestirse?

—¿Y la obra? —Se sacude el pelo y una nube de gotitas se libera en el aire. Lo miro con el rabillo del ojo. Por suerte, aún sigue a cierta distancia de seguridad de la pared.

—En fin…

—¿Sabes que pareces más relajada en esa escalera que sentada en el taburete de un bar?

—Lo consideraré un cumplido.

—De hecho, lo es.

No da muestras de ir a marcharse. Me siento observada, casi sometida a examen, y no me gusta.

—Perdona, pero estoy muy ocupada… —digo al tiempo que me vuelvo hacia el fresco.

—Por supuesto —responde esbozando una sonrisa consciente y levantando las manos—. No te gusta tener gente alrededor cuando trabajas. Lo dejaste muy claro la otra noche…

—Así es —farfullo a la vez que veo que se aleja en dirección a su dormitorio. Aunque, a decir verdad, no tengo muy claro si se lo digo o si me limito a pensarlo.

En cuanto me quedo de nuevo sola, bajo de la escalera: necesito regaliz. La presencia de cualquier otra persona me molestaría sin más, la suya me desestabiliza.

Respiro hondo y, deshaciendo la barra de regaliz en la lengua, me decido a volver a empezar. Coño, el color se ha secado del todo. Lo he hecho demasiado denso. Ahora tendré que vaciar los cuencos, lavarlos y reducir las cantidades de polvos. Trataré de usar el pincel de punta plana, al menos para la primera capa, así iré más deprisa.

Subo de nuevo a la escalera, examino de cerca la gradación de los granos de pintura e intento grabarla en la memoria. Acto seguido trato de hacer una nueva mezcla de rojo y morado.

Por el pasillo que hay a mi derecha oigo acercarse las habituales pisadas resueltas. Me vuelvo instintivamente… Esta vez va vestido. Lleva unos vaqueros desgarrados y una camisa de lino blanca: por lo visto ese tejido le priva. Al cuello, una bufanda de seda negra y en los pies las mismas chanclas de antes. No sé cómo no tiene frío. Estamos ya en octubre…

Se aproxima y apoya un brazo en la escalera. Siento un escalofrío en la espalda y pierdo ligeramente el equilibrio. No tengo la menor idea de lo que me está sucediendo, pero no me gusta.

—Salgo a comprar para el restaurante —dice mirando hacia arriba—. Voy a Rialto, ¿necesitas algo?

—No, gracias.

—¿Segura? —Ladea levemente la cabeza y la luz hace resplandecer el pendiente que lleva en la oreja. También sus ojos brillan de una forma inusual. Casi parece que sonríen. Jamás me han parecido tan sexis las arrugas que se forman al gesticular en las comisuras de los ojos. Dios mío, el espíritu de Gaia se está adueñando de mí...

—Sí, de verdad. Con toda confianza. —Me sobrepongo y me vuelvo hacia la pared para no quedarme de nuevo atontada. El fresco es mi única salvación—. Ah, para ir a Rialto te conviene coger el *vaporetto,* así no te arriesgas a perderte —añado tratando de mostrar naturalidad.

—Pero ¡es tan bonito perderse en Venecia! —dice encogiéndose de hombros.

—Lo decía para ayudarte a ganar tiempo. Supongo que tendrás muchas cosas que resolver.

—Por supuesto, pero dejo que sean mis colaboradores los que se ocupen de las más engorrosas. A mí me corresponde la parte divertida del juego. —Sonríe, seguro de sí mismo. Da la impresión de ser una persona con una confianza absoluta en su talento, a la que las cosas le salen naturalmente bien, sin hacer demasiado esfuerzo—. En la cocina he dejado unos cruasanes y café aún caliente por si quieres desayunar.

—No, gracias. No suelo comer por la mañana… Y, además, ahora no puedo interrumpir el trabajo.

—¿Por qué? —Parece intrigado.

—Tengo que mantener el ojo centrado en el color, de lo contrario lo pierdo.

Leonardo se pasa una mano por la barbilla y me escruta.

—¿El color de la granada?

—Sí —asiento alzando los ojos hacia delante—. Hace días que lo intento, me está volviendo loca. Tiene un sinfín de matices y todos son difíciles de plasmar, por no hablar del claroscuro… —A mi pesar, estoy mostrándome locuaz, hablar de mi trabajo me enardece. Leonardo debe de haberse dado cuenta, porque sonríe. Observa atentamente la granada y luego a mí, como si estuviese dándole vueltas a una idea.

Me callo, no sé qué está pensando, pero me digo que, en cualquier caso, no es asunto mío. Me ha hecho perder ya demasiado tiempo. Cuando estoy a punto de despedirme de él, una voz conocida me deja con la palabra en la boca.

—¿Estás aquí, Ele? —El inequívoco ruido de unos tacones de doce centímetros en la escalinata—. ¿Hay alguien ahí?

Leonardo me mira inquisitivo y yo le indico con un ademán que todo está bajo control. Gaia aparece de repente en el vestíbulo: ha pasado por casa para cambiarse y, si bien ya no lleva la ropa de anoche, va de punta en blanco, como siempre. Saluda a Leonardo antes que a mí.

—Hola…

—Hola —le responde él haciendo una pequeña reverencia.

—He venido a saludarte —dice a continuación con una sonrisa inocente. Mentirosa. Desde que trabajo en este palacio no me ha visitado una sola vez. Ha venido por él, debe de haber encontrado la dirección en mi casa. Cuando quiere es una detective magnífica.

Me quedo clavada en la escalera, no bajo ni muerta. Entre otras cosas, porque quiero disfrutar de la escena con todos sus detalles.

—Pero ¿no tenías un compromiso importantísimo esta mañana? —le pregunto por el puro placer sádico de ponerla en un apuro.

—¡Ya he terminado! He recuperado también el bolso en el Pequeño Mundo —se apresura a responder, y me mira como si dijese: «¿A qué estás esperando para presentármelo?».

Noto que Leonardo la está examinando complacido, con una mano metida en un bolsillo de los vaqueros y un dedo apoyado en los labios.

—Es Gaia, amiga mía —digo. Desde aquí arriba mi presentación suena extrañamente solemne.

—Encantado. Leonardo. —Le estrecha la mano vigorosamente, con una expresión entre seducida y divertida.

Me pongo a mezclar de nuevo el color para demostrar que no me interesa lo que pueda ocurrir metro y medio por debajo de mí.

—Encantada… —oigo la voz de Gaia, y estoy segura de que parpadea maliciosa. A pesar de que no la veo, es evidente que está poniendo toda la carne en el asador. De repente la oigo exclamar—: ¡Vaya trabajo estás haciendo, Ele! Es enorme, pero estupendo… —La miro atónita, suspicaz: la restauración y la pintura al fresco jamás le han interesado—. ¿No es cierto? —añade dirigiéndose a Leonardo. Salta a la vista que lo único que pretende es pegar la hebra con él.

—A Elena le apasiona su trabajo, se ve. —La cálida vibración de la voz de él sube hasta mí.

Mientras tanto, Gaia, que por fin ha conseguido abrir una brecha, se adentra en ella:

—Y tú, en cambio, ¿qué haces?

—Soy chef. En este momento estoy poniendo en marcha el nuevo restaurante de los Brandolini.

Sé de sobra cuáles serán las próximas palabras de Gaia: «Chef…, ¡qué maravilla!».

—Un trabajo precioso.

Me he equivocado, pero por poco. Sonrío; a fin de cuentas, no me ven.

Gaia prosigue con las preguntas de rigor: cuándo llegaste a Venecia, cuánto piensas quedarte, cómo te encuentras aquí…

Se ríe y asiente solemnemente con la cabeza cada vez que él dice algo. Me sé al dedillo el arsenal de seducción de mi amiga: ojos lánguidos, dedos que se entrelazan el pelo, sonrisa provocadora, morritos…

Me inclino hacia delante en la escalera para asistir al espectáculo y puede que también para comprobar el efecto que el mismo causa en Leonardo. Parece encantado. Como a todos, Gaia también lo ha hechizado. Con todo, de repente se acuerda de mí y mira hacia arriba. Retrocedo de golpe y por un pelo no tiro al suelo un cuenco de pintura.

—¿Te estamos molestando, Elena?

Me propongo ser un poco más ácida:

—Bueno, haced lo que os parezca…

Leonardo se dirige de nuevo a Gaia:

—Será mejor que nos vayamos, entre otras cosas porque llego tarde. En cualquier caso, ha sido un placer.

—Lo mismo digo —contesta ella derritiéndose como un bombón al sol.

Leonardo se despide de las dos y a continuación se encamina apretando el paso hacia la salida. Gaia le mira el trasero, yo miro a Gaia e, inevitablemente, mis ojos se posan también en el objeto de su interés. Luego nuestras miradas se cruzan.

—No está nada mal… —Pese a que las dos lo hemos pensado, ella es la única que lo dice—. ¿Cómo puedes trabajar con alguien así alrededor?

—¡Querrás decir cómo puedo trabajar con vosotros dos coqueteando a mis pies! —replico indignada—. Por si fuera poco, finges que has venido a verme… Qué cara más dura tienes.

—Tenía que inventarme algo, ya que tú no colaboras. ¿Quieres bajar de la escalera, por favor?

—No.

Suspira y apoya un pie en el último peldaño y un brazo en otro sin dejar de mirar en la dirección en que Leonardo ha desaparecido.

—Sea como sea, Elena, ese hombre es impresionante. Como no lo reconozcas te tiro de ahí.

Adopto la estrategia de la indiferencia.

—Pásame esa esponja, al menos servirás para algo.

Gaia me obedece; acto seguido mira alrededor para estudiar el ambiente, dado que hasta ahora no ha tenido tiempo.

—¿Vive ahí? —pregunta señalando el pasillo de la izquierda.

—Sí —contesto.

—¿Has visto su habitación?

—No, ¿por qué?

—No te creo… ¿No has tenido ganas de curiosear?

—Claro que no… —Un escalofrío de terror me recorre la espalda cuando adivino lo que está tramando.

—Yo, en cambio, sí —dice, y se encamina hacia allí sin esperarme.

—¡Vuelve aquí enseguida, Gaia! —le grito, obviamente en vano. Me veo obligada a bajar de la escalera y a correr en pos de ella—. ¿Se puede saber qué pretendes hacer? ¡Estate quieta! —Le doy alcance y le aferro una manga, pero ella, que es más fuerte y más voluntariosa que yo, me arrastra.

—¡Vamos, solo echaré un vistazo! —insiste, excitada.

Hemos cruzado ya el pasillo y estamos subiendo la escalinata que lleva al piso de arriba, donde está el dormitorio de Leonardo. Dado que no puedo impedírselo, tengo que seguirla para evitar que organice un lío o, peor aún, que deje alguna huella.

—¡Escucha, me estás poniendo en un aprieto, yo trabajo aquí! —Intento enfocarlo por el lado dramático, pero olvido que el tema del trabajo no hace mella en mi amiga.

La puerta de la alcoba está abierta. La habitación es enorme, tal y como me imaginaba; parece la suite de un hotel de lujo. La cama, que ocupa el centro de la estancia, está sin hacer, las sábanas de seda cuelgan de un lado. Las paredes están tapizadas con una tela roja y dorada que se refleja hasta el infinito en los enormes espejos que flanquean el baldaquín. El ambiente es acogedor y elegante, está decorado con cierta coquetería. Brandolini no le ha dado esta habitación por casualidad, desde luego...

—¡Qué estilo! —exclama Gaia.

—¡Qué desorden! —digo yo. El dormitorio está patas arriba. Por lo visto, Leonardo no se preocupa demasiado por adjudicar un lugar a cada cosa. En el silloncito de terciopelo rojo hay una decena de camisas amontonadas y sobre la alfombra persa yacen dos pares de pantalones de lino.

—Es normal que sea descuidado —comenta Gaia con aire de sabelotodo—, es un artista.

—A decir verdad, es cocinero —la contradigo— y, en todo caso, esa historia del genio y el desorden es una gilipollez, o tan solo una excusa...

—Puede, pero en su caso es cierta —replica resuelta—. Vamos, basta verlo para comprender que es un excéntrico, un creativo.

—Caramba, por lo que veo ya sabes todo sobre él.

—Ciertas cosas saltan a la vista. Simplemente.

Encima de la mesilla de noche hay una botella abierta de Moët & Chandon y una bandeja de plata con dos copas. Una de ellas con evidentes marcas de pintalabios.

Gaia me lanza una mirada elocuente y yo confirmo su intuición.

—Esta mañana estaba con una mujer, era evidente que habían pasado la noche juntos. —Puede que haya encontrado la manera de neutralizarla, de modo que me encarnizo—: Entre otras cosas, es guapa, rica y fascinante. Poco menos que inalcanzable. Incluso para ti, querida… Así que vámonos.

—Mmm, el juego se pone interesante. —Los ojos de Gaia brillan de curiosidad. Me temo que he logrado el efecto contrario—. Quizá no sea su novia. Si fuese así vivirían juntos, ¿no? —prosigue aferrándose a puras conjeturas—. Es normal que un hombre así tenga más de una amante. —La próxima vez debo recordar que cuando trato de desanimarla lo único que consigo es empeorar la situación.

En lugar de salir del dormitorio, como querría yo, Gaia se acerca al armario y lo abre. Por unos segundos mi mirada se posa en el cenicero que hay en el centro de una mesita taraceada y veo los restos de un porro. No le digo nada a Gaia, no quiero alimentar más su interés.

—Es un fanático del lino arrugado —constata al tiempo que se asoma por una puerta del armario. Luego se acerca al sillón cubierto de ropa y acaricia con los dedos las prendas usadas de Leonardo con aire soñador—.

Es elegante, tiene gusto…, y, fíate de mí, esa característica es rara en un hombre.

—¡Ya basta, estoy harta! —suelto renunciando a seguir adelante con una estrategia psicológica—. ¡Vámonos, por favor!

Cuando me acerco a Gaia para cogerla de un brazo mi olfato percibe un aroma intenso, que bien podría ser ámbar. Lo noto de manera nítida, de inmediato: es el olor de Leonardo, que ha impregnado su ropa. Me siento inquieta, como si él estuviese aquí. Tiro de la manga de Gaia.

—Vamos, no seas coñazo… Unos segundos más… —protesta mientras trata de zafarse de mí.

De repente, un ruido en el exterior anuncia la llegada de alguien. Oímos una puerta cerrarse con un chirrido. Dios mío, Leonardo ha vuelto.

—¿Lo ves? —le gruño, presa del pánico.

Nos precipitamos fuera de la habitación y bajamos volando la escalinata. Una vez en el vestíbulo —casi sin aliento y con el corazón en un puño—, vemos, casi decepcionadas, que no es Leonardo, sino el portero del palacio.

Me sobrepongo enseguida y lo saludo desenvuelta:

—Buenos días, Franco.

—Buenos días, señora. He pasado a echar un vistazo. ¿Todo bien?

—Sí, gracias, ningún problema —contesto con la voz entrecortada debido a la carrera—. Estaba enseñando el palacio a mi amiga, que ha venido a verme.

—Hola —dice Gaia saludándolo también con una mano. Franco nos mira con aire benévolo, el mismo que, estoy convencida, reserva a las jóvenes respetables.

—De acuerdo, en ese caso me marcho —concluye, acercándose a la salida—. Si necesita algo…

—Gracias, Franco, pero no necesito nada. Hasta mañana.

—Adiós.

Cuando la puerta se cierra, Gaia y yo nos miramos fijamente a los ojos. Me gustaría molerla a palos y, sin embargo, siento que los músculos de mi cara ceden bajo el empuje de una carcajada. Nos echamos a reír tapándonos la boca con las manos como cuando éramos niñas y acabábamos de hacer una de nuestras travesuras.

Hago un esfuerzo para recuperar la compostura.

—Ahora, sin embargo, desaparece, ¿está claro? —le ordeno en tono amenazador. Me doy cuenta de que se ha hecho realmente tarde y debo recuperar como sea el trabajo que me queda por hacer.

—De acuerdo, te dejo en paz. —Gaia hace amago de marcharse, pero antes de salir se vuelve hacia mí—. No obstante, nos hemos divertido y, como siempre, el mérito es mío… —dice guiñándome un ojo.

—Desaparece —replico risueña.

—Adiós, capulla.

Son más de las seis y me resigno a volver a casa, pese a que el día no ha sido todo lo productivo que me habría gustado. Es inútil, no se puede trabajar con un vaivén de gente como ese. He perdido la mañana casi por completo, solo por la tarde he conseguido concentrarme un poco; he dejado la granada, al menos por el momento, y he dado la primera capa a la túnica de Proserpina, que, al menos, ha salido bien.

Nada más abrir el portón de la calle me doy cuenta de que me he tomado demasiado a la ligera la alarma meteorológica que lanzó anoche el centro de mareas. El agua está subiendo a una velocidad espantosa. Debería haberme marchado antes, en cuanto oí la sirena fuera, con un anuncio similar al del toque de queda, pero nunca hago caso y pienso siempre que el agua tarda bastante en subir y que, en ocasiones, ni siquiera lo hace. Esta vez, en cambio, me he comportado como una idiota. Esta mañana hacía sol, así que dejé las botas de agua en casa. Un clásico: solo las cojo cuando no hacen falta, como me suele suceder con el paraguas.

Intento avanzar unos metros caminando de puntillas con mis bailarinas de ante hundidas en el agua, que ha empezado ya a correr por el suelo, lenta pero implacable. Es toda una empresa. Cuando llego al final de la calle tengo los pies empapados. Podría buscar dos bolsas de plástico y envolverlos atando las asas al tobillo, pero me temo que ya es demasiado tarde, puesto que el agua parece haber subido al menos treinta centímetros en cinco minutos.

Me pongo a salvo encima de un muro bajo que el agua todavía no ha alcanzado y pienso en lo que debería hacer a continuación…, si bien soy consciente de que no hay mucho que pensar. O voy a casa, a sabiendas de que llegaré mojada de pies a cabeza y con la ropa para tirar a la basura, o vuelvo al palacio con el riesgo de quedar atrapada en él hasta bien entrada la noche, momento en que la marea volverá a bajar.

Mientras me debato entre estas dos opciones tan poco atrayentes, Leonardo sale del portón silbando y calzado con unas botas de pescador.

—Hola, Elena, ¿qué haces aquí? —pregunta cuando me ve posada sobre el muro como un gato hidrófobo.

—Intentaba volver a casa… —respondo tratando desesperadamente de contenerme—. Pero ¿tú no estabas en el restaurante?

—Sí, pero volví a eso de las cinco —dice a la vez que se acerca a mí moviendo metros cúbicos de agua con sus pisadas—. Solo que tú estabas tan abstraída en el trabajo que no te diste cuenta y no quise molestarte.

—Ah. —Llega a mi lado. Encaramada al muro casi soy tan alta como él.

—¿Qué quieres hacer? —Observa circunspecto el nivel del agua—. ¿Quieres que te lleve a casa?

—¿Cómo?

—Tú agárrate aquí —me ordena dándose unos golpecitos en el hombro—, que del resto me ocupo yo.

Su propuesta es un poco indecorosa. Lo miro vacilante. Me gustaría contestarle: «No te preocupes, gracias, ya me las arreglaré», pero, dada mi situación, no resultaría creíble. Me temo que no me va a quedar más remedio que aceptar.

—Pero ¿estás seguro? Te haré perder tiempo… —Estoy a punto de decirle que sí…

Rechaza mis objeciones con un ademán de la mano y se vuelve mostrándome la espalda. De acuerdo, acepto.

Su espalda es grande, semejante a una montaña, y yo debo escalarla. Bajo la consabida camisa de lino se entrevén sus músculos. Levanto un pie y lo vuelvo a apoyar en el suelo, indecisa. Maldita sea, ¿por qué me habré puesto esta mañana una falda y un par de medias hasta la rodilla? Me siento tan torpe como cuando en primaria la maestra de gimnasia me hacía trepar por la pértiga bajo la mirada cruel de mis compañeros de colegio. Lo intento de nuevo: apoyo primero una mano en su hombro, luego la otra y aprieto a la vez que dejo caer el resto del cuerpo sobre su espalda. Leonardo me coge un brazo con una mano y con la otra una pierna, que coloca alrededor de su cintura. Hago lo mismo con la otra pierna.

—¿Lista? —me pregunta.

—Creo que sí. —Mi cuerpo ahora está completamente pegado al suyo—. ¿Y tú? ¿Puedes?

Se ríe.

—Eres tan ligera como una muñeca.

Me sujeta los muslos desnudos con sus manos. Caminando con la andadura de un titán, cruza el primer puente como un rayo. Siento el pecho aplastado contra sus dorsales, al mismo tiempo que le rodeo el cuello con los brazos para no caerme. Huele bien, el aroma es el mismo que emanaba de su ropa. Pero debajo se intuye otro olor, más auténtico y salvaje, el de su piel. Olor a viento y a mar.

—¿Por dónde? —me pregunta cuando llegamos al otro extremo del puente.

Le indico la calle hablando a un centímetro de su oreja, en un susurro que, no sé por qué, tiene algo de malicioso, y él echa de nuevo a andar. Prosigue tranquilo, como si fuese la cosa más normal del mundo, en tanto que yo me pregunto qué demonios hago a horcajadas sobre un desconocido. Todo esto es absurdo y, sin embargo, no me molesta. Tengo una sensación de calor y, por un instante, deseo no bajar nunca de allí, quedarme pegada a Leonardo para siempre. De repente, caigo en la cuenta de que mi sexo está haciendo presión sobre su espalda: lo único que nos separa es la tela de las bragas, dado que las medias solo me llegan a las rodillas. Estoy segura de que Gaia pagaría lo que fuese por estar ahora en mi lugar.

Dios mío, creo que me voy a resbalar.

—¿Seguro que estás cómoda? De verdad, eres tan ligera como una pluma. Casi no te siento... —Me aprieta las piernas y me ayuda a colocarme bien dándome un pequeño empujón.

—Sí...

Es fuerte, siento sus músculos en tensión, la sangre caliente que late en sus venas. Sus manos se deslizan por mis muslos con una naturalidad que vence cualquier vergüenza. Casi parece que conoce ya mi cuerpo, y eso me desconcierta, no sé qué pensar.

En la calle de la Toletta los barrenderos están montando las pasarelas de madera y, sonriendo maliciosos y lanzando frases expresivas, me miran como si fuese una princesa árabe a lomos de un camello. Parecen estar diciendo: «Mira a esta qué bien le va». Mi apuro crece a medida que va subiendo el agua, que rebosa sin cesar de las alcantarillas e inunda todo, empapa las paredes, deshace los palos de madera. Por suerte, Leonardo no puede ver el rubor que me está encendiendo las mejillas.

En las tiendas están quitando a toda prisa la mercancía de los estantes más bajos. Los comerciantes maldicen gritando por todas partes. El agua alta es aterradora, lo arrebata todo, no tiene piedad de nada ni de nadie. La verdad es que no puedo por menos que reconocer que hoy me ha ido bien.

Hemos llegado. El puente de madera de la Academia se abre ante nuestros ojos. Estoy a cien metros de casa y, por fortuna, desde este punto las pasarelas lo cubren ya todo.

Doy un ligero pellizco en la espalda a Leonardo.

—Puedes dejarme ya —digo—, desde aquí puedo ir sola.

Se para.

—¿Estás segura? No me cuesta nada caminar unos metros más.

—Así está bien, de verdad. Has sido ya de gran ayuda, en serio… —Sopeso por un momento la idea de invitarlo a tomar un café para darle las gracias, pero no quiero causar equívocos. Hoy las distancias se han acortado ya bastante entre nosotros. Aunque, sobre todo, mi casa está hecha un desastre, de manera que prefiero ahorrarme otro apuro.

—Fin del trayecto —dice al tiempo que me suelta las piernas y me roza las bragas. Es evidente que no se ha dado cuenta. Es más, puede que solo sean imaginaciones mías... A continuación dobla las rodillas y, sujetándome por los hombros, me ayuda a bajar.

Salto sobre la pasarela y me ajusto la ropa.

—Gracias, me has salvado.

—Ha sido un placer.

Lo miro a los ojos. ¿De verdad ha sido un placer? Porque en mi caso creo que lo ha sido realmente.

—Adiós, entonces. Hasta luego.

—Adiós, Elena. Hasta mañana. —Da un paso en el agua turbia; después se vuelve y dice—: Me ha encantado caminar con el agua alta, ¿sabes? Es una experiencia que siempre he deseado vivir..., y jamás me habría imaginado que la compartiría contigo.

Le sonrío, me devuelve la sonrisa y me deja sola, mientras Venecia se deja acariciar por la marea.

4

Hoy ya no tengo ninguna excusa: he de enfrentarme a la granada. Poco importa que me encuentre fatal, que haya tenido unas pesadillas tremendas toda la noche y que cuando haya abierto los ojos me haya encontrado atravesada en la cama, con la sábana arrugada y la almohada en el suelo. Me he levantado a duras penas, con el corazón bombeando sangre en los oídos, y ni siquiera las veinte gotas relajantes de tila que me he tomado han servido para calmarme. He intentado estirarme para desentumecer los músculos doloridos, pero cuando he comprobado que las puntas de los pies jamás me habían parecido tan lejanas, he desechado la idea.

Dadas mis condiciones físicas y mi estado de ánimo por los suelos, para venir hasta aquí he decidido coger el *vaporetto:* esta mañana no tenía ningunas ganas de caminar.

Me apoyo en la escalera y miro la granada de abajo arriba. Exhalo un suspiro en el que se entremezclan la admiración y la inquietud.

Me gustaría decirme que estoy llena de energía, que estoy segura de que lo conseguiré, pero no es cierto. Tengo miedo de que el trabajo no salga perfecto, como pretendo de mí misma, de que al final tenga que contentarme con un resultado aproximativo, quizá con un color que, pese a no ser idéntico, trata sin conseguirlo de parecerse al original. Lo sé ya: el pintor anónimo se me aparecerá en sueños, por la noche, y me acusará de haber echado a perder su obra maestra.

Me atuso el pelo para apartar estos pensamientos estúpidos y me pongo el pañuelo. Debo permanecer concentrada y acabar como sea la maldita granada. Si sigo así corro el riesgo de perder también la visión de conjunto y de comprometer el resto.

El campanario de San Barnaba acaba de dar las once. Por lo general, almuerzo a esta hora, como en el colegio —en realidad es un desayuno tardío—, pero en este momento no tengo nada de hambre. La mañana no ha empezado bien y, por lo visto, va de mal en peor. He perdido también el colirio, justo ahora que lo necesito. «Estás en las nubes», me diría mi madre, no sin razón. Lo busco por el suelo del vestíbulo, porque podría habérseme caído del bolsillo, pero nada. Maldita sea, y ahora ¿qué hago? ¿Salgo y voy a la farmacia a comprar otro? Ciertamente, con lo productiva que he sido hasta ahora…

Qué se le va a hacer, al infierno con el colirio. Me doy un ligero masaje en los párpados con las yemas de los dedos, subo a la escalera repitiendo mi nuevo mantra —«lo puedes conseguir, Elena»— y me enfrento por enésima vez a la granada, que me mira con aire de desconfianza.

No te temo, no, no te temo en absoluto.

Cuando llevo trabajando casi una hora con escasos resultados, una voz a mis espaldas rompe la frágil burbuja de concentración en la que he conseguido encerrarme a duras penas.

—Hola, Elena.

Vaya, el que faltaba.

—Leonardo... —lo saludo distraída confiando en que no pretenda que le dé conversación. Hacía varios días que no lo veía, desde que me llevó a casa a hombros. Con todo, desde entonces ha protagonizado, a mi pesar, ciertos pensamientos secretos e inoportunos que, por lo general, reprimo puntualmente en cuanto aparecen en mi mente.

Lo espío con el rabillo del ojo: lleva en la mano una bolsa de papel marrón, de las que se utilizan en el mercado.

Mira el fresco rascándose la barbilla; acto seguido se dirige al pequeño sofá que está pegado a la pared y tira la bolsa, que, con un ruido sordo, rebota en el terciopelo de la tapicería. Dándome la espalda, se quita la cazadora de cuero y se queda con una camiseta blanca de manga corta. Su piel es oscura, quemada por el sol; el trabajo y los esfuerzos han esculpido sus músculos; y tiene las venas marcadas. Es un hombre muy atractivo. No puedo por menos que darle la razón a Gaia.

—¿Puedes bajar un minuto? —me pregunta.

Me vuelvo hacia él frunciendo el ceño y sacudo la cabeza como si dijese: «¿Por qué debo hacerlo?».

—Vamos —insiste él en tono firme—. Quiero hacer un experimento.

—¿Qué experimento?

—Baja y te lo digo. —Una sonrisa ambigua se dibuja en sus labios.

No sé qué quiere hacer; su mirada no es, que digamos, muy tranquilizadora, pero no me puedo resistir a su invitación, estoy intrigada. Entretanto, mi apuro va en aumento —me arde la cara, lo siento— y la única manera de vencerlo es obedecer la orden sin darle demasiadas vueltas. Así que dejo el cuenco y el pincel en el último peldaño de la escalera y bajo lentamente.

Me paro delante de él. Leonardo me estudia traspasándome con la mirada.

—Bien —exhala un hondo suspiro—, ahora debes cerrar los ojos.

—¿Eh? —Trago saliva—. ¿Puedo saber qué intenciones tienes?

—Es solo una prueba —me anima con voz persuasiva—. Pero si funciona me lo agradecerás.

Me doy cuenta de que me tiemblan un poco las manos. No es normal que este hombre venga aquí a interrumpir mi trabajo y a darme órdenes, ni que yo sea incapaz de contradecirlo como me gustaría. Tiene algo magnético, algo que no puedo controlar y aún menos rechazar.

Lanzo un largo suspiro. Luego otro al tiempo que dejo caer los brazos a lo largo de los costados y, ahora sí, cierro los ojos. Me pongo en sus manos, supongo que es inevitable.

—Debes jurarme que no los abrirás hasta que yo te lo diga.

—De acuerdo —acepto—. Me siento un poco estúpida.

—Fíate, Elena —dice para tranquilizarme. Su voz es ahora más dulce.

Noto que da unos pasos. Se está alejando de mí. A continuación oigo que arruga un papel. Debe de estar rebuscando en la bolsa. Miro entreabriendo un poco los párpados, pero Leonardo está de espaldas y no veo nada, así que decido que más vale volver a cerrarlos. Me pregunto si no debería tener miedo, en el fondo este hombre es un perfecto desconocido… No, pensándolo bien no creo que deba tener miedo. En realidad tengo ganas de sonreír.

—Veo que te estás divirtiendo…, ¡bien! Mejor así —comenta Leonardo.

Dios mío, se ha dado cuenta. Ahora se dirige hacia mí. Se ha parado a pocos centímetros de mi cara —eso parece—, hasta puedo sentir su respiración.

—Y ahora no pienses en nada. Limítate a escuchar —ordena autoritario.

Un ruido seco me llega directo al oído derecho. Es un sonido indescifrable, primero duro y después más suave. Algo vivo que se rompe, que se parte por la mitad con un crujido.

—¿Qué es? —pregunto sorprendida.

—Tienes que adivinarlo, ese es el juego. —Intuyo que sonríe, su aliento flota en mi cara. Cada vez está más cerca—. Huele.

Acerca el misterioso objeto a mi nariz y dejo entrar el aire. Un olor muy especial me sacude y desciende hasta mi garganta. Musgo, tierra…, materia viva.

—¿Es una fruta? —aventuro.

Leonardo no contesta. Me coge con dulzura las manos y las gira poniendo las palmas hacia arriba. Un cálido estremecimiento me recorre la espalda y se pierde en la ranura de las nalgas.

—Tócalo —susurra. Me pone en las manos dos semiesferas.

Doblo ligeramente los dedos para sentir mejor su consistencia. Por fuera es a la vez liso y rugoso, mientras que dentro reconozco por el tacto una confusión de granos revestidos de una película fina desgarrada en varios puntos.

Puede que lo haya entendido.

—¿Es una granada?

—Ahora lo descubrirás. —Leonardo me libera las manos—. Abre la boca, prueba.

Titubeo, no me gusta la idea de no ver lo que estoy a punto de meterme en la boca, pero hago lo que me dice. Varios granos resbalan frescos por mi lengua. Su sabor es acidulado, pican un poco, y siento sobre los dientes una pulpa dura y azucarada de alma leñosa.

—Abre los ojos —dice Leonardo.

Obedezco. Él se encuentra delante de mí y me mira con aire satisfecho.

—Es una granada. Verdadera —sentencia sujetando aún la fruta entre las manos—. Creo que necesitas partir de esto para llegar a eso. —Señala la granada del fresco.

Yo también lo miro a la vez que los granos, hechos papilla por las muelas, se mueven todavía en mi boca. El detalle, que antes era un simple retículo de formas y colores, ha cobrado vida de repente. Lo tengo en la boca, en la nariz, en la barriga, más que en la cabeza. Y me parece verlo de verdad por primera vez, siento que ahora soy capaz de desvelar su misterio. No sé qué decir, estoy completamente desconcertada. Busco ayuda en la mirada de Leonardo. Él me sonríe.

—A veces los ojos no bastan para verlo todo, ¿no crees?

Asiento con la cabeza, aún vacilante.

—Creo que he entendido lo que quieres decir…

—En ese caso te conviene volver de inmediato al trabajo. Te dejo tranquila. —Hace ademán de marcharse.

Da unos pasos en dirección al pasillo, pero, de repente, retrocede, como si hubiese olvidado algo, tal vez la bolsa con las granadas o la cazadora en el sofá. Pero no. Baja un instante la mirada, hurga en un bolsillo de sus vaqueros y saca un tarro de colirio.

—Lo encontré ayer en mi habitación —explica mientras me lo tiende—. Puede que lo necesites.

Petrificada, cojo el frasco. Lo único que deseo en este momento es hacer un agujero en el suelo, enterrarme y no volver a salir nunca de él.

—Gracias, me he pasado la mañana buscándolo —digo con descaro tratando en vano de ocultar el apuro que siento crecer en mi interior—. La verdad es que no sé cómo ha ido a parar a tu habitación —prosigo, al mismo tiempo que siento arder mis mejillas. De nuevo. Daría cualquier cosa por encontrar una coartada válida, pero nunca he sabido mentir. La imbécil de Gaia... ¡Y yo aún más por haberla secundado! Ahora él pensará que soy una entrometida o, peor aún, una maniaca, porque es obvio que en su opinión soy yo la autora de la fechoría.

Leonardo me mira con complicidad, como si pudiese leerme el pensamiento. Se encoge de hombros divertido y me regala una sonrisa amistosa que significa: «Puedes estar tranquila, no tiene importancia». A continuación, sin añadir nada más, se marcha y me deja allí, plantada en el centro del vestíbulo. Vacilo entre hacer como si nada o correr a esconderme donde nadie pueda encontrarme.

Cuando salgo del palacio casi ha anochecido, las farolas de la calle ya están encendidas y el aire fresco de octubre me obliga a levantarme el cuello del gabán. Mientras me peino hacia un lado, una voz, poco menos que un susurro, me llama.

—Psss... ¡Bibi! —Es la voz de Filippo.

Está sentado con las piernas cruzadas en el borde del pozo que se halla en el centro de la plazoleta. Cuando nuestras miradas se cruzan, baja y aterriza en el adoquinado, sacudiéndose la gabardina de color gris oscuro.

—Por lo visto ese fresco no quería dejarte... —Se mete el móvil en el bolsillo y se acerca a mí.

—Ha sido un día productivo —respondo, aunque decido pasar por alto el experimento de Leonardo—. ¿A qué se debe que estés por aquí?

—He pasado a saludarte —dice mientras se echa al hombro la bolsa del ordenador portátil—. No te he llamado porque sé que no contestas cuando estás trabajando.

—Bueno, a lo mejor te habría contestado —digo dándole un alegre empujón con el hombro.

Nos encaminamos hacia el Campo San Barnaba. Me alegro de que Filippo haya venido. Posee la extraordinaria capacidad de relajarme, de liberarme del estrés y de conseguir que me sienta a gusto.

—Tengo que decirte una cosa. —Se rasca la nuca como si estuviese buscando las palabras. Sus ojos se entristecen de inmediato.

—¿De qué se trata?

—Mañana debo regresar a Roma. Y quedarme allí —dice de golpe.

—Ah, vaya… —No sé cómo reaccionar a la noticia. Quizá para él es buena y no me parece conveniente manifestar el ligero malestar que, con todo, siento subir por la garganta—. No me habías dicho nada…

—Me he enterado hace dos horas. —Abre los brazos en señal de resignación—. Una decisión del jefe. Ha pensado mandarme a la sede de Roma porque piensa que soy el más cualificado.

—Suena a promoción.

—Eso parece, al menos eso asegura Zonta. «Considéralo un paso adelante en tu carrera», me ha dicho al mismo tiempo que me tiraba los documentos sobre el escritorio. —Filippo hunde las manos en los bolsillos y clava los ojos en un punto indefinido del horizonte—. Aumento de sueldo y, claro está, alojamiento pagado. Creo que es una de esas propuestas que no se pueden rechazar... —dice imitando la voz de Marlon Brando en *El padrino*. Pero no parece feliz.

—¿Y no estás contento? —le pregunto a bocajarro.

—Sí que lo estoy —contesta—. Solo que ha sucedido todo de buenas a primeras, justo cuando acabo de reasentarme de nuevo en Venecia... —Me mira y por un momento espero que añada: «Y, además, no quiero dejarte», pero me obligo de inmediato a olvidarlo. Es su momento, es su carrera, el objetivo por el que tanto ha luchado... Debo alegrarme por él y dejar a un lado el egoísmo—. No sé más detalles, pero lo cierto es que se habla de meses..., y el primer periodo será absolutamente frenético. —Respira hondo, como si se estuviese preparando para hacer una confesión—. El estudio ha logrado asociarse para construir un edificio que ha proyectado Renzo Piano.

—¡Caramba, Fil, felicidades! ¿Se puede saber a qué esperabas para decírmelo? —La noticia no solo es buena, es excepcional. Por desgracia. Le doy un fugaz beso en la mejilla—. Es la ocasión de tu vida.

Filippo sonríe circunspecto. Su modestia te deja sin palabras, y he de confesar que es un aspecto de él que me encanta. Sé que se enorgullece de sus logros, pero aun así nunca alardea de ellos. No se le subirían los humos a la cabeza ni aunque le pidiesen que volviera a proyectar el Empire State Building.

—Escucha, ahora tengo una cena con los colegas del estudio. La han organizado para despedirse de mí antes de que me vaya. —Por su mirada comprendo que no le apetece mucho, pero que debe ir por educación. Lástima, esperaba pasar al menos esta velada con él. Pero me consuela intuir que él siente lo mismo.

—¿Y nosotros? Supongo que no nos despediremos así —protesto.

—Lo siento, Bibi —dice con voz contrita y bajando los ojos—. Mañana, entre los preparativos y el viaje, no tendré mucho tiempo…

—Caramba, Fil… —Todo sucede demasiado deprisa para mí.

Él me levanta la barbilla y me sonríe animoso.

—Pero te espero. Debes venir a verme a Roma.

—Por supuesto que iré —respondo haciendo una mueca.

—Solo dame tiempo para instalarme y luego organizamos un fin de semana. ¿De acuerdo?

—De acuerdo. —Si bien la invitación no acaba de consolarme.

—Me alegro de que la noticia te entristezca, ¿sabes? —Me aparta de la frente un mechón de pelo—. A mí me ocurre lo mismo, solo que no sé demostrarlo. Ahora, sin embargo, tengo que dejarte, si no esos me matarán… o, peor aún, me arriesgo a encontrármelos borrachos perdidos.

—Te echaré mucho de menos.

—Yo también.

Nos damos un fuerte abrazo, como si deseásemos imprimir en él nuestras huellas. Después nos besamos intensamente en la mejilla y nos miramos durante un momento, vacilantes. Tal vez querríamos darnos un beso distinto…, pero enseguida desviamos la mirada y representamos de nuevo el papel de viejos amigos.

—Me voy. Te llamaré pronto.

—Buen viaje, Fil. Y buena suerte.

Otro abrazo apresurado, después del cual nos separamos y echamos a andar en dirección opuesta. Nos volvemos una vez más para saludarnos con la mano y seguimos adelante por unos caminos que acaban de bifurcarse.

Mientras me dirijo a paso lento hacia casa me asalta una enorme tristeza. Me parece una terrible injusticia que Filippo deba marcharse justo ahora: acabábamos de reencontrarnos y estábamos empezando a comprender muchas cosas el uno del otro. Estúpidamente, solo ahora caigo en la cuenta de la importancia que ha tenido para mí su presencia en los últimos meses.

Hace más de un año que estoy sola, en el sentido de que no hay ningún hombre en mi vida, aunque la soledad nunca me ha pesado demasiado. He descubierto que soy una persona autónoma e independiente, mucho más de lo que pensaba. Pero luego llegó Filippo y lo sentí muy cerca, más que nadie. Por primera vez después de mucho tiempo tuve serias dudas sobre mi vocación de soltera.

En un instante aparece ante mis ojos, cruel, la imagen de Valerio, mi último novio, un amor que nació durante el periodo despreocupado de la universidad y que acabó en cuanto tuvimos que enfrentarnos a la vida adulta. Cuando lo recuerdo me pregunto si lo quería en serio o si lo que me atraía entonces era la seguridad postiza que me procuraba nuestra relación. Después de recibir la licenciatura no tardé en detestar mi trabajo precario, abrigaba numerosas dudas sobre mi futuro y me sentía siempre insatisfecha, de manera que en esos años Valerio fue uno de mis pocos puntos de estabilidad. Tenía tanta necesidad de creer en lo nuestro que no veía hasta qué punto era él más frágil que yo, no comprendía que nuestras debilidades no generaban ninguna fuerza. Dejarlo fue muy doloroso, pero, visto con cierta perspectiva, creo que hice lo que nos convenía a los dos. Valerio representaba tan solo mi vía de escape de la realidad. El problema es que, en ocasiones, esa vía de escape puede parecerse mucho al amor. Con todo, ahora estoy convencida de que romper con él marcó de alguna forma mi transición a la vida adulta y me siento orgullosa de haber sido yo la que tomó la decisión.

He llegado a casa. Basta ya de pensar en el pasado. Ha pasado, precisamente, y ahora lo razonable sería empezar a abrirme a las cosas nuevas que me aguardan. Si hubiese podido dedicar más tiempo a Filippo, quizá nuestra amistad —pese a que en este momento tengo serias dificultades para definir así nuestra relación— se habría transformado en otra cosa. Quién sabe…, puede que, de una forma u otra, no todo esté perdido. Es evidente que añoraré nuestras salidas, nuestras conversaciones sobre cine, nuestras cenas y nuestras risas. Añoraré todo de él. Es inútil negarlo.

Después de cenar me pongo el uniforme de estar por casa —sudadera enorme y vaqueros cómodos— y me tumbo en el sofá para zapear. Mientras dormito delante de un documental sobre los animales de la sabana llaman a la puerta. Miro el reloj: es casi medianoche, ¿quién puede ser a estas horas? Echo una ojeada por la mirilla con cierto temor y veo una cabeza rubia. Y los ojos verdes de Filippo.

—¡Eh, hola! —le digo mientras abro la puerta un poco desconcertada.

—Pasaba por aquí y quería ver si aún estabas despierta —me contesta con una sonrisita pícara.

—Estaba viendo la tele —le digo echándome a un lado para dejarle pasar.

Filippo entra y yo lo sigo hasta el salón. Se comporta de manera extraña, está tenso, azorado. Le señalo el sofá y me siento a su lado. Se encuentra pálido como un cadáver, me preocupa.

—¿Algo va mal? —pregunto circunspecta.

—No, pero quería hablar un poco contigo antes de…

—Fil, ¿has cambiado de idea? ¿Ya no quieres marcharte?

—No, no es eso…

—Entonces, ¿de qué se trata?

—De ti, Elena.

De mí. Bueno, ahora está claro: Filippo ha decidido declararse y pretende hacerlo justo unas horas antes de mudarse a otra ciudad. Por si fuera poco, me pilla totalmente desprevenida: llevo puestas las peores prendas de mi guardarropa —propias de un ama de casa desesperada— y ni siquiera me he lavado los dientes.

—No quería marcharme sin decirte lo importante que eres para mí —continúa.

—Ya sé que me quieres mucho. —No sé qué otra cosa decir, trato de aligerar el tono de la conversación con una sonrisa y le revuelvo el pelo. Espero que se detenga aquí, que no vaya más allá.

—No, no lo sabes. —Me sujeta la mano y me da un beso profundo en la palma. El calor de sus labios me recorre el brazo y me llega directamente al corazón. Después, sin decir nada, se acerca a mí y me besa también en los labios, suavemente, vacilante, como si me estuviese pidiendo permiso para hacerlo.

No retrocedo, al contrario, me acerco aún más a él. Tienes mi permiso, Fil. Sus labios se vuelven entonces más audaces y su lengua se mueve lentamente en busca de la mía. Sus manos, delicadas, me sujetan la cabeza y aferran mis pensamientos aprisionándolos en el espacio que ha dejado de existir entre nosotros. Cierro los párpados, contengo la respiración. Nos estamos besando de verdad. Filippo se separa y me mira a los ojos.

—No sabes cuántas veces he deseado hacerlo, Bibi. Pero no estaba seguro de que tú quisieses también.

—No esperaba otra cosa.

Nos volvemos a besar, insaciables, sin valor para decir nada. Luego, con delicadeza, Filippo me tumba en el sofá y se echa a mi lado. Sigue besándome, mete una mano bajo la sudadera y me acaricia el pecho con la punta de los dedos. Me estremezco. Me mira como si fuese la cosa más preciosa del mundo, como si no pudiese dar crédito a lo que está viendo. También a mí me cuesta creer que, después de tantas dudas y ocasiones fallidas, ahora estemos aquí, abrazados y emocionados, con una sola noche que compartir para recuperar el tiempo perdido.

—Siempre te he deseado. Desde que nos conocimos —me susurra al oído antes de volver a besarme con mayor ímpetu.

Su mano se desliza por mi piel y me acaricia el pecho. Se sienta a horcajadas sobre mí y me quita la sudadera y la camiseta con un solo movimiento. Debajo no llevo nada; me siento incómoda, de manera que busco con la mirada el interruptor de la lámpara para apagarla.

Veo que se inclina poco a poco hacia mí, siento su boca, que encuentra los pezones ya túrgidos y los chupa poco a poco, como si fueran de azúcar. Me deshago bajo su cuerpo. Le paso los dedos por el pelo gozando de ese instante de auténtica dulzura.

Busca la cremallera de mis vaqueros y la baja. Contraigo los músculos de la barriga mientras su mano se abre paso bajo mis bragas. Me acaricia el clítoris sin dejar de besarme el pecho. Es una sensación deliciosa que casi había olvidado. Se detiene, pero solo para quitarme los vaqueros y las bragas. Yo le quito la camiseta, mientras él se libera de los pantalones. Estamos desnudos y en la oscuridad puedo entrever su tórax esbelto y definido y su sexo erecto, que apunta hacia mí. Me repito en silencio que estoy a punto de acostarme con Filippo, que está sucediendo ahora, aquí, en mi casa, pero aún me cuesta ser consciente de ello. El pensamiento es más lento que el cuerpo.

Entretanto, él ha empezado a acariciarme de nuevo el clítoris, sus dedos empujan los labios y luego suben para llenar el vacío. Retrocedo un poco, sorprendida.

—¿Va todo bien? —me pregunta.

—Sí —contesto para tranquilizarlo.

Hace casi un año que no lo hago y, a decir verdad, me siento algo inquieta. Filippo espera a que esté lista; luego se tumba sobre mí y sujetando el pene con una mano me penetra dulcemente, sin apresurarse. Cuando está del todo dentro exhala un suspiro más hondo y empieza a moverse a ritmo regular. Le rodeo el cuello con los brazos y lo beso en la boca a la vez que acompaño su balanceo con la pelvis. Me dejo mecer por él y me abandono. No recordaba que podía ser tan maravilloso. Tan pleno.

La unión de nuestros sexos libera unos estremecimientos de placer que se van intensificando. Hasta que Filippo empuja con un poco más de fuerza y yo me aferro a él casi con violencia, emitiendo un pequeño gemido. El orgasmo, líquido y dulzón, se propaga en mi interior como una larga ola. Tiemblo entre sus brazos, pierdo por completo el control, el sentido del tiempo y del lugar donde me encuentro. Es sorprendente que Filippo me esté regalando esto. Me siento feliz. Como no lo era desde hacía mucho tiempo.

Filippo se inclina para besarme sin dejar de mover la pelvis, buscando su propio placer. También él está gozando ahora, siento su sexo latiendo en el mío mientras cae sobre mí lanzando un grito casi liberatorio.

Nos besamos y nos abrazamos intensamente, con cierto asombro. No hablamos, no en este momento. Hemos hecho el amor y ha sido maravilloso. Ninguno de los dos tiene ganas de preguntarse qué sucederá mañana, ahora no.

—Elena —dice Filippo al cabo sujetándome la cara con las manos—. Quiero dormir contigo esta noche.

—Sí —respondo en voz baja.

Nos levantamos del sofá cogidos de la mano y, con las piernas aún temblorosas, lo llevo a mi cama y nos metemos bajo las sábanas. El sueño nos sorprende abrazados.

Abro los ojos. Una luz azulada invade la habitación. Anoche no bajé las persianas y por la ventana entra la claridad del alba. Me vuelvo hacia Filippo, pero él está ya de pie y se está vistiendo. Me sonríe.

—Duérmete, aún es pronto. Yo tengo que ir a hacer las maletas.

No le hago el menor caso y me incorporo apoyándome en el cabecero. Nos miramos, conscientes de que ahora será aún más difícil despedirse. Filippo se sienta a mi lado y me peina, debo de tener el pelo desgreñado. Dios mío, ¡no quiero dejarle como última imagen la ruina que soy por la mañana cuando me levanto!

—Nada de caras tristes, Bibi.

—¿No te da miedo que hayamos complicado todo, Fil? Quizá hemos hecho lo correcto, pero en el momento equivocado.

—Puede ser, pero no me arrepiento. Te quería y aún te quiero.

—¿Y qué haremos ahora?

—No debemos tomar una decisión a la fuerza. Tenemos tiempo. No pienses que esto es un adiós, Bibi...

—No, claro —contesto, pese a que no estoy del todo segura—. Es que las grandes decisiones me angustian, ya lo sabes.

—Lo sé, pero no tenemos prisa. Cuando nos volvamos a ver lo retomaremos desde este momento.

—¿De manera que estamos posponiendo las cosas a la espera de que lleguen tiempos mejores?

—Al menos mientras yo esté en Roma y tú en Venecia.

—Me parece la elección más sabia, Fil.

—Es la única forma de no enloquecer, Bibi.

Nos abrazamos con fuerza y nos besamos por última vez; después Fil se pone de pie. Me gustaría levantarme también para acompañarlo, pero él me lo impide. Me tapa con la manta.

—No, quédate aquí, calentita.

Un último beso en la frente y acto seguido desaparece por la puerta de la habitación. Me tumbo de nuevo y me tapo hasta el pelo. Me gustaría dormir y detener el cerebro, pero es inútil, mi mente es un hervidero.

La noche que he pasado con Filippo ha sido tierna y emocionante. Me pregunto si podré enamorarme de verdad de él. Siempre nos hemos llevado bien... Pero ¿será suficiente? Debo tratar de entenderlo, porque no puedo permitirme el lujo de cometer un error y luego echarme atrás, con Filippo no. Debo estar lúcida, averiguar si estoy confundiendo el afecto con algo más profundo. La distancia nos pesará, por descontado, pero tal vez sea la prueba que necesitamos para comprender cuál es la auténtica naturaleza de nuestros sentimientos.

Doy vueltas en la cama inquieta, regodeándome en un sinfín de análisis inútiles —¿una noche de sexo y ya me he vuelto paranoica?—, y al final me resigno a levantarme y voy a la cocina a prepararme un té.

En la mesa, bajo el frutero, hay un folio. Es un dibujo, el retrato de una mujer esbozado a lápiz. Soy yo. Giro la hoja y en una esquina, abajo, leo un mensaje escrito con una caligrafía regular y minuciosa.

¡Qué guapa eres!
Dormías tan a gusto esta noche...

Justo abajo, una firma: «Filippo».

Me dejo caer en la silla con los brazos pegados a los costados. Echo la cabeza hacia atrás y exhalo un hondo suspiro. No vale, Fil. ¿Cómo pretendes que esté lúcida si te comportas así?

5

Filippo se marchó hace tres días. Me llamó nada más llegar a Roma y anteayer nos vimos por Skype.

—No quiero perderte, Bibi. Ahora no —me dijo al acabar la conversación.

Quedamos en que debíamos intentar hablar a menudo, pese a que somos conscientes de que el teléfono y el email no bastarán para impedir que acusemos la distancia.

Hace tres noches que duermo mal. Durante el día logro concentrarme en el trabajo, pero en cuanto me acuesto me asaltan las dudas, los pensamientos, y a veces hasta tengo la impresión de sentir el olor de Filippo, de *nuestra* única noche. ¿Qué sucederá entre nosotros? ¿Puede haber un mañana?, ¿tengo algún derecho a esperarlo, después de varios meses de soledad voluntaria, o será solo cuestión de una noche, en la que nos dejamos llevar por la emoción de la despedida? ¿Qué sentimos de verdad el uno por el otro? Pero, sobre todo, ¿qué siento yo?

Por si fuera poco, anoche las dos gatas de la vecina, la señora Clelia, contribuyeron a que no pudiese pegar ojo. Esa vieja solterona las tiene encerradas todo el año en su piso de dos habitaciones y treinta metros cuadrados, pero cuando están en celo enloquecen, como es normal, y entonces las suelta. Sus maullidos desgarradores sometieron a una dura prueba a mi sistema nervioso y al amor que siento por los animales.

A las cuatro de la madrugada no podía soportarlo más y, con una ojeras espantosas, me asomé a la ventana, resignada a asistir al espectáculo nocturno que estaba teniendo lugar en la plaza: alrededor de las gatas de Clelia, cinco o seis gatos callejeros, amontonados unos sobre otros, peleaban furiosamente para obtener el derecho al aparejamiento.

Una maraña de lomos arqueados, bufidos, pelo erizado, garras, dientes y maullidos agudos. De repente las gatas cedieron al deseo, no sé muy bien con cuál de todos los machos, en una verdadera orgía animal. Clelia debe de estar buscándolas histérica por el vecindario esta mañana… Y dentro de dos semanas volverán a presentarse en casa delgadas y llenas de arañazos, pero felices. ¡Menuda suerte!

El timbre del iPhone me devuelve bruscamente a la realidad. Apoyo el pincel en la tela protectora y me apresuro a ver quién es sin ni siquiera quitarme los guantes de látex, aunque ya me lo imagino. Efectivamente, se trata de Filippo, me ha mandado un MMS. Lo abro enseguida: es un primer plano de él con los ojos todavía un poco hinchados por el sueño y una sonrisa confiada; al fondo se ve un edificio muy moderno o, mejor dicho, unas obras.

> Buenos días, Bibi. Yo ya estoy en marcha. ¿Y tú? Te echo de menos

Miro de nuevo la foto con una punzada de melancolía. Yo también lo echo de menos. La idea de ir a verlo me tienta cada vez más, y tengo que reconocer que siento celos al pensar en la posibilidad de que conozca gente nueva en la capital. Puede que haya llegado el momento de que yo también me confunda con la multitud en búsqueda de una aventura erótica.

Froto la pantalla del móvil con la manga del mono y respondo.

> Aquí me tienes, pegada al mural de siempre, pero, al menos, el resultado esta vez es bueno... Yo también te echo de menos. Un beso

Después me saco una foto con un fragmento del fresco al fondo y se la adjunto al mensaje. A pesar de las noches insomnes y del nerviosismo, la restauración va viento en popa. Será que a medida que pasa el tiempo me siento más segura, será que el experimento de Leonardo ha funcionado (porque ha funcionado, debo reconocerle el mérito), será que, a fuerza de probar, las cosas acaban saliendo… En fin, que parece un milagro, pero la granada tiene ya el matiz adecuado, el que he estado buscando durante numerosos días.

—Por lo que veo, aquí nadie da ni clavo… —De repente, oigo una voz familiar a mis espaldas. Me vuelvo y veo a Gaia en la puerta, con el bolso de marca colgado de un brazo y caminando resuelta sobre sus habituales zancos.

¡No es posible! A pesar de todas mis advertencias y amenazas ha vuelto al ataque. Le conté el vergonzoso epílogo de nuestra travesura y le pedí que no volviese a aparecer por el palacio, pero aquí está de nuevo, con su habitual expresión de descaro, propia del que no le teme a nada.

Empuño el pincel empapado de témpera y apunto hacia ella.

—*Vade retro, Satana* —le ordeno. Luego caigo en la cuenta—: ¿Cómo demonios has entrado? ¿No estaba cerrado el portón?

—He sobornado al portero. —Gaia me guiña un ojo. El bueno de Franco se ha vendido a sus carantoñas.

—¡Sal inmediatamente de aquí! Estoy trabajando, tengo mil cosas que hacer y no quiero líos —le digo de un tirón agitando el pincel hacia su camisa de seda.

Gaia alza las manos y esboza la sonrisa con la que cree conquistar a todo el mundo.

—Vamos, Ele…, ¿toda esta historia por un colirio?

—¡¿Por un colirio?! Por las gilipolleces que me obligas a hacer… —Pongo en su sitio el pincel, pero enseguida me doy cuenta de que he cometido un error: debe de haberlo interpretado como una rendición. De hecho, veo que se acerca buscando mi complicidad.

—Vamos…, a mí no me parece tan grave.

Me concentro en la limpieza de varios objetos para darme un aire profesional. Gaia se inclina buscando mis ojos. Da la impresión de que mi irritación la divierte.

—Sea como sea, si Leonardo no se ha enfadado es porque, en el fondo, nuestras *atenciones* le gustan, ¿no?

Finjo que reflexiono con una mano apoyada en la sien.

—O que nos considera dos pobres desgraciadas con las que no vale la pena ensañarse.

—Jamás subestimes el narcisismo de un hombre —replica Gaia con aire de marisabidilla—. A todos les gusta que los cortejen…

—Eso parece salido del manual del acosador.

Leonardo aparece de repente justo en ese momento como si fuese una divinidad caída del cielo en una tragedia griega, solo que, en su caso, viste unos vaqueros rotos y una cazadora de cuero negro. Los ojos de Gaia se iluminan, mis mejillas arden.

—Buenos días —nos saluda cordialmente. No parece haber notado nuestras reacciones, en ambos casos preocupantes, cada una a su manera.

—Buenos días —contestamos a coro.

Leonardo echa un vistazo al fresco y me sonríe con complicidad.

—Eso tiene toda la pinta de ser una granada.

—Pues sí —asiento—. A fuerza de probar una y otra vez… —digo de manera vaga. Evito mencionar el «experimento» para ponerme a salvo de antemano de la curiosidad de Gaia. Luego empiezo a rascar vigorosamente el color de un cuenco con la intención de parecer muy atareada.

Leonardo se dirige a Gaia:

—¿Vienes a menudo a ver a Elena?

—En realidad, pasaba por aquí...

«Viene a menudo a verte a ti», pienso ensañándome con la pintura que se ha secado en el recipiente.

A pesar de que me mantengo al margen, los dos empiezan a charlar sin mayores problemas. Leonardo parece alegrarse de la visita de Gaia, seguro que ha comprendido que es el objetivo de la misma. Tal vez tenga razón ella: en el fondo el mundo está lleno de hombres atractivos y egocéntricos que lo único que pretenden es ser adorados.

De repente, sin embargo, se vuelve hacia mí.

—Me olvidaba de que tengo que deciros algo importante. —Se pasa una mano por el pelo—. Estáis invitadas a la inauguración del restaurante.

Dejo de rascar y tardo una fracción de segundo en volver a sintonizarme con su conversación.

—Ah, ¿sí? ¿Y cuándo es? —pregunta Gaia ansiosa con su tono más desenvuelto.

—Justo dentro de una semana. El próximo miércoles.

Vaya, lo que nos faltaba. Abro la boca para decir: «¿El próximo miércoles? Lástima que ya estemos ocupadas...», pero Gaia se adelanta:

—¡Gracias, con mucho gusto! ¿Verdad, Elena? —Lo cierto es que ni siquiera me mira y saca a toda prisa la Black-Berry del bolso—. Mira, lo apunto enseguida en la agenda.

—Haciendo resbalar los dedos por el teclado la actualiza y a continuación, en lo que constituye un indudable golpe maestro, aprovecha para pedirle el número de teléfono—. Por si acaso surge algún contratiempo de última hora… —explica con una sonrisita maliciosa.

Verla en acción es un espectáculo tal que me deja hipnotizada, al punto que casi me olvido de enfadarme con ella. Gaia es mi modelo en lo que a técnicas para ligar se refiere, la considero insuperable. El puesto siguiente en la lista lo ocupan las gatas de Clelia.

Como si hubiese intuido mi perplejidad, Leonardo me lanza una mirada de aliento.

—Que quede bien claro que os espero a las dos. —Asiento con la cabeza, pese a que no acabo de creérmelo. Me escruta con aire grave—. He visto cuánto te apasiona tu trabajo, Elena. A mí me sucede lo mismo. Por eso me gustaría enseñarte lo que hago. —Lo dice como si le importase de verdad, así que no puedo por menos que fiarme de sus palabras. Me siento un poco desconcertada, de manera que intento adoptar un aire profesional.

—No lo sé…, en esta época estoy tan ocupada…

Leonardo se dirige de nuevo a Gaia, aunque sin dejar de mirarme:

—Cuento contigo, Gaia. Encuentra la forma de arrastrarla hacia allí. Hasta el miércoles, chicas.

Se marcha dejándonos en dos estados de ánimo diametralmente opuestos: entusiasta Gaia, confusa y turbada yo.

—¿Por qué has aceptado? —gruño, dado que creo tener buenas razones para estar enojada con ella.

—Porque no había ningún motivo para decir que no.

—Sencilla y directa, como solo ella sabe ser.

Cruzo los brazos.

—Yo no iré, que lo sepas. No permitiré que me invite a cenar después del ridículo que hice el otro día.

—¿Otra vez con esa historia? —resopla Gaia—. Vamos, Ele, estoy segura de que Leonardo lo ha olvidado ya. Pasaremos una velada agradable, comeremos bien, quizá conozcamos a gente interesante...

—No iré, aunque me lo ruegues en arameo.

—Te advierto que si tú no vas, yo tampoco.

—¡Me moriré del disgusto!

—¿Y me harás perder una ocasión así? ¡Menuda amiga eres! Yo lo haría por ti.

—No empieces ahora con el chantaje emocional.

Gaia lanza una ojeada a su reloj Swarovski con la esfera decorada.

—Bueno, ahora tengo que marcharme. Piénsatelo mientras tanto, luego volveremos a hablar.

No entiendo qué misteriosa interferencia provoca que mi categórico «no» llegue a sus oídos convertido en un probable «sí».

—De acuerdo, pero ahora esfúmate —concluyo sin volver a replicar. En lo que a mí respecta, doy por zanjada la conversación.

—¿Has dicho «de acuerdo»? ¿He oído bien? ¡Sí, has dicho «de acuerdo»! —Gaia me apunta con el dedo índice, cuya uña lleva pintada de rojo.

—No, en realidad quería decir...

No me permite objetar.

—Lo has dicho. Me lo debes y basta. ¡Te llamaré! —Me lanza un beso con la mano y se marcha corriendo, repiqueteando con sus tacones cebrados en el pavimento antiguo.

Es oficial: la odio.

6

El rojo te favorece más —afirma Gaia empujándome hacia el espejo del salón—. ¡Mírate, estás estupenda!

Me pongo de puntillas y me doy media vuelta, pero al ver mi imagen reflejada arrugo la nariz. No estoy convencida. Esta noche se celebra la tan esperada —al menos por parte de Gaia— inauguración del restaurante de Brandolini; por ese motivo deambulo por casa medio desnuda, buscando desesperadamente un vestido decente que ponerme. Gaia lleva conmigo dos horas, es agotadora. Temerosa de que cambiase de opinión en el último momento, se presentó en el piso, maquillada, peinada y vestida de punta en blanco, arrastrando una maleta con ruedas y dos bolsas enormes llenas a reventar de ropa y complementos. Y ahora pretende imponerme el vestido que *ella* ha elegido para mí.

—Es demasiado corto, Gaia —protesto señalando los muslos con los dedos—. Tengo la impresión de que no llevo nada encima…, y, además, este rojo es como un puñetazo en el ojo.

Gaia cabecea y alza los ojos al cielo.

—Contigo no hay esperanza. No entiendes una palabra de moda…

—Vamos, deja que me pruebe otra vez el Gucci negro —le digo preparándome para enfrentarme por enésima vez al espejo.

Gaia se mueve felina calzada con unas sandalias de color turquesa que combinan a la perfección con el minivestido que se ha puesto para el evento y va a la otra habitación a coger mi vestido.

—Ten —resopla a la vez que me lo tira—. Haz lo que te parezca. Si lo que quieres es pasar desapercibida…

Mientras está en el cuarto de baño retocándose el maquillaje, me quito el vestido rojo, me alejo del espejo para no ver de cerca mi cuerpo pálido y poco vigoroso y me pongo a toda prisa el negro. Una mirada desde lejos de cuerpo entero, una más cerca de medio cuerpo y una vuelta completa. Eso es, ya está. Me convence más, si bien creo que nada me sentará nunca como un guante.

—Pero ¡es un poco escotado! —protesto en voz alta para que Gaia me oiga, a la vez que me ajusto la parte de arriba al pecho.

—Para nada —replica ella asomándose desde el cuarto de baño—. Te sienta de maravilla. El rojo de Prada era mejor, pero este de Gucci no se queda corto…

Apoyo las manos en la cintura y meto tripa. Tengo que reconocer que mi dieta a base de pizzas y congelados no es la ideal para la línea.

—Me gustaría saber de dónde los has sacado. Estos vestidos valen una fortuna.

—Muy sencillo: los he alquilado en un sitio —me contesta guiñándome un ojo.

Lanzo un último vistazo al espejo asesino tratando de convencerme: el vestido me sienta bien, estoy mona…, vamos, sea como sea estoy presentable.

—¿Y el sujetador? Necesito uno sin tirantes. —Miro a Gaia confiando en que encuentre una solución.

—Pero ¿por quién me tomas? ¿Por una aficionada?

Saca de una de las bolsas un *push-up* de encaje negro y lo agita ante mis ojos.

Me lo pongo y, como por arte de magia, mi pecho gana una talla. Me miro indecisa: ¿no será un poco vulgar que el encaje quede a la vista?

—Ten. —Gaia me pone en el cuello una bufanda de seda blanca—. Pero no te tapes toda, vamos…, solo un poco. —Sonrío. Si entiende a sus clientas como me entiende a mí es la *personal shopper* más diabólica del mundo—. Y ahora pasemos a los zapatos. —Sigue rebuscando en una de las bolsas. Me duelen los pies solo de pensarlo—. Paciotti de raso negro, tacón de doce centímetros —sentencia Gaia mientras me muestra un par sandalias que más bien parecen zancos—. Y no admito discusión.

—Sí, vale… —Una risotada histérica sale de mi boca—, voy a necesitar un tacatá para poder andar.

—¡Vamos, Ele, no te morirás por una noche!

Exhalo un largo suspiro.

—De acuerdo, pero me las pondré un segundo antes de salir. Si puedo ahorrarme unos minutos de martirio…

—Haz lo que quieras, pero así no te dará tiempo a acostumbrarte a ellas…, peor para ti. —Entretanto saca de la maleta unos bártulos espantosos, dignos de un artista del maquillaje.

—Y ahora, mi querida amiga, hay que pintarse y peinarse —dice esbozando una sonrisa triunfal.

La miro con desconfianza.

—Bueno, pero no te pases… —le ordeno.

No me suelo maquillar mucho, puede que porque nunca he aprendido de verdad a hacerlo y las pocas veces que lo he intentado he tenido la impresión de que me hacía un flaco favor. Y eso que las reglas son las mismas que las de la restauración: para empezar hay que limpiar bien, luego se prepara el fondo, a continuación se extiende el color y al final se abrillanta. Solo que hacerlo en una pared es una cosa y en la cara otra.

Gaia empieza a aplicarme el corrector de ojos, luego coge el maquillaje de larga duración y le da unos golpecitos con una pequeña esponja de látex. Me fío de ella. Sabe lo suficiente sobre la materia como para realizar un buen trabajo.

Me estudia los ojos cogiéndome la barbilla con los dedos.

—¿Tienes un rizador de pestañas?

—¿Tú qué crees?

—¡Oye, que no te he pedido un consolador!

—La experta eres tú…

—De hecho, tengo las dos cosas —reivindica orgullosa—. ¿Cómo quieres que te peine? —prosigue mientras me pone colorete en los pómulos.

—Con raya al lado, sin más. —No me apetece que me torture con pinzas y horquillas, en parte porque con eso tendría asegurado el dolor de cabeza.

—Mmm…, vale, pero intentaré hacerte alguna que otra onda. Esta noche tienes que parecer una diva.

No tengo escapatoria.

Después de dos horas y media de preparativos, por fin estamos arregladas. Gaia ha bajado ya a la plaza para fumarse un cigarrillo. Me pongo una gabardina ligera y cojo un chal de seda, el bolso de mano plateado y las sandalias, que me pongo bajo el brazo. Apago las luces, cierro la puerta con llave y bajo descalza la escalera.

En cuanto me ve salir por el portón, Gaia apaga la colilla con la plataforma de su zapato. Me ato los zancos a los pies y echamos a andar. Que Dios se apiade de mí.

Son las nueve y media de la noche y a la entrada del restaurante del Campo San Polo ya hay cola. La fiesta es exclusiva, de manera que los que no han sido invitados no pueden entrar. Gaia lo considera una buena señal, significa que dentro hay solo gente de lo mejor. Yo no sé qué pensar, no soy una mujer de mundo, lo máximo que espero de esta velada es no tropezar y caerme al suelo delante de alguien.

Cuando llegamos a la entrada mostramos las invitaciones al gorila, que luce un traje cruzado negro. Parece un agente de los servicios secretos: lleva el pelo al ras y un auricular en una oreja. Tras mirar distraído nuestras invitaciones, desengancha el cordón rojo que impide pasar a la gente.

—Por favor —dice dejándonos entrar.

—Gracias —contestamos a coro. Gaia me guiña un ojo excitada, está en su salsa.

Tras superar el primer obstáculo recorremos la alfombra roja que se extiende por el patio interior, iluminado por antorchas y lámparas. El flas de un fotógrafo casi me ciega. Espero no haber salido en la imagen, porque justo en ese momento me estaba recomponiendo la melena de *diva*. Maldigo a Gaia por haberme hecho ondas y, sobre todo, por haberlas llenado de laca. Mis dedos se enganchan en ellas sin remedio.

Dos modelos envueltas en unos impecables vestidos cortos negros puntean nuestros nombres en la lista de invitados y nos desean que pasemos una buena velada.

En el interior el ambiente es cálido y sugerente, la decoración típica de una casa noble veneciana, en la que abundan los arabescos. El restaurante ocupa dos pisos; el de abajo está rodeado de ventanales que dan a un jardín interior. La música de fondo es suave, acogedora y discreta.

Un grupo de camareros da vueltas entre la gente sosteniendo unas bandejas llenas de copas de champán. Cojo una para mojarme un poco los labios y enseguida se la doy a Gaia, que ya ha apurado la suya.

Salimos al jardín, donde nos quedamos literalmente maravilladas: este sitio es un auténtico placer para la vista. Los invitados se mueven entre antorchas y linternas de papel suspendidas en el aire, que confieren un aire mágico a la atmósfera. Observo a las personas que se apiñan alrededor de las mesas y noto una explosión de chifones, sedas, encajes y tafetanes. Solo los incesantes flases de los fotógrafos intentan romper el hechizo. Hay también un pequeño grupo de la televisión: la periodista, con el micrófono en la mano, y los cámaras que la siguen deambulan entre los invitados para recoger comentarios entusiastas sobre la velada. Se acerca también a mí y me explica que el especial se emitirá en un canal conocido, pero aun así me niego a participar. La mera idea me ha hecho ya enrojecer.

Gaia está pletórica de alegría. Saluda a gente que desconozco sin dejar de sonreír amistosamente a diestro y siniestro.

—Perdona, pero ¿los conoces? —le pregunto.

—Un poco —contesta—. A algunos solo de vista, pero siempre es bueno que te vean.

Sacude la cabeza resignada y me mira como si dijese: «Por lo visto tengo que enseñártelo todo».

De hecho, en caso de que quisiese ampliar de verdad mis horizontes sociales, aprendería mucho de ella. Miro alrededor y analizo la situación. En el fondo, ¿qué tengo yo que ver con todas estas personas? Decir que me siento como gallina en corral ajeno es solo un eufemismo. Dos hombres que están cerca de mí me devuelven la mirada joviales. ¿Por qué se ríen? Quizá me haya despeinado, me digo, o tenga restos de pasta dentífrica en los labios... Me escondo detrás de un camarero simulando que no los he visto. De repente recuerdo que llevo encima poca ropa y me ajusto el chal sobre los hombros. Mientras tanto, Gaia ha desaparecido.

Entro de nuevo para buscarla y diviso a Jacopo Brandolini a lo lejos: por fin, una cara familiar. Jamás me he alegrado tanto de verlo. Está conversando con un grupo, pero me ha visto y nos saludamos con un ademán de la mano.

Mientras me acerco a él un estruendo de aplausos se eleva desde el público. Las personas que aún estaban en el jardín se apresuran a entrar y se vuelven hacia una peana que hay en el centro de la sala, donde un hombre elegante, vestido de esmoquin, anuncia *el espectáculo:* «Señoras y señores, tengo el honor de presentarles a un hombre que ha hecho de la cocina un arte, una fiesta tanto para los ojos como para el paladar: el chef Leonardo Ferrante».

Las luces se atenúan, la expectativa caldea el ambiente. Las notas de un violín flotan en el aire a la vez que unos faroles azules se encienden en la tarima, donde aparece una violinista guapísima ataviada con un vestido rojo. En sus espléndidas manos, sutiles y cubiertas por unos guantes de encaje negro, empuña un violín eléctrico de cristal transparente que se ilumina de azul cada vez que el arco lo toca. Reconozco el vestido y también a la mujer. Quizá sea solo mi imaginación, pero me parece que es la misma que vi salir del palacio hace unos días en compañía de Leonardo. La diva de la lancha. Es ella, estoy segura.

—¿La has visto, Ele? —Gaia aparece como por arte de magia a mi lado—. La tipa que toca es famosa.

—Ah, ¿sí?

—Es Arina Novikov, la violinista rusa. Dio un concierto en el Arena de Verona el sábado pasado.

—Pues es la misma que pasó la noche con Leonardo —le digo saboreando de antemano su sorpresa.

—¿Eh?

—La mujer de la lancha.

—¿De verdad?

—Sí, estoy segura.

—¡Caramba! —Gaia parece divertida: el hecho de tener que competir con esa especie de diosa no le preocupa en absoluto; al contrario, la estimula. Le encantan los desafíos.

La violinista interpreta el inconfundible tema «El Invierno» de *Las cuatro estaciones,* de Vivaldi, y para mí es un auténtico tormento. Al contrario que Gaia, no logro mirarla sin pensar que es cien veces más guapa y talentosa que yo.

No obstante, los ojos de los presentes se vuelven de pronto al centro de la sala, atraídos por una nueva aparición. Leonardo llega a su sitio mientras estallan los aplausos. Lleva una chaqueta negra de cuello mao adornada con unas franjas y unos botones blancos. Enrollada en la frente, una banda de seda negra sujeta su pelo largo y sedoso, lo que le hace parecer un guerrero oriental. Su presencia resulta realmente magnética.

Un foco amarillo lo ilumina por detrás y dos puntos de fuego se encienden a ambos lados del escenario. La actuación se inicia con el crescendo de Vivaldi. Gaia me indica con un ademán que quiere que nos acerquemos a él para verlo mejor, de manera que, a base de codazos, logramos abrirnos paso y avanzar unos metros. Ahora estamos justo debajo de él.

Leonardo empuña un cuchillo y empieza a cortar en láminas finísimas un trozo de pez espada que sujeta a la superficie de mármol con una mano. La seguridad con que lo aferra me resulta familiar y mi mente se retrotrae enseguida a hace unos días, a la tarde en que me cargó sobre su espalda a la vez que me clavaba los dedos en los muslos. A medida que el ritmo de la música aumenta, Leonardo va esparciendo por las láminas de pescado algo que, a esta distancia, parecen semillas de amapola. Los diminutos granos caen impalpables de sus dedos y se depositan en la carne roja del pescado punteándola de negro. Después desmenuza un pimiento rojo hasta convertirlo en un polvo iridiscente y, con la precisión y la velocidad de una máquina, corta en juliana varios trozos de hinojo, calabacines y apio.

Me deja sin aliento: es un maestro. Me vuelvo un instante hacia Gaia buscando su complicidad y me doy cuenta de que ella también está hechizada, con los ojos clavados en él y la boca entreabierta en una expresión de estupor.

Leonardo coloca los trozos de pez espada en varios cofrecitos de pasta quebrada, que luego decora con la mezcla de verduras y trocitos de monda de naranja. Está sumamente concentrado, se mueve con absoluta seguridad, tiene las mandíbulas tensas y las venas marcadas en las sienes. Plasma y transforma la materia con manos de artista, porque lo suyo es, a todos los efectos, un arte; las creaciones que realiza son pequeñas obras dignas de admiración y de ser paladeadas, no me cabe la menor duda. Leonardo seduce con la comida y es consciente de ello, la usa para cautivar los sentidos y la mente. Por un instante nuestras miradas se cruzan y tengo la impresión de que me dedica una sonrisa imperceptible. Quizá sea solo fruto de mi imaginación, pero un estremecimiento de placer me atraviesa la nuca.

La música está ahora en el crescendo final. Leonardo coloca en una tabla de cortar unos langostinos crudos y unos pedazos sutiles de pez limón. Trabaja la pulpa del pescado como si tuviese un fluido en las manos, hasta formar varios corazoncitos partidos por la mitad. Al final esparce por ellos flores de azahar, pimienta y semillas de sésamo. Coloca todo de manera escenográfica en tres elegantes platos y, coincidiendo con la última nota del violín, sonríe al público. El aplauso es inmediato, intenso y prolongado. Leonardo nos ha conquistado. A todos.

Una vez finalizada la actuación la gente se dispersa por el jardín, donde se ha servido la cena en unas mesas de bufé. Sigo a la masa en compañía de Gaia, aventurándome en busca de alguna delicia entre la *finger food* de las formas y colores más variados. Ante nuestros ojos se despliega el centro de la mesa, cubierto de manjares en miniatura, extravagantes y geniales, destinados a ser cogidos con dos dedos y devorados de un solo bocado. Pienso en el tiempo que habrán tardado en prepararlos y en lo rápidamente que se consumirán. En el fondo, es lo único que los diferencia de una obra de arte: son el fruto de una mente creativa y del sabio trabajo de las manos, pero no están hechos para durar.

—Leonardo ha estado magnífico —comenta Gaia mordiendo un filete de salmón con mejillones por encima.

—Es increíble... Me alegro de que hayas insistido para que viniese —contesto—, jamás me habría imaginado un espectáculo así.

Recorro con la mirada los platos, pero me doy cuenta de que, por muy deliciosos que resulten a la vista, son toda una afrenta a mi credo vegetariano. Cigalas rellenas de salmón marinado, ostras en gelatina de vino espumoso con salsa de jengibre, pan tostado con *foie* y pechuga de pichón. He de reconocer que son preciosos, magníficos, puede que incluso sabrosos, pero no para mí. Me limito a probar las dos únicas propuestas vegetarianas que encuentro: una oblea de parmesano con achicoria y castañas y apio verde con queso robiola, peras y nueces. De todas formas, no tengo mucha hambre; me suele suceder cuando no me siento a gusto. Además, no sé por qué, la actuación de Leonardo me ha revuelto el estómago.

Gaia me coge de un brazo y me pregunta:

—¿Ese de ahí es Brandolini?

Lo diviso al lado de dos rubias que se deshacen en sonrisitas licenciosas y miradas felinas.

—Sí, es él. Siempre rodeado de mujeres, el conde.

—Caramba..., no está nada mal —comenta. La miro para comprobar si lo dice en serio. Compruebo que sí—.

Emana algo especial, se ve que tiene clase. Otro que deberías haberme presentado…, pero si espero a que lo hagas…

Lo observo intentando comprender qué puede ver en él, pero me doy cuenta de que no soy objetiva: Brandolini es mi jefe y, rígida como soy para estas cosas, no consigo considerarlo bajo otro punto de vista. De repente, Leonardo aparece a sus espaldas. Se ha quitado la banda de seda de la frente y en lugar del uniforme de chef lleva una de sus camisas arrugadas de lino blanco. Jacopo le estrecha la mano y le felicita con una amistosa palmada en la espalda.

—¿Nos ha visto? —pregunta Gaia al tiempo que se coloca delante de mí, de espaldas a él.

Lo miro disimuladamente mientras habla con el conde y su harén.

—No creo.

—¿Qué dices? ¿Vamos a saludarlos?

—Esperemos a que se quede libre, ¿no?

Gaia da un sorbo a su copa, impaciente.

—Oye, que no pretendo arruinarles la ocasión a esas dos…

—Espera, se han despedido de ellas, se están acercando a nosotras —susurro.

Leonardo avanza en nuestra dirección, delante de Brandolini. Saluda primero a Gaia —que se da media vuelta fingiendo sorpresa; la declaro oficialmente mi mito—, luego se inclina hacia mí y me besa en las mejillas. Es la primera vez que sucede, noto la aspereza de su barba rojiza al tiempo que sus dedos me rozan el costado.

—Felicidades, ha sido una inauguración espectacular —digo al conde mientras le estrecho la mano.

—Todo es mérito del gran chef. —Brandolini sonríe señalando a Leonardo y, acto seguido, mira a Gaia de pies a cabeza.

Leonardo tercia oportuno:

—Es Gaia, nuestra relaciones públicas —dice liberándome de la molestia de tener que hacer las presentaciones.

—Encantado, Jacopo. —El conde le da la mano y amaga una especie de reverencia.

—Encantada —contesta ella guiñando un ojo.

—Así que te ocupas de eventos… —dice Brandolini con vivo interés. No entiendo por qué tutea enseguida a Gaia cuando a mí me sigue hablando de usted.

—Sí, tengo una agencia con una socia. Empezamos un poco como un juego, pero poco a poco se ha ido convirtiendo en un auténtico trabajo. —Gaia domina la situación.

—Estoy seguro de que podría ayudarte mucho, Jacopo —tercia Leonardo—. ¿Por qué no le cuentas tus proyectos para promover el local?

El conde coge la ocasión al vuelo y se pone a hablar con Gaia, que parece encantada de sus atenciones, pese a que no deja de observar de cuando en cuando a Leonardo. Entretanto, él se acerca a mí y me envuelve con su mirada.

—Esta noche estás guapísima —dice con dulzura.

—Gracias —me limito a responder, tratando de averiguar si es sincero o si lo dice por pura caballerosidad.

—Con todo, tengo que reconocer que el modo de trabajo te favorece también —añade acariciándose la barbilla.

—Dios mío, no creo que…

—Créeme. No soy el tipo de hombre que dice cumplidos así como así.

Lo creo, porque desempolvar un poco el ego siempre viene bien. Por un momento olvido incluso que me duelen los pies e intento darme importancia enderezando la espalda y sacando pecho.

Mientras tanto, la conversación entre Gaia y Jacopo se ha animado; ríen al unísono y se miran con complicidad. Da la impresión de que se conocen de toda la vida. De repente, sin embargo, un camarero se acerca a Brandolini y le susurra algo al oído. El conde se vuelve hacia Leonardo y le aferra un brazo.

—Tenemos que marcharnos, Leo. Nos esperan los Zanin para hablar de los vinos.

Se acabó mi momento de gloria. Me deshincho como un globo pinchado.

—Lo siento mucho, chicas —se disculpa el conde—, pero el deber nos llama. Aunque seguramente nos veremos más tarde —concluye mirando elocuentemente el escote de Gaia.

Cuando nos quedamos solas Gaia me acribilla a preguntas sobre Leonardo. Quiere saber con pelos y señales de qué hemos hablado.

—¿Se ha insinuado? —me pregunta al final. Ahí es donde quería ir a parar.

—No digas memeces.

—Ele, ¡se te comía con los ojos!

—¡Qué dices!

—Tranquila, que no me enfado... En primer lugar, no soy celosa; en segundo, ahora puedo consolarme con el conde. —Me guiña un ojo.

—Qué magnánima eres.

—Lo que sea por una amiga. —Sonríe socarrona—. En cualquier caso, Jacopo está muy bien, me gusta.

Si lo dice ella...

Pero ¿de verdad Leonardo podría estar interesado en mí? Si hasta Gaia lo ha notado, quizá... ¿No lo habrá dicho solo para animarme?

—Ele, se te ha corrido un poco el pintalabios.

—Voy al servicio a retocarme, ¿me acompañas?

—No, te espero sentada aquí. —Se acomoda en un silloncito que hay bajo el templete—. Estoy un poco mareada, debo de haberme pasado un poco con el champán.

—¿Estás segura de que no necesitas ayuda?

—Segura, vete. —Se despide con un empujón.

—Como prefieras, pero tú no te muevas de aquí.

—Tranquila, no tengo fuerzas para nada. —Sonríe al tiempo que deja caer los brazos sobre el asiento.

Cuando vuelvo del servicio, Gaia, claro está, ha desaparecido. La busco entre la gente, en el jardín, en las mesas, entro de nuevo, subo incluso al piso de arriba, pero nada..., parece haberse volatilizado. Al final vuelvo al jardín, al lugar en el que nos separamos, y me resigno a esperarla. Tarde o temprano tendrá que pasar por aquí, me digo. Al cabo de unos minutos saco el iPhone del bolso de mano y le envío varios SMS amenazadores. Después intento llamarla, pero su teléfono está apagado. ¡A saber dónde se habrá metido! Y con quién, sobre todo…

Mientras sigo buscándola con la mirada, Leonardo aparece de repente delante de mí. Se sienta en una silla a mi lado y me mira con ojos inquisitivos.

—Entonces, ¿te ha gustado de verdad la velada?

—Sí, muchísimo. —Me estiro hacia abajo el vestido tratando de que cumpla con su deber: taparme.

—¿Has comido?

—Un poco…

—¿Un poco? —me pregunta escandalizado.

—Mmm…, es que soy vegetariana. Desde hace varios años.

—Ah. —Esboza una sonrisa. ¿Qué tiene de divertido que sea vegetariana?

Trato de cambiar de tema.

—Me ha gustado el espectáculo, ¿sabes? Preparas unos platos que parecen obras de arte. Son tan bonitos que casi da pena comérselos.

Ladea la cabeza.

—¿Y quién ha dicho que una cosa bonita no se puede comer? —pregunta escrutándome con unos ojos extraños, que parecen ocultar algo—. Cuanto más hermosa es una cosa, más me apetece comérmela… —¿Por qué tengo la impresión de que se refiere a mí? De repente, me coge una mano y se levanta—. Ven, quiero que pruebes algo especial —dice a la vez que me arrastra hasta una mesa donde hay distintas variedades de ron y chocolate—. Los acabo de hacer. —Leonardo coge de una bandeja un bombón de chocolate finamente grabado con motivos florales que parece una pequeña joya. Lo acerca a mis labios—. Vamos —dice con una mirada letal.

Abro la boca y siento que el chocolate se deshace bajo mis dientes liberando una crema dulce con una punta de ácido. Retengo con la lengua el gusto maravilloso, tan voluptuoso que se difunde por todo mi cuerpo.

—Está buenísimo. —Miro a Leonardo inerme. Debo de tener en la cara una expresión de aturdimiento posterior al orgasmo que solo espero que no sea demasiado evidente.

—Los he hecho con algo que, a estas alturas, deberías conocer muy bien —me dice con una sonrisa maliciosa. Abro desmesuradamente los ojos, sorprendida; creo adivinar a qué se refiere.

—Pues sí…, es zumo de granada. Mezclado con extracto de naranja y flores de azahar. —Me pasa el pulgar por el labio superior, probablemente para quitarme un resto de chocolate.

Dios mío, me parece que Gaia tiene razón, se está insinuando. De pronto recuerdo que la he perdido y para aliviar la tensión busco el móvil en el bolso de mano. Pruebo a llamarla, pero aún tiene el teléfono apagado.

Leonardo me mira como si fuese una niña a la que no le salen los deberes.

—Si estás buscando a Gaia, la he visto salir con Jacopo —me advierte—. Y no creo que vuelva —añade divertido.

—¿De manera que me ha dejado aquí sola?

—No estás sola, estás conmigo —me corrige frunciendo el ceño.

Si lo que pretendía era tranquilizarme no lo ha conseguido. Si bien me adula el interés que demuestra, me siento también aterrorizada y molesta, si pudiera saldría corriendo.

—Sea como sea, el caso es que se ha hecho muy tarde —observo con una sonrisita nerviosa—, será mejor que me vaya.

—Te acompaño.

—No hace falta, debes de estar muy ocupado.

—Pueden sobrevivir sin mí —dice zanjando la cuestión con un ademán de la mano—. Además, tengo muchas ganas de dar un paseo. —Su mirada revela la satisfacción del depredador que tiene a su víctima entre los dientes.

No tengo escapatoria.

Recorremos un buen tramo del camino en silencio, a través de calles que conozco al dedillo y por las que me muevo con la seguridad de un gato, a pesar de la oscuridad. Me duelen los pies, pero trato de que no se note imponiéndome un paso digno.

La ciudad está desierta y de los canales sube un vapor denso que penetra en la nariz y se insinúa bajo la piel hasta llegar a los huesos. De repente, como si alguien la hubiese erigido en ese mismo instante, nos encontramos frente a la basílica de los Frari.

—Dentro está mi cuadro de Tiziano favorito —digo para romper un silencio que me desazona al tiempo que señalo la iglesia con la barbilla—. De vez en cuando me refugio aquí para contemplarlo… No sé por qué, pero estoy convencida de que puede inspirarme.

—Entremos entonces, siento curiosidad —propone él.

—Pero qué dices, no se puede. La iglesia está cerrada por la noche.

—No creo que eso sea un problema. —Su voz no denota la menor vacilación.

En unos segundos Leonardo encuentra la puerta de la sacristía y la abre sin demasiado esfuerzo. Me arrastra dentro cogiéndome de la mano. ¿Por qué nunca logro decirle que no? Tengo miedo, podría saltar la alarma o alguien podría vernos. A fin de cuentas, está prohibido. Me siento electrizada y asustada a la vez.

Desde la sacristía salimos a la nave lateral y avanzamos hasta llegar al altar central, donde se encuentra la tabla de la *Asunción*. La iglesia está a oscuras, pero la iluminación de la tela sigue encendida, además de una cámara de seguridad, o al menos eso me parece. ¡Estupendo! Me arrestarán por entrar de manera ilícita en un lugar consagrado.

—Ahí tienes el cuadro —le digo tratando de no pensar en ello.

—Es enorme, no me esperaba que fuese tan grande.

—Sí, tiene una altura de siete metros.

—Es imponente, y predomina el rojo —comenta Leonardo mirándolo admirado.

—Tiziano fue muy osado para su época —asiento—. Nadie había vestido jamás de rojo a la Virgen ascendiendo al Cielo.

—¿Por eso te gusta tanto?

—No solo… Es la tensión vertical que lo atraviesa todo, de abajo arriba —le explico siguiendo la trayectoria del cuadro con las manos—. ¿Ves al apóstol que está de espaldas y que alarga los brazos hacia la Virgen? Parece que la esté lanzando al aire, que le esté dando impulso para subir al Cielo.

—De manera que es eso lo que ves.

—Sí.

Nuestros hombros se rozan. El contacto con él me estremece. Nuestros ojos se cruzan por un instante, pero me vuelvo enseguida hacia la tabla y sigo hablando.

—Hay un detalle interesante. No sé si notas que el rostro de la Virgen no está del todo iluminado. Eso significa que aún no ha alcanzado el Empíreo; la sombra evoca el mundo terrenal al que María permanecerá vinculada hasta que complete su ascensión.

Leonardo asiente con la cabeza y sigue observando el cuadro en silencio. Quizá le interesa de verdad lo que estoy diciendo… Me gustaría saber qué está pensando —porque salta a la vista que algo está pensando—, pero no me atrevo a preguntárselo.

—Pero ahora vámonos —le imploro—, antes de que venga alguien a arrestarnos.

Una vez fuera echamos de nuevo a andar. Soy yo la que dicto el paso y la dirección, Leonardo me escolta confiado y paciente, como si no tuviese otra cosa que hacer. De repente me doy cuenta de que se ha quedado un poco rezagado; me vuelvo y lo veo apoyado en la barandilla de un puente. Está mirando una góndola iluminada por unas luces de colores. Me acerco a él. Cuando llego a su lado me percato de que, en realidad, no está mirando la góndola, sino que es el agua lo que atrae sus ojos.

—A saber lo que hay debajo. ¿Lo has pensado alguna vez? —me pregunta.

Miro el canal mientras pienso que, en efecto, jamás me lo he preguntado.

—Esta ciudad hace tantos esfuerzos para mantenerse a flote que uno nunca se preocupa de lo que hay debajo, en lo más profundo de su corazón —reflexiono en voz alta.

Calla durante unos instantes que me parecen eternos; luego se vuelve y me pregunta susurrando:

—¿No te gustaría descubrir lo que se oculta en el fondo de todas las cosas?

Ahora es a mí a quien mira. Un destello feroz le atraviesa los ojos, pero es fugaz. Tras esbozar una sonrisa amable, se aparta de la barandilla y empieza de nuevo a caminar.

Lo sigo un poco turbada. La proximidad de este hombre, la manera en que me habla y me toca, su aroma embriagador, todo en él me produce una extraña agitación. Casi hemos llegado a casa y me preparo para el momento en que tendremos que despedirnos. ¿Intentará besarme? La imagen de Filippo rebota como una pelotita de goma en mi mente, pero vuelve a salir de ella de inmediato, como si no fuese capaz de retenerla.

Me digo que estoy dando alas a la fantasía. Es posible que Leonardo mantenga una relación con la diva de la lancha, quizá esta noche solo tiene ganas de dar un paseo y, desde luego, ninguna intención de besarme. Reconozco, sin embargo, que esta segunda posibilidad me disgusta un poco.

—¿La violinista es tu novia? —suelto de buenas a primeras, casi sin darme cuenta.

Leonardo me mira risueño.

—No, Elena…, no soy hombre de novias.

—Ah, comprendo. —En realidad no entiendo nada. ¿Qué significa que no es hombre de novias? ¿Que quiere estar solo? ¿Que no está hecho para la vida en pareja? Por unos segundos espero que me dé alguna pista que me permita descifrar la frase, un tanto enigmática, pero permanece callado y yo me guardo muy mucho de hacerle más preguntas. Ya he ido demasiado lejos.

Por fin llegamos al portón.

—Gracias, es aquí.

—De nada. Acompañarte a casa se está convirtiendo en una agradable costumbre —dice con una voz cálida y musical.

—Entonces, adiós. —Doy un paso hacia él.

Leonardo apoya una mano en mi cara a la vez que enrolla un mechón de pelo con un dedo. No puedo respirar. Me mira fijamente a los ojos. Tengo que hacer un esfuerzo para resistir. Sus labios me atraen, deseo sentirlos sobre los míos.

Pero él baja los párpados, esboza una sonrisa sesgada, como suele hacer, y me acaricia un hombro.

—Adiós, Elena, ha sido una velada estupenda.

Me da un fugaz beso en la frente y camina unos pasos hacia atrás. A continuación se da media vuelta y se aleja con las manos hundidas en los bolsillos de la chaqueta. Lo miro aturdida, como si hubiese recibido una bofetada.

Subo la escalera corriendo. Entro precipitadamente en casa, me desprendo del vestido y lo tiro al suelo. Me pongo la primera camiseta que encuentro y me refugio en la cama, sin ni siquiera desmaquillarme.

Mi mente empieza a dar vueltas mientras miro fijamente el techo. Qué estúpida he sido al pensar que a un tipo como Leonardo podría interesarle alguien como yo. ¡Eres una pobre ilusa, Elena! Con todo, no logro quitarme de la cabeza ciertas miradas suyas, el dedo metido en la boca y su mano hundiéndose en mi pelo… Basta, Elena, a dormir. Si no mañana no te levantarás y no acabarás el fresco.

Cojo el iPod de la mesita y me pongo los auriculares. Es el momento de la música tibetana. A grandes males… Por lo general me ayuda a conciliar el sueño.

Buenas noches, Elena. Y, por favor, deja de pensar.

7

Esta noche he dormido profundamente, como no me sucedía desde hacía mucho tiempo. Habrá sido la monótona canción tibetana o el cansancio acumulado durante los pasados días, el caso es que caí en un estado rayano al coma y esta mañana me he despertado como si hubiese estado viajando en el tiempo.

No obstante, en cuanto he abierto los ojos mis pensamientos se han presentado con suma puntualidad a la llamada, justo en el punto en que dejaron de atormentarme anoche: la imagen de Leonardo, seductor y escurridizo, se ha vuelto a apoderar de mí. Haciendo gala de un gran dominio de mí misma, me he impuesto liberarme de él y recuperar un mínimo de lucidez. Ahora, mientras trabajo, recuerdo los hechos con la mente más serena —por decir algo— y me doy cuenta de que, como de costumbre, anoche me dejé sugestionar y llevar por mis fantasías: Leonardo solo me trató con galantería. Que además me haya seducido sin pretenderlo es otra historia. Una historia que debo borrar cuanto antes de mi mente. Cuando pase por aquí lo saludaré como todas las mañanas, como si anoche no hubiésemos paseado juntos y yo no hubiese experimentado ninguna de las emociones que, por desgracia, revivo ahora sin poder evitarlo. También ahora. Tendré que hacer un esfuerzo inmenso —¿soy o no soy una campeona del autocontrol?—, pero Leonardo ni siquiera lo notará, porque él, al contrario que yo, no está pensando en eso, desde luego.

Y ahora, Elena, concéntrate en el trabajo.

Dejo en el suelo el equipo y me detengo en el centro del vestíbulo, a unos dos metros de distancia del fresco. De vez en cuando debo pararme para mirar de lejos los colores, para comprender si voy o no en la dirección adecuada. Escruto el fondo, luego me concentro en la granada, que, vista desde aquí, casi parece tridimensional. Ha salido bien, y eso me enorgullece.

Reculo dos pasos y choco con algo. Antes de que me dé tiempo a volverme, dos manos poderosas me aferran por detrás. ¡Leonardo! Un inconfundible aroma a ámbar penetra en mi nariz al mismo tiempo que mi cuerpo queda pegado al suyo, aprisionado en un dulce abrazo.

Sin decir una palabra hunde la nariz en mi pelo y me olfatea; después se inclina hacia delante y me da un apasionado beso en el cuello. Su barba me hace cosquillas en la cara, un sinfín de cálidos escalofríos me recorren la piel, el inesperado y excitante roce de sus labios me inflama el vientre. Me siento aturdida: ni siquiera he tenido el valor de quererlo y sin embargo él me desea. Aquí está, ha venido a apoderarse de mí.

Me desata el pañuelo de la nuca y lo tira al suelo con violencia. Luego me aferra con fuerza el pelo y susurra mi nombre al oído.

—Elena… —dice con voz intensa. Estoy ardiendo, las fuerzas me fallan y ni siquiera puedo hablar. Siento que mis fantasías más inconfesables están a punto de realizarse. Pero ¿lo deseo de verdad?—. Tenemos un problema… —Sus labios presionan mi oreja.

Lo deseo…

Me acaricia la mejilla, rozándome con los dedos hasta alcanzar la barbilla; luego desliza la mano por la cremallera de mi mono y lo abre hasta el pecho.

Mi respiración y mi corazón se aceleran.

—Un problema serio… —prosigue con voz cada vez más cálida y sensual—. Te deseo.

Me obliga a volverme de golpe, como si fuera una muñeca incapaz de oponer resistencia. Lo secundo silenciosa, pero cuando mi mirada se cruza con la suya la bajo. Me aferra la barbilla con dos dedos y la levanta de nuevo. Luego me aprieta la cara con las manos y hunde la lengua en mi boca. Me está besando. Ahora. Imposible.

Nadie me ha conquistado así. La fuerza, la violencia del beso hacen que la cabeza me dé vueltas. Estoy a punto de perder el control, lo noto.

Sin abandonar mis labios, con un movimiento rápido me baja del todo la cremallera y me libera del mono, que aterriza entre las pinturas al temple, las esponjas y los pinceles. Dispongo de un único segundo para recuperar la conciencia, pero ya es demasiado tarde y acabo también en el suelo sucio de polvo y enlucido, rodeada de mis instrumentos de trabajo. Parece un sueño, pero no puede ser más real: el frío de las baldosas, el calor de mi cuerpo y el suyo, y no hay nada que desee más en este momento.

Antes de que pueda darme cuenta de lo que sucede, Leonardo se sienta a horcajadas sobre mí. Me sujeta las manos con una de las suyas y me inmoviliza las muñecas encima de la cabeza, como si pretendiese impedir cualquier intento de fuga. Al hacerlo golpea varios cuencos, que se vuelcan y derraman un chorro de pintura sobre el suelo. Rojo púrpura en el pavimento, en las manos, en mi brazo pálido. Lo siento fluir por debajo de mi cuerpo, en un costado. Hago ademán de levantarme, no soporto la sensación de suciedad, pero él me lo impide con un empujón.

—¿Qué quieres hacer, Elena? —me susurra—. Me vuelve loco este color. —Y mientras lo dice me acaricia con los dedos manchados de témpera, de la cabeza a la tripa, dejándome unas huellas sangrientas en la cara y en la camiseta blanca.

Estoy en su poder, un miedo y un deseo feroces me martillean el corazón. Mientras me besa veo todo con lucidez: yo, él, el palacio vacío, lo que vamos a hacer.

Vacilante, separo mis labios de los suyos.

—Podría entrar alguien… —murmuro con un hilo de voz.

—Shh. No pienses en nada. —Leonardo me traspasa con la mirada y me hace callar posándome un dedo en los labios. Está convencido de lo que hace. Su seguridad me excita.

Me arranca los vaqueros y la camiseta. Sus ojos me miran con avidez. Ha vuelto a hundir la lengua en mi boca, con descaro. Excitada, empiezo a desnudarlo con una desenvoltura que no logro explicarme, que me asombra porque no es propia de mí: le desabrocho poco a poco la camisa y el cinturón de cuero. Está completamente desnudo, no lleva calzoncillos. Desnudo y excitado, listo para penetrarme.

Se inclina entre mis piernas, que ha abierto ligeramente con las manos. Las besa, insaciable; su lengua sube lentamente por el interior de mis muslos, aferra con los dientes las bragas de encaje negro y las arroja también al suelo.

Menos mal que esta mañana no me puse la ropa interior deportiva que suelo llevar…

Su lengua está cada vez más cerca…, se desliza dentro de mí. Estoy mojada y me abro dulcemente cuando sus manos me tocan.

—Sabes bien, me lo imaginaba. Deja que te coma…

Busca, explora con la lengua. No logro contener los gemidos de placer.

—Muy bien, Elena, así. —El deseo ha intensificado el tono de su voz.

Le levanto la cabeza tirándole con suavidad del pelo, a la vez que él acaba de desnudarse, se libera de los pantalones, que en un abrir y cerrar de ojos caen al lado de mi mono. Abro aún más los muslos, dejando que su pene, duro y liso, presione mis labios túrgidos.

Ya no sé quién soy. Tengo miedo y, al mismo tiempo, deseo que Leonardo no interrumpa lo que está haciendo. Tiene la frente fruncida, los músculos en tensión y una energía arrolladora que debe liberar en mi interior. Me penetra con un único movimiento brusco. Se detiene, baja los ojos y los clava en los míos, que están ofuscados por el deseo, narcotizados.

—Elena... —me susurra mordiéndome una oreja—, te siento. Y tú también lo deseas.

Cierro los ojos y exhalo un suspiro.

—Sí, lo deseo —digo con la voz quebrada por la excitación.

Empieza a moverse poco a poco en mi interior, como si tuviese miedo de romperme, con una lentitud que me destruye. Después empuja con más energía, más hondo, me colma. Aprieto los dientes y gimo. Leonardo acelera el ritmo; jadeo, mi pecho sube y baja convulsamente a la vez que mis piernas lo aprietan contraídas. Mueve la pelvis cada vez más deprisa sin dejar de besarme el cuello. Me está devorando.

—Goza, Elena. —Esta vez parece una orden, innecesaria...

Siento su cuerpo sobre el mío, sigue sujetándome las muñecas con las manos. Me ha hecho prisionera, una prisionera que no tiene la menor intención de escapar.

Apenas puedo respirar, mi sangre corre enloquecida por las venas y afluye entre las piernas. Un placer insidioso e irrefrenable ha cobrado vida en mi vientre y estalla fulminante difundiéndose por todas partes. Todas las moléculas de mi cuerpo se transforman en un prolongado orgasmo. Lanzo espontáneamente un grito, incapaz de controlarlo. Porque el grito soy yo. Pese a que sigo sin poder reconocerme. Estoy turbada, sorprendida de mí misma: no me creía capaz de sentir tanto placer.

Leonardo se corre también emitiendo un gemido casi animal en mi oído; en su rostro se dibuja una leve sonrisa. Así resulta aún más atractivo. Y yo lo hago gozar.

Permanecemos uno dentro del otro durante un tiempo que no puedo cuantificar. Los ojos en los ojos. La boca en la boca. La piel en la piel. Respiramos al unísono. Es un sonido intenso, sanguíneo. Un sonido que libera en mi interior ríos de emoción.

—No te muevas —me ordena en voz baja.

Se separa de mí, se tumba a mi lado y me besa, primero en el pecho, después en la frente y en la boca. Luego me pasa un brazo por debajo de la cabeza. Desnudos, seguimos abrazándonos un rato, sin importarnos la superficie fría, el polvo y las témperas esparcidas por el suelo. Apoyo una mejilla en su pecho. Su respiración hace subir y bajar mi cara.

Dos sensaciones, una de total satisfacción y otra de extravío, combaten por apoderarse de mi corazón y mi mente. Me cuesta recobrar la conciencia. ¿Dónde estoy? ¿Quién soy? *¿De quién* soy? La Elena de hace tan solo una hora me parece lejanísima, irreal.

De repente, siento un ligero soplo en el cuello.

—No, te lo ruego —gimoteo—, así me haces temblar, tengo frío. —Me aovillo como un erizo.

Leonardo se ríe y me abraza por detrás, envolviéndome por completo con su cuerpo y protegiéndome con su calor.

—¿Quieres subir a mi habitación?

Sí.

No.

Ni siquiera sé lo que quiero. Estoy demasiado turbada para razonar. Me viene a la mente la última vez que hice el amor: con Filippo. Y me parece que las dos experiencias no tienen nada en común. O puede que sea yo, que he perdido por completo la lucidez y necesito estar sola para metabolizar lo que ha ocurrido.

—Será mejor que vuelva a casa —me apresuro a decir.

Me levanto a duras penas, un poco mareada, pero aun así logro ponerme en pie. Recupero la camiseta untada de pintura y me la pongo sin sujetador; encuentro las bragas atrapadas entre un cuenco vacío y una botella de disolvente y me las pongo también.

Leonardo se levanta después que yo. De pie, desnudo, resulta aún más imponente. Tiene los hombros anchos y las caderas estrechas, las nalgas duras, los músculos de las piernas largos y poderosos. Y unos ojos negros y risueños: las arrugas que se le forman en las comisuras al gesticular dulcifican su mirada viril, que aún emana deseo. Lo admiro, la impetuosidad de su cuerpo me turba. Mientras se pone los pantalones noto que tiene un tatuaje entre los omóplatos. Es un símbolo extraño, una suerte de carácter gótico que no logro descifrar. Tiene forma de ancla, aunque también podrían ser dos letras entrelazadas y atadas con una cuerda. Evoca el mar y el dibujo es antiguo. Además, al igual que todo lo que concierne a Leonardo, resulta trágico y enigmático. Siento la tentación de preguntarle qué significa, pero cuando él se vuelve hacia mí me falta el valor.

Se acerca mientras se pone la camisa, que deja abierta, y me acaricia un brazo.

—¿Qué pasa? ¿Estás bien?

—Sí —asiento un poco cohibida.

Recuerdo el paseo que dimos después de la inauguración: él, que no me había quitado los ojos de encima durante toda la noche, me acompaña a casa y luego me deja tal cual, con el amargo sabor de la desilusión en la boca.

—¿Por qué no me besaste anoche? —le pregunto.

—Porque era lo que esperabas —contesta agarrándome las caderas y apretando mi cuerpo contra el suyo—. Algunas cosas se disfrutan más cuando te pillan desprevenido.

Tiene razón. Ayer estaba sobrecargada de ansiedad y expectativas, quizá no me habría abandonado del todo. Eso significa que Leonardo intuye a la perfección mis estados de ánimo y que le divierte manipular mis deseos. No tengo muy claro qué siento al respecto, pero es innegable que resulta inquietante.

Necesito alejarme un poco y guarecerme de su mirada, que es sumamente penetrante. Me libero con dulzura del abrazo.

—Ya… Ahora… me voy.

Termino de recoger la ropa y, después de arreglarme como buenamente puedo, me apresuro a salir cargada con un enigma irresoluble de preguntas sin respuestas.

He pasado el día casi en trance. He estado deambulando por casa como una autómata, tratando de mantenerme ocupada con cosas prácticas, pero sin poder dejar de pensar en Leonardo. De cuando en cuando las emociones que había experimentado con él hacía tan solo unas horas volvían a adquirir cuerpo, se me arremolinaban en la tripa y me encogían el estómago sin piedad.

Son las nueve de la noche. Acabo de comerme los cuatro granos de arroz basmati que he preparado con gran celo para tratar, sin conseguirlo, de distraerme. Enciendo el iPhone, que he dejado apagado adrede. Quería estar sola para poder ordenar mis pensamientos, sin interferencias externas. La pantalla se ilumina, vibra una vez, otra y otra más, parpadeando. Tres SMS, todos de Filippo.

¿Cómo estás, Bibi? ¿Por qué no me contestas? No hagas que me preocupe... ¿Hablamos por Skype esta noche?

Siento una especie de fuego en la cara y una intensa punzada en el estómago. El puñado de arroz que he comido se convierte de repente en plomo. Hasta ahora he estado en las nubes, y los mensajes de Filippo me devuelven a la realidad. «Perdona, no he podido contestarte porque estaba ocupada acostándome con otro»; si fuese realmente sincera, eso es lo que debería escribirle. Pero es evidente que no lo soy y eso me asombra.

Me siento en el sofá con cierto temor y enciendo el ordenador portátil. Filippo está conectado, me ha enviado ya un mensaje por Skype. Las videollamadas no me gustan mucho, pero es el único medio que tenemos para vernos, y después de lo que ha ocurrido hoy no sé qué efecto me producirá verlo a través de este filtro.

Respiro hondo, pulso la tecla verde y llamo. Él responde enseguida, lo veo aparecer delante de mí, medio cuerpo que no le hace justicia: su cara es distinta, más delgada, y lleva barba de varios días. Parece destrozado.

—¿Dónde te metiste ayer, Bibi? —me pregunta de inmediato un poco preocupado—. ¿Leíste mis mensajes?

Su voz y su rostro, tan familiares, me caldean de inmediato el corazón. Pese a ser virtual, la presencia de Filippo tiene el poder de reconfortarme, me devuelve a la vida concreta, a unas certezas que no pueden engañarme.

—Sí, disculpa, el móvil se quedó sin batería y no tenía el cargador. Además volví tarde a casa.

—¿Siempre pegada a esa pintura?

—Pues sí… —Trago saliva conteniendo en la garganta el apuro que siento. No sé mentir.

—Me prometiste que no te dejarías la piel en ese trabajo —me reprocha—. Pero la verdad es que también me alegro de que te estés esforzando tanto, así podrás acabar antes de lo previsto.

—Esperemos. —Estiro los labios esbozando una sonrisa forzada. A la sensación de seguridad se añade ahora cierta desazón. Y un sentimiento de culpa. Pero dado que, pese a la barrera de la distancia, él me ve, me esfuerzo por liberarme de ellos. En el fondo, no he engañado a nadie ni he hecho nada malo, me digo.

—Y tú ¿te has dejado crecer la barba? ¡Te sienta bien!

La verdad es que el pelo en la cara le favorece, le da la apariencia de ser un hombre más vividor, y también más sexi. Porque Filippo es sexi, no debo olvidarlo.

—No me creerás, pero algunas mañanas ni siquiera tengo tiempo de afeitarme. —Se pasa una mano por la mejilla—. ¡Estoy liadísimo con el trabajo!

—¿Renzo Piano te está apretando las tuercas? —Sonrío al ver las expresiones cómicas que pone.

—No me hables… Lo he entrevisto solo una vez, durante una inspección de las obras, y luego no se ha dignado aparecer de nuevo por aquí.

Se produce un momento de silencio en el que me pregunto qué sentido tiene la conversación. Estoy hablando con Filippo como si nada, como si entre nosotros las cosas siguiesen igual, a pesar de que algo ha cambiado profundamente en mí. Hago otra pregunta al azar, tratando de no pensar en ello:

—Entonces, ¿cómo te encuentras en Roma?

—Bien, Bibi, pero te echo de menos. Por lo demás, aquí da la impresión de que estás siempre en primavera.

—Qué envidia.

—¿Sabes que tienes los ojos brillantes esta noche? —dice de buenas a primeras—. Estás más guapa de lo habitual.

Dios mío, tengo la cara de una persona que acaba de hacer el amor. Trato de dominar el rubor.

—Gracias…

—¿Sabes, Bibi? No dejo de pensar en la noche que pasamos juntos… —Ha bajado la voz—. Me muero de ganas de dormir abrazado a ti.

Me muerdo el labio.

—Bueno, yo también te echo de menos. —Y quizá, si te hubieses quedado aquí, habría hecho el amor contigo y no con Leonardo. Amor…, sexo, mejor dicho. O tal vez no…, ¿quién sabe?

—Supongo que estarás ya pensando en el fin de semana en Roma, ¿verdad?

—Sí… —miento esperando que no lo note—. Pero tengo que organizarme.

—De acuerdo. —Noto cierta desilusión en sus ojos—. Pero no le des tantas vueltas… —me ruega.

Trato como puedo de cambiar de tema.

—¿Qué haces esta noche?

—Tengo que acabar un dibujo —resopla—. Y quizá, ya que estoy inspirado, luego haré otro de ti. De cómo te recuerdo esa noche…

—Eh, que luego se me subirán los humos… —Sonrío, pese a que en este momento soy un manojo de nervios—. Bueno, te dejo trabajar.

—Vale, pero no debemos permitir que pase otra semana sin hablar. Luego te echo de menos y me da por pensar mal…

—Vale.

—Bibi… —me mira a los ojos, como si de verdad estuviese delante de él—, te quiero mucho. —Da un beso a la cámara.

Exhalo un largo suspiro.

—Yo también.

Ya no puedo sostenerle la mirada.

La noche está hecha para las preocupaciones, los tormentos, las inquietudes. Pero por la mañana, bajo el agua caliente de la ducha, veo las cosas con mayor claridad. Alumbro siempre mis mejores ideas en esos diez minutos, mientras disfruto del chorro hirviendo que lava todos mis pensamientos. De manera que, a la vez que me enjabono el pelo y el aroma sensual del champú a aceite de almendras invade mis fosas nasales, reduzco todo a la posibilidad más sencilla de todas: hoy no iré a trabajar.

No tengo la menor intención de ver a Leonardo. No sabría qué decirle y, sobre todo, no sé qué esperar de él. Además, dado que nunca nos hemos intercambiado el número de móvil —¡afortunada coincidencia!—, no podrá llamarme, y no tendré la tentación de enviarle un mensaje. De alguna forma, eso me hace sentirme segura. Lo que ocurrió ayer entre nosotros fue maravilloso, impetuoso, no pretendo negarlo, si lo hiciese sería una hipócrita. Pero sucedió todo tan deprisa y de manera tan inesperada que aún no acabo de creérmelo. El contacto con Leonardo me ha precipitado a un abismo de sensaciones nuevas y turbadoras del que aún no he conseguido salir. Además, la llamada de Filippo contribuyó a aumentar mi confusión.

Por eso me quedo por la mañana en casa y finjo que me tomo las cosas como vienen. Limpiaré un poco —siempre es necesario, por lo que ni siquiera es una excusa— y luego iré al supermercado a hacer la compra, puesto que la nevera está de nuevo vacía. Puede que así me distraiga un poco.

De repente suena el telefonillo. Creo que sé quién es. Solo ella pulsa el botón durante diez segundos ininterrumpidos.

Levanto el auricular y me preparo para lo peor.

—¿Gaia?

—Pero ¿cuánto tiempo necesitas para responder? —Me taladra los tímpanos con su voz chillona—. ¿Puedo subir o tienes un hombre desnudo en la cama? No es que eso sea un problema en mi caso…

—Sube. La puerta está abierta.

¿Y ahora qué hago? ¿Le cuento todo o no?

Mientras me devano los sesos veo que Gaia se acerca a mí con su inconfundible caminar felino.

—¿Cómo es que aún estás en casa? He pasado a buscarte por el palacio…

—Hoy no voy a trabajar.

—¿Estás mal? —me pregunta escudriñándome la cara.

Prefiero que piense eso, consciente de que contarle la verdad puede ser fatigoso. Y ahora no tengo suficiente energía. Me digo que más que una mentira es una omisión, y con eso acallo mi conciencia. Al menos un poco.

—Será que me está a punto de venir la regla… Me duele un poco la cabeza —contesto, y para resultar más creíble me tiro en el sofá y me tapo las piernas con la manta de *patchwork* de margaritas y corazones. Me la regaló mi madre las pasadas Navidades, después de haber dedicado dos meses y medio de aguja e hilo (más algunas dioptrías) a hacerla. Se ha convertido en la manta de los días melancólicos y soñolientos.

—Esta mañana me he despertado ya con migraña. —Pongo expresión de sufrimiento y Gaia se agacha a los pies del sofá.

—Pobre amiguita mía… —Me acaricia una mejilla con aire compasivo.

Puede que esté exagerando con la escena, me estoy pasando un poco, así que corrijo el tiro.

—Pero ya estoy mejor.

—¿Has tomado algo?

—No, es inútil. Dentro de nada estaré bien, siempre me ocurre lo mismo.

—Te lo he dicho mil veces: debes desconectar de vez en cuando. —Cabecea con aire severo—. Ese fresco te va a volver loca. —Quizá no sea solo el fresco…—. En cualquier caso, he pasado para comunicarte una noticia increíble. —Gaia adopta de repente un aire malicioso y se sienta a mi lado apartándome las piernas.

—No… —Lo he entendido ya todo—. ¡Jacopo Brandolini!

Asiente con la cabeza, sumamente satisfecha.

—Sucedió la noche de la inauguración —dice pletórica—. A propósito, perdona que desapareciera de esa forma. Pero ya me conoces…

De repente recuerdo que me dejó plantada en medio de la velada y pongo carita de enfadada.

—De hecho, quería decírtelo: eres una capulla.

—Lo sé, lo sé, pero lo hice por una buena causa… —Alza las manos como si pretendiera defenderse—. Quizá también a Leonardo le sentara mal, pero, en cualquier caso, nos conocimos gracias a él…

—¿Qué quieres decir?

—En un determinado momento se acerca a mí y me dice: «El bufet de los postres está preparado, ¿no quieres probarlos?». Le explico que te estoy esperando, pero él insiste, dice que algunos hay que comérselos calientes.

—Gaia está conquistando toda mi atención—. Al final decido hacerle caso —prosigue—, voy al bufé y ¿a quién me encuentro? Pues a Jacopo en persona. Casi parecía que me estuviese esperando. Nos pusimos a hablar y perdí la noción del tiempo…

De manera que Leonardo lo urdió todo, ¡arrojó a Gaia a los brazos de Jacopo para quedarse a solas conmigo! El entusiasmo que me produce este descubrimiento me causa un estremecimiento de satisfacción.

—Pero, bueno, ¿qué tal es Brandolini? —le pregunto volviendo a interesarme de inmediato por ella.

—Es simpático, brillante, galante a más no poder. Me parece tan distinto al resto de hombres con los que he salido…, me gusta.

Dios mío, Gaia tiene ya los ojos con forma de corazón.

—Pero ¿lo habéis hecho? —aventuro.

—Bueno… —Baja un segundo la mirada. Cuando la vuelve a levantar una sonrisa triunfal le ilumina la cara—. ¡Sí, claro que lo hemos hecho! ¿Por quién me tomas? —Le doy un pequeño puñetazo en el hombro, riéndome—. Me invitó a su casa. Vive en un palacio maravilloso, detrás de Rialto, con frescos en las paredes y los techos artesonados. Me parecía estar viviendo un cuento, te lo juro, me sentía como Cenicienta en el baile. Aunque también tenía un poco de vergüenza, ya sabes que casi nunca me sucede…

La escucho y disfruto de la manera que tiene de aderezar sus historias. Al menos está consiguiendo distraerme de otros pensamientos.

—¿Entonces?

—Entonces me conquistó, no podía negarme —suspira—. Mejor dicho, rectifico, *no quería* negarme.

—Pero ¿cómo se comportó?

—Diría que superbién… —Por su cara comprendo que Brandolini debe de ser experimentado—. No fue el polvo sin más. Fue muy dulce, atento, se preocupaba de que estuviese bien… —dice con mirada ensoñadora.

Por un momento recuerdo las caricias de Leonardo y una pequeña sacudida me atraviesa de nuevo el estómago.

—¿Qué dices?, ¿le darás una segunda oportunidad? ¿Os volveréis a ver?

—¡Por supuesto, Ele! Me ha invitado a cenar mañana… —La felicidad parece revolotear alrededor, y yo me alegro mucho por ella.

—Entonces, dado que valía tanto la pena, te perdono haberme dejado plantada —digo en tono solemne.

—De acuerdo, pero ya hemos hablado demasiado de mí… ¿Y tú? ¿Qué hiciste después? ¿No me estarás ocultando algo…?

—Nada, volví a casa.

Pero ¿por qué miento a mi mejor amiga? ¿No debería decírselo? Por un lado me gustaría mucho, pero todavía necesito ordenar las ideas y me da miedo que si hablo con alguien del tema, incluso con Gaia —que es como una hermana para mí—, el caos que siento no haga sino aumentar. Me muerdo los labios como si pretendiese evitar pronunciar el nombre de Leonardo. Para compensarla decido confesarle otra pequeña verdad.

—Escucha, tengo que decirte algo.

Gaia se yergue de golpe. Parece que le hayan salido antenas de repente.

—Soy toda oídos.

—Se trata de Filippo.

Gaia me escruta, ha intuido ya lo que voy a decirle.

—Bueno…, lo hicimos.

—¡Aleluya! —exclama aplaudiendo.

—Espera, no te precipites. Sucedió todo muy deprisa, la noche antes de que se marchase. No nos hemos prometido nada y no sé cómo acabará la historia…

Gaia brinca en el sofá.

—¡Qué más da cómo acabe! Lo importante es que ha empezado. —Luego se calla y me mira perpleja—. Pero ¿no estás contenta?

—Sí, pero quiero ir despacio. En el caso de Fil podría ser algo realmente importante, no quiero echar por la borda nuestra amistad… —Respiro hondo—. De todas formas, mientras él esté en Roma no podemos iniciar una relación, en eso estamos de acuerdo los dos.

—Demasiadas paranoias, Ele, como siempre. Se ve que estáis hechos el uno para el otro, siempre lo he dicho.

Esbozo una sonrisa. Sé que Filippo podría ser la persona adecuada para mí, alguien con quien construir una relación sólida y profunda. Basta con que yo quiera. Hasta es posible que en su día lo quisiera, antes de que Leonardo entrase en mi vida y diese un vuelco a mis planes y mis deseos. Ahora ya no sé lo que quiero. Pero Gaia no puede imaginarse todo eso.

—¿Habláis mientras tanto?

—Sí, ayer lo hicimos en Skype.

—En cualquier caso, Ele, Roma no está al otro lado del océano. Yo, por Belotti, fui hasta Flandes —dice toda convencida. Es cierto, Gaia hizo toda una serie de viajes absurdos por ese ciclista que, si he de ser franca, aún no sé qué lugar ocupa en su vida—. Creo que deberías ir a verlo y darle una sorpresa —sigue provocándome.

—Me lo pensaré.

—De eso nada. No debes darle tantas vueltas. —Me da unos golpecitos en la cabeza—. ¡Apaga esta de vez en cuando! Por eso te duele.

Sonrío. Antes fingí, pero ahora me duele de verdad. Me siento tan confusa que lo único que quiero es irme a dormir y dejar de pensar.

Gaia se levanta del sofá y se pone el bolso en bandolera, señal de que se dispone a salir. Me siento casi aliviada.

—Me voy. Si necesitas algo llámame.

—No te preocupes, estoy bien.

—Sí, claro… Lo dirías incluso si estuvieses agonizando en el suelo.

Te lo ruego, no me hables de suelos: no puedo dejar de pensar en Leonardo, en la pintura roja esparcida por todas partes, en el suelo, en mi cuerpo…

—Adiós, llámame para contarme cómo ha ido la cena con Jacopo.

—Por supuesto, te tendré al corriente. —Dejo que me estruje en uno de sus huracanados abrazos.

Después de que Gaia se haya marchado salgo a caminar en dirección al museo Peggy Guggenheim. Son casi las dos de la tarde y a esta hora no hay mucha gente en la calle. Los turistas abarrotan los restaurantes y los venecianos de Dorsoduro cumplen con la inevitable cita con la siesta. Tengo ganas de que me acaricie el sol tibio de octubre, cuya luz, amarilla y rosácea, hoy es espléndida. Aprieto el paso hasta llegar a Punta della Dogana y, tras dar un rodeo, me detengo en Campiello Barbaro, uno de los lugares de la ciudad que más me gustan. Es una plazoleta poco conocida, al margen de los habituales circuitos. Cuando mi cabeza es un hervidero vengo a veces aquí y, sin saber por qué, siempre me sucede algo mágico.

Me siento en el último escalón del puente de piedra, donde el sol ha depositado todo su calor, y apoyo la espalda en el muro de ladrillo por el que asoman algunas briznas de hierba. Desde aquí todo parece más dulce, los rayos adornan los dos árboles desnudos con un sinfín de minúsculas estrellas brillantes. En el centro de la plaza hay un parterre lleno de rosas; es increíble, florecen siempre, hasta en invierno.

Es inútil tratar de negarlo o, peor aún, de reprimirlo: mi corazón y mis pensamientos forman en este momento una maraña inextricable. No sé qué hacer.

En realidad, más que pensamientos son imágenes de Leonardo, fotogramas que atraviesan mi memoria: sus ojos misteriosos y las pequeñas arrugas que se le forman en las comisuras, sus manos fuertes, su cuerpo desnudo e imponente sobre el mío. Y el tatuaje. De repente, tengo un extraño presentimiento: siento que Leonardo puede hacerme daño, que el precio a pagar por participar en este juego es la condenación.

¿Y Filippo? ¿Qué papel juega en todo esto? Lo que siento por él es también intenso, pero muy diferente: la sintonía que nos une es familiar, nuestra relación es, ante todo, intelectual y afectiva. El sexo que compartimos fue tierno y delicado, como puede serlo entre dos personas que se conocen desde hace tiempo y se aprecian.

Con Leonardo, en cambio, fue una especie de lucha carnal, dictada exclusivamente por el deseo que se había apoderado de nuestros cuerpos, algo que jamás me había sucedido. Quizá por ello no puedo dejar de pensar en él.

Aparto la mirada de las rosas y la poso en el agua del canal que fluye lentamente bajo mis pies. El color es poco estimulante, está turbia, pero con todo me impresiona menos de lo habitual. De repente, incluso la idea de volver a ver a Leonardo ya no me atemoriza.

La verdad es que, a pesar de todo, aún lo deseo. Y, entre un sinfín de dudas, esta es la única certeza.

8

Hoy es el gran día. Veré de nuevo a Leonardo y hablaré con él, le explicaré quién soy y qué quiero de él. Hasta ahora nunca he tomado la iniciativa con un hombre, ni siquiera sé cómo se hace, no sé anticiparme como Gaia y expresar mis deseos. Pero esta vez debo intentarlo, esta vez es diferente. Tengo la impresión de que Leonardo me exigirá más valor del acostumbrado.

Salgo de la ducha y me paro delante del espejo. Con una mano quito un poco de vapor. Ahí estoy. Sigo siendo yo. La cara redonda, los ojos oscuros, un poco enrojecidos por el agua, la melena corta y morena que gotea sobre los hombros. No obstante, algo ha cambiado. Desde ayer un nuevo deseo se ha instalado en mi mundo, una especie de inquilino impertinente que molesta a los viejos vecinos.

Trataré de fingir que es una mañana como las demás, me comportaré como suelo hacer. Tengo que convencerme de que estoy yendo a trabajar, eso es todo, pese a que sé de sobra que en realidad me dirijo a su casa.

Trato de pensar en otra cosa y acabo de arreglarme para salir. Me seco el pelo, me pongo unos vaqueros y un suéter fino de lana, me echo la gabardina sobre los hombros y cojo el *vaporetto* hasta Ca' Rezzonico. Compro *La Repubblica* en el quiosco que hay debajo del pórtico, llego al palacio y subo la escalinata. Cada fase de mi rutina es un paso hacia Leonardo.

Pero cuando entro en el palacio él no está.

Lo llamo; nadie responde. Lo espero unos minutos en el vestíbulo con la esperanza de verlo salir del cuarto de baño con la toalla enrollada a la cintura, en vano. Así que me resigno a preguntar a Franco, que se encuentra en el jardín, y este me contesta que no lo ha visto. Es evidente que esta mañana ha salido pronto. Es la primera y única hipótesis que logro formular.

De manera que aquí estoy, en el Campo San Polo, delante del restaurante de Brandolini, sin saber si entrar o no. El corazón me dice que sí, la cabeza que no, luchando contra el único pensamiento que me atormenta desde hace varias horas: *quiero volver a verlo.*

La puerta está abierta, casi parece que me llama, bastaría cruzarla. Y, de hecho, eso es precisamente lo que hago.

—Mete enseguida esas seis cajas, las quiero aquí en un minuto… ¡Y presta un poco de atención, hostia! ¡Son botellas de Sassicaia, cuestan como el coche con el que tanto soñáis y que nunca llegaréis a tener! Es la última vez que hacemos un pedido a vuestra bodega…

La voz de Leonardo. El tono no es, desde luego, alentador. No consigo averiguar de dónde procede; dada la hora, en el interior del restaurante solo hay unos cuantos camareros. Uno de ellos me ha visto y se está acercando a mí con una expresión cortés de rechazo. «Está cerrado, vuelva más tarde», se dispone a decirme, pero yo me adelanto.

—Buenos días, estoy buscando a Leonardo.

Por mucho que se enmascare en una discreción más que profesional, la mirada que me dirige delata cierta curiosidad. Lo único que quiero es verlo y… hablar con él, me repito a mí misma. Camino del restaurante me he preparado un bonito discurso, que he imprimido luego en la mente.

—Creo que está fuera —responde el camarero señalando el jardín interior.

—Gracias —murmuro, y me precipito hacia la puerta acristalada que da acceso a él.

Leonardo no se percata enseguida de mi presencia. Está solo, salta a la vista que los pobres transportistas han acabado a toda prisa su tarea y se han volatilizado. Está hablando por el móvil con alguien y, a juzgar por el ceño, no debe de ser una conversación muy agradable. Cuelga de golpe, pero por un instante conserva en la cara una expresión grave y meditabunda, los ojos clavados en un punto indefinido del suelo. Es la primera vez que lo veo tan hosco y no entiendo qué puede turbarle tanto. Tampoco me atrevo a preguntárselo, dado que en cuanto me ve su rostro se ilumina con su habitual sonrisa. Me saluda con naturalidad, como si el hecho de que esté allí fuera del todo normal.

—¿Por qué desapareciste? —me pregunta mientras da unos pasos hacia mí—. Si hubiese tenido tu número te habría llamado…

—Hasta ahora no nos lo hemos dado —digo mirándome los pies. Me cuesta un poco resistirme al magnetismo de sus ojos.

—En ese caso, hagámoslo ahora.

Aún tiene el móvil en la mano. De repente tengo la impresión de que he olvidado mi número. Debo hacer un esfuerzo para recordarlo y se lo digo como si tuviese que deletrear una palabra complicada.

Leonardo lo memoriza y me llama. Por suerte he desactivado el timbre con el graznido de pato.

—No has contestado a mi pregunta —prosigue observándome—. ¿Por qué no fuiste a trabajar ayer?

Me acaba de dar un buen motivo para iniciar mi sermón. Me atuso el pelo y carraspeo. Estoy preparada.

—Necesitaba estar sola. Lo que sucedió anteayer me turbó un poco —suelto de golpe. Leonardo no parece ni mínimamente impresionado. Una sonrisita extraña se dibuja en sus labios y sus ojos me miran divertidos y perversos—. Por eso quería hablar contigo… —Pero me interrumpo enseguida. El camarero de antes pasa a mi lado. Leonardo le hace una señal y él asiente con la cabeza. Está trabajando y quizá le estoy haciendo perder tiempo—. Si estás ocupado podemos vernos en otro momento —me adelanto.

Él mira alrededor durante unos instantes.

—Me queda una media hora. Tengo que solucionar varios asuntos. —Mira el móvil y se queda parado unos segundos, como si estuviese considerando una idea—. ¿Te apetece esperarme en la iglesia de los Frari? Podemos vernos allí a eso de las once.

—De acuerdo —contesto, a pesar de que su propuesta me sorprende bastante. Nunca he quedado con nadie delante de una iglesia, y menos en la de los Frari—. ¿Por qué allí? —me aventuro a preguntarle.

—Pues porque es un sitio bonito.

Llevo un cuarto de hora sentada en un incómodo banco de madera de la tercera fila, en la suntuosa nave central de la basílica de los Frari. En el aire flota un aroma a incienso que se mezcla con el humo de los cirios votivos. Fuera arreciaba el viento, así que decidí entrar. Espero que nadie me vea: estoy aquí, compuesta y recogida, y de cuando en cuando miro hacia el portón de la entrada. La idea de que Leonardo llegará de un momento a otro me encoge el estómago. Me siento inquieta y excitada. Cuando no me vea fuera comprenderá que he entrado; de todas formas, ahora que tengo su número puedo llamarlo.

Miro en derredor y me siento como si me hubiese colado en una fiesta. Varias personas rezan en los bancos en tanto que algunos visitantes deambulan silenciosos y discretos y la mayor parte de ellos se detiene a contemplar la magnífica tabla de la *Asunción* de Tiziano. Con la luz del sol es aún más hermosa. Los rayos se filtran por las vidrieras dibujando unos reflejos increíbles en el cuadro y confiriendo una intensidad inaudita a los colores.

—De manera que hacer el amor conmigo te turbó… —oigo que me susurran al oído.

Leonardo ha entrado y se ha sentado a mi lado. Me vuelvo de golpe, con el pulso acelerado. Me escruta a la espera de que prosiga desde el punto en que me interrumpí hace un rato.

—Sí, así es —admito. Inspiro hondo—. Quizá porque no me lo esperaba. Por lo general no me abandono con tanta facilidad, pero tú… —Vacilo. Las palabras no me ayudan, me parecen carentes de sentido, superadas—. ¿Ves? No sé cómo decírtelo…

—¿Sales con alguien? ¿Es eso lo que quieres decirme? —Es directo, seco, me obliga a decir las cosas como son, sin divagaciones ni rodeos.

—No, no es eso. —Cabeceo—. Hasta anteayer creía que tenía una relación con otro hombre…, pero ahora no estoy tan segura.

La imagen de Filippo se materializa ante mí. Al igual que mi bonito discurso, pertenece ya al pasado. Siento una punzada en el corazón.

—Entonces, ¿qué pasa, Elena?

—Pues que me gustó mucho. Quizá demasiado. He intentado convencerme de que fue únicamente una flaqueza, una locura, una de las pocas que he cometido, y que somos muy distintos. Me gustaría creer que se acaba aquí. Pero no dejo de pensar en ti y… quiero que suceda de nuevo.

Ya está, lo he dicho, a pesar de que no es propio de mí, de que no son palabras que se puedan pronunciar en el banco de una iglesia. Me siento arder en llamas.

Leonardo no reacciona, al menos en apariencia, y eso no hace sino aumentar mi vergüenza. Durante un instante interminable sus ojos vagan por la tabla de la *Asunción*. Espero a que hable en apnea, como un acusado que aguarda la sentencia definitiva.

Sin decir nada, me coge una mano y me lleva justo debajo del cuadro. Hay más personas a nuestro lado. Leonardo se detiene detrás de mí y me susurra al oído:

—¿Sabes por qué te he pedido que nos viéramos aquí, Elena? —Niego con la cabeza, completamente perdida—. Porque esa pintura entró en mí después de que me hablases de ella. He pensado mucho en este cuadro desde esa noche. —Alzo la mirada hacia la tabla—. Creo saber por qué te gusta tanto: querrías ser como la Virgen —prosigue Leonardo mientras me acaricia el pelo con su respiración ligera—. Querrías estar ahí arriba, en tu mundo, lejos de todo lo que pueda dañarte. En el fondo piensas que estás destinada a eso.

Miro el cuerpo de la Virgen, tan distante, serena, invulnerable. Reconozco que tiene razón, a mí realmente me gustaría sentirme así.

Leonardo se cierne sobre mí; percibo su calor y la sensación es extrañamente excitante, aquí, en este lugar sagrado, entre estas personas que apenas notan nuestra presencia. Continúa hablándome al oído como un demonio.

—Ahora mira al apóstol. Esa noche me dijiste que está invocando a la Virgen y que parece darle impulso para subir al Cielo.

—De hecho, es así. —Bien, al menos las nociones de historia del arte no me han abandonado con el resto de las certezas.

—¿Y si te equivocases? —Me aprieta con fuerza los hombros—. A mí me gusta pensar que, en cambio, la está llamando, que quiere retenerla en la Tierra, devolverla a su naturaleza *carnal*...

Nunca lo había pensado. Examino el cuadro desde una perspectiva completamente distinta y me doy cuenta de que, por muy surrealista que parezca, puede ser una interpretación. Pero no logro entender adónde quiere ir a parar Leonardo. Acabo de decirle que deseo volver a hacer el amor con él —no sé de dónde he sacado el valor— y por toda respuesta me propone una nueva exégesis de la *Asunción*. Estoy muy confundida y temo que las rodillas no me sostendrán mucho tiempo más.

—¿Por qué me dices todo esto? —le pregunto con un hilo de voz. No lo resisto más.

Me aferra por los costados y me vuelve hacia él apoderándose de mi mirada.

—Porque quiero ser el que te devuelva a la Tierra, Elena. —Está tan cerca de mí que nuestras caras se rozan. Miro alrededor esperando que nadie nos vea. Pero a él los demás no le importan y sigue dirigiéndome palabras ardientes—: Yo también te deseo, una, mil veces más. Pero a mi manera. Quiero ver qué se oculta detrás de esa máscara que llevas puesta, tan etérea, tan cerebral... Quiero conocer a la verdadera Elena. Quiero dar un vuelco a tu vida. —Trago saliva. *Dar un vuelco a mi vida.* Mirándolo ahora se diría que es perfectamente capaz de hacerlo. Siento un estremecimiento en la espalda—. Cuando te vi por primera vez, absorta en tu fresco, tu timidez, tu aire inocente me embrujaron. Fue una llamada irresistible. Y no puedo evitarlo, no descansaré hasta que no te los arranque. —Siento arder un fuego en el pecho, como si me hubiese inyectado un líquido incendiario—. Pero debes permitirme que lo haga. Debes dejar que sea yo el que te guíe... Quiero enseñarte todas las formas de sentir placer... —Su voz ahora es un híbrido, a caballo entre un gemido y un susurro, y me seduce.

Me he quedado muda, creo que no he acabado de entender lo que me está proponiendo. Solo puedo intuirlo, tiene todo el aspecto de ser un acuerdo, un pacto maldito que transformará profundamente mi existencia, y no estoy muy segura de querer aceptarlo. Pero, a la vez, me siento tentada a hacerlo, con todas las fibras de mi cuerpo, me atrae como solo puede hacerlo algo ignoto y peligroso.

Leonardo intuye mi aturdimiento y, cogiéndome de una mano, me arrastra fuera de la iglesia por una puerta lateral, a un recóndito callejón sin salida. Me empuja contra la pared desconchada de la sacristía y me levanta la barbilla.

—¿Has entendido lo que quiero decir, Elena?

—No estoy muy segura... —murmuro.

—Si lo que buscas es el amor romántico no soy la persona adecuada. Si estás pensando en una aventura rutinaria y aburrida, te equivocas conmigo, Elena. Lo que te propongo es un viaje, una experiencia que te cambiará para siempre. —Jadeo, trato de zafarme de él, a pesar de que es lo último que deseo en este mundo—. Me ocuparé de ti, te enseñaré que tu cuerpo no está hecho para las inhibiciones y los tabúes, aprenderás a utilizar tus sentidos, todos, con un solo objetivo: gozar. Pero deberás ponerte en mis manos y estar dispuesta a hacer todo lo que te pida. —Se calla y clava sus ojos en los míos—. Todo. Aunque te parezca absurdo o incorrecto.

Su tono no es autoritario, no. Es seductor, condenadamente irresistible. Si me estuviese proponiendo que bailásemos o que bebiésemos un vaso de vino, creo que lo haría de la misma forma.

—Necesito pensar en ello —le imploro—. Yo… no sé qué contestar… ahora…

—En cambio debes elegir aquí, ahora. —Es implacable—. Porque esta es la primera prueba que debes superar. O lo tomas o lo dejas.

Contengo la respiración, cierro los ojos y me preparo como si tuviera que tirarme por un acantilado. Un salto en el vacío, eso es lo que estoy haciendo; yo, que no sé nadar; yo, que siempre he tomado mis decisiones con la mayor cautela, que jamás he sido una mujer propensa a las aventuras arriesgadas. Estoy haciendo la cosa más insensata de mi vida y quizá, por eso mismo, la más justa.

—De acuerdo —digo con el corazón encogido.

—¿De acuerdo? —repite él.

—Sí, estoy preparada. —Por fin, abro los ojos.

He vuelto a caer en sus brazos y sigo viva, por el momento. Leonardo me sonríe y me besa con avidez metiéndome la lengua en la boca, todavía pastosa por la emoción. Se separa un momento y me mira a los ojos, como si pretendiese asegurarse de que estoy ahí de verdad; después me besa de nuevo, aún más hambriento, mordiéndome los labios. Su mano se insinúa lasciva en el interior de mis vaqueros y entra resuelta donde no debería desencadenando una vorágine de placer.

—Quiero que hoy, mientras trabajas, pienses intensamente en mí y que repitas sola lo que te estoy haciendo hasta que te corras —me susurra sin dejar de acariciarme.

—No, te lo ruego… —protesto—. No creo que sea una buena idea…, me da mucha vergüenza, nunca podré…

Leonardo me interrumpe tapándome la boca con una mano y fulminándome con la mirada.

—Por eso precisamente debes hacerlo. Las decisiones las tomo yo, tú debes fiarte de mí sin discutir. ¿Recuerdas lo que acabas de aceptar?

Mi voluntad queda repentinamente anulada.

—De acuerdo. Lo intentaré.

—Muy bien, Elena. Así me gusta…

Sigue acariciándome entre las piernas, a la vez que me tortura un pezón con la otra mano. Desvío la mirada, anhelante, estoy mojada y excitada. No obstante, creo que el placer no será el mismo cuando lo haga sola. No estoy acostumbrada a tocarme.

Mi deseo se acrecienta, quiero que vaya hasta el final, pero de repente se separa de mí dejándome aturdida e insatisfecha. La sonrisita sádica que se dibuja en sus labios me da a entender que lo ha hecho adrede.

—Tengo que marcharme, nos vemos esta noche, cuando vuelva. —Se apoya con las dos manos en la pared y acerca su cara a la mía—. Acuérdate, Elena: a partir de este momento eres mía. —Me da un beso en la boca y hace ademán de marcharse.

—Leonardo… —Lo detengo aferrándole un brazo—. Dime solo por qué. Por qué haces todo esto.

Ladea la cabeza y una sonrisa cándida y diabólica le frunce los labios.

—Porque me apetece, y porque me gustas muchísimo. —Al ver mi desconcierto suspira, como si estuviese tratando de decirlo con otras palabras—. Escucha, Elena: tanto lo que hago como lo que no responde a un puro hedonismo. No tengo otros estímulos o motivos que no sean ese. No creo en la fuerza de las ideas y aún menos en la moral. He vivido lo suficiente para saber que el dolor te alcanza de todas formas, sin necesidad de que te lo procures. Así pues, dado que no lo puedes evitar y que la felicidad absoluta no existe, queda el placer. Y yo lo busco con una obstinación que aún desconoces.

Me he quedado muda. Ahora percibo en sus rasgos la dureza del que ha luchado, un sufrimiento oculto e imborrable, como el tatuaje que tiene en la espalda. Pero a la vez veo también las ganas de vivir y el valor del que jamás se ha rendido en su mirada orgullosa y en su sonrisa, que parece desafiar al mundo entero.

Eres un misterio, Leonardo, un enigma que ahora no puedo resolver. Pero acepto en cualquier caso. Y a partir de hoy soy tuya.

No logro pensar en otra cosa durante todo el día. Me alejo varias veces del fresco y me refugio en el cuarto de baño para tratar de hacer lo que Leonardo me ha ordenado, pero es una tragedia. Me siento sucia. Es más, a decir verdad me siento realmente como si estuviera traicionando a alguien, pese a que no sabría decir a quién.

Procurando no mirarme al espejo, bajo la cremallera del peto hasta que entreveo la de los vaqueros. Es la tercera vez que lo intento. Cierro los ojos y pienso en Leonardo, en sus besos apasionados, en su cuerpo desnudo sobre el mío, y meto la mano tímidamente por las bragas hasta alcanzar el monte de Venus. Mis labios están secos y mudos, rechazan el contacto. No responden a las caricias, parecen rehusar mi mano vacilante. Abro de nuevo los ojos. Suspirando, me siento en el borde de la bañera y dejo caer los brazos sobre las rodillas. Me doy cuenta de que no tengo mucha familiaridad con mi cuerpo, de que estoy llena de frenos e inhibiciones. Quizá porque nunca he intentado realmente darme placer sola, siempre he dejado que lo hicieran los demás, los pocos hombres con los que he estado... Y, si he de ser sincera, después de haber hecho el amor con Leonardo no sé si lo que he experimentado hasta ahora es realmente el máximo a lo que se puede aspirar.

Intento concentrarme de nuevo, pero cuando trato de alargar la mano el timbre del móvil me interrumpe con brutalidad. Echo un vistazo al bolsillo externo del peto y veo aparecer en la pantalla el nombre de Filippo. Es increíble. ¿Por qué me llamas justo ahora, Fil? ¿Me estás vigilando a distancia? Ya es demasiado complicado de por sí… Me siento ridícula.

Basta, renuncio. No soy como Leonardo cree, eso es todo. O quizá no sea capaz de liberar sola mi sensualidad.

Me he quitado el mono de trabajo y me dispongo a volver a casa, frustrada. La primera etapa de mi viaje erótico ha fracasado.

Como una cobarde, me gustaría escabullirme antes de que Leonardo vuelva, pero la limpieza de los instrumentos resulta más dificultosa de lo habitual. De manera que regresa antes de que haya podido marcharme y me envuelve en un abrazo. No puedo negar que, en el fondo, lo esperaba…

—Hola, Elena. ¿No tienes nada que contarme? —me pregunta susurrando.

Querría mentirle, decirle que ha ido de maravilla, que todo mi cuerpo arde, pero no puedo. Además, tengo la impresión de que mi cara habla por sí sola.

—Lo he intentado.

—Lo has intentado. —Me escruta, severo.

—Pero… —exhalo un suspiro temerosa de su reacción— no ha ido lo que se dice muy bien.

—Ven, vamos a mi habitación. —No parece enfadado. Tal vez se lo esperaba, y eso me hiere aún más. Titubeante, le doy la mano y lo sigo. No sé qué tiene en mente, pero cuando me aprieta de esa manera me siento segura.

Conozco la habitación. El caos es más o menos idéntico al del día en que entré a hurtadillas con Gaia. La cama está deshecha. Faltan el champán y los porros, pero se respira el mismo aire voluptuoso, además del aroma penetrante a ámbar, que ha impregnado las paredes y las sábanas.

Leonardo me tira de un empujón a la cama. Él se queda de pie delante de mí.

—Desnúdate —me ordena—. Quiero ver lo que sabes hacer.

Me siento en el borde de la cama aferrando las sábanas. Un hilo de sudor frío me resbala por la espalda. El espejo que está frente a mí es una presencia inquietante, y la idea de que la atractiva violinista de cuerpo perfecto haya estado también aquí hace que me sienta mal al instante, aun antes de intentar hacer algo.

—Vamos, Elena —me anima Leonardo sujetándome la cabeza con las manos—. Desnúdate. No estás haciendo nada malo.

Jamás me ha resultado fácil y natural desnudarme delante de un hombre. Me hace sentirme cohibida, siempre me ha producido vergüenza y eso me inducía a apagar la luz ya durante los preliminares. Exponer mi cuerpo a los ojos de otro me provoca una gran ansiedad.

Me levanto poco a poco delante de él. Con las manos temblorosas me quito la camiseta y me quedo en sujetador, pero la mirada de Leonardo me da a entender que debo desprenderme también de él. Lo desabrocho por detrás y él me ayuda a sacármelo por los brazos.

—Me vuelven loco tus pechos, son tan suaves, tan… plenos. —Los acaricia con delicadeza. Luego me besa un punto de la nuca, tan sensible que en cuanto siento su lengua me flaquean las piernas—. Ahora debes seguir sola.

Deslizo una mano por el escote y empiezo a acariciarme un pecho apretándolo con los dedos alrededor del pezón.

—Así, Elena. Ahora dedica también un poco de atención al otro —me ordena besándome de nuevo en el cuello.

Trato de relajarme y le obedezco. Sus gestos y sus palabras parecen querer animarme a tener más confianza en mi cuerpo.

—Así… —El deseo hace brillar sus ojos. Me coge un brazo y me lo acerca a la tripa—. Ahora baja lentamente con la mano. Métela dentro.

Me siento aún más desnuda y vulnerable que cuando estuve debajo de él. En todo esto hay una mayor carga de erotismo y transgresión. La ansiedad me encoge el estómago, pero sé que ya no me puedo detener, no quiero.

Me abro camino con una mano bajo los vaqueros y empiezo a mover los dedos hacia delante y hacia atrás, como si estuviese pellizcando las cuerdas de una guitarra. Estoy segura de que le gusta mirarme. Yo, en cambio, me siento inerme, a merced de sus ojos, que parecen ansiosos por devorarme.

—Sabes cómo proporcionarte placer mejor que nadie —dice para tranquilizarme—. Aprende a conocerte…

Se abalanza sobre mí y me hace cosquillas con la mano a través de los vaqueros. Puedo sentirlo. Apoya las yemas en el exterior de los labios mayores y empuja hacia arriba para aprisionarme por completo con los dedos. Es un masaje profundo que me hace arder de pasión.

Leonardo se quita la camisa y me arranca los pantalones y las bragas. Acto seguido se sienta en el borde de la cama y me atrae hacia él obligándome a apoyar la espalda en su pecho desnudo. Se inclina hacia delante y mi cuello se estremece al entrar en contacto con sus suaves labios. Siento su respiración en los pezones, que reaccionan de inmediato. Mi cuerpo desnudo se refleja en el espejo y me agrede con la brutalidad y la violencia de una bofetada. No logro sostener la mirada, de manera que giro la cabeza hacia un lado. Leonardo me coge la barbilla y me fuerza a enfrentarme de nuevo a mi imagen desdoblada.

—Mira qué hermosa eres, Elena. Debes amar tu cuerpo, debes enorgullecerte de él, porque es una fuente de placer. Y lo será también para mí.

Lo intento, pero es difícil. La visión de mi carne desnuda, de mi sexo expuesto, de mi pose lasciva no me enorgullece; al contrario, me avergüenza. Leonardo me toma una mano y la apoya sobre mi sexo, húmedo y caliente.

—Sigue tocándote —me susurra al oído—. No te pares.

Lo obedezco con los ojos cerrados tratando de vencer el pudor. Poco a poco siento que mis labios se humedecen a la vez que Leonardo me aprisiona los senos con sus manos, que ahora están untadas de aceite. Un aroma delicioso a rosa acaricia mi piel. Sus dedos se mueven ligeros por mi cuerpo, el índice y el corazón se deslizan por la punta de mis pezones erectos. Los pellizcan, a la vez que me aprieta los pechos con las manos, como si estuviese modelando una masa. Leonardo es el único con el que logro sentir este placer indescriptible.

—Con la punta de los dedos. Así es como debes hacerlo ahora, por todo tu cuerpo. —Me coge la muñeca y me la apoya con delicadeza en el monte de Venus. Mi mano explora, movida por el deseo de conocer, pero aún vacila—. Ahora prueba con mis dedos…, si eso te da más placer… —me susurra al tiempo que aparta una mano de mi pecho—. Pero quiero que lo sigas haciendo tú. Un poco más.

Cojo con delicadeza su mano y apoyo sus dedos en el clítoris, subiendo y bajando por él.

Leonardo se suelta de golpe de mis manos y empieza a acariciarme, leve y suavemente, el interior de los muslos, sin ir más allá hasta que no abro completamente las piernas arqueando la pelvis. Entonces desliza los dedos por los labios externos, rozándolos con un pequeño movimiento circular y haciendo una ligera presión. Cierra un labio con el pulgar y el índice apretándolo delicadamente en la base, recorre mi sexo con las yemas, de abajo arriba, trazando la curva de un paréntesis; después repite el movimiento en sentido contrario. Una oleada de placer se propaga por todo mi cuerpo.

Me muevo al sentir sus dedos. Me acaricia el clítoris ejerciendo una presión ligerísima; luego vuelve a bajar hasta que mis labios lo invitan a entrar.

—Ahora abre los ojos, Elena —me murmura al oído—. Quiero que me mires.

Abro los párpados como si fuesen un telón y la imagen de mi cuerpo aprisionado en el suyo aparece ante mis ojos. Nuestras miradas se cruzan en el espejo a la vez que Leonardo introduce dulcemente el dedo corazón en mi interior y dibuja con él un sinfín de pequeños círculos abriendo con delicadeza mi carne. Rendida, me abandono. Es la señal inequívoca —como si fuera necesaria— de que puede ir más allá. Hunde ulteriormente el dedo, entra por completo en mí. Se detiene, juega un poco. Mi deseo aumenta y él lo comprende al vuelo. Espera a que mis músculos se relajen e introduce otro dedo, regalándome una sensación divina de plenitud. En el espejo mi cara está transfigurada de placer, todos mis músculos se tensan en un espasmo, como si una corriente de energía la estuviese atravesando por dentro. Me cuesta reconocerme: es la primera vez que me veo gozando. Leonardo me sonríe en el espejo, parece adivinar mis pensamientos. Cuando empiezo a jadear dobla los dedos formando una ele y presiona la base del clítoris con un movimiento que me dice, sin palabras, «ven». También sus ojos me lo piden. Los dos estamos asistiendo al espectáculo de mi abandono.

—Sí, Leonardo… —gimo. La cabeza me da vueltas, mis sentidos desfallecen completamente perdidos en el tormento erótico—. ¡Más fuerte! —le imploro.

Alargo los brazos hacia atrás y le aferro los hombros mientras él acelera el ritmo de los dedos en mi interior y me da unas ligeras palmadas en el monte de Venus con la otra mano.

—¿Te gusta así?

—Sí, me gusta… —gimoteo. Soy un coágulo de deseo—. Sigue, por favor…, no te pares. —Ahora soy yo la que se lo pide a él.

Leonardo continúa su turbio juego. Es un tormento que me destruye, que me extenúa. Y él es el amo absoluto. Mi cuerpo se revuelve, se estremece desenfrenado. He alcanzado el ápice de la excitación y gimo ya sin inhibiciones. Más, más. De repente lanzo un grito ronco, me derrumbo y arqueo violentamente la espalda contra su pecho mientras un sinfín de minúsculas esquirlas se esparce en mi interior.

Leonardo me estrecha entre sus brazos y me cubre el cuello de pequeños besos.

—Muy bien —murmura pegado a mi boca—. Eso es gozar.

Estoy boca arriba en la cama, saciada y agotada. Él me mira complacido. Me tapo con la sábana. Sonríe.

—¿Te molesta tanto que te mire?

—Sí… —asiento con un hilo de voz.

Sé que no tiene sentido, porque hasta hace un momento estaba desnuda entre sus brazos. Con todo, ahora siento la necesidad de proteger mi intimidad, de guarecerla bajo la sábana.

—Entonces, ese es el próximo tabú del que debes liberarte. Porque a mí, en cambio, me encanta mirarte. —Su voz es dulce. Está echado a mi lado, con la camisa abierta y la cabeza apoyada en el pliegue del codo.

Una idea fugaz atraviesa mi mente. Acabo de enfilar un camino desquiciado, aunque también sumamente excitante. Me seduce con el gusto de lo prohibido, pero a la vez me atemoriza un poco. No sé adónde me llevará, lo único que sé por ahora es que quiero recorrerlo hasta el final.

Miro a Leonardo, cuya expresión cambia continuamente. No sé por qué, pero sus facciones nunca llegan a resultarme familiares, tengo la impresión de que las veo siempre bajo una nueva perspectiva. ¿Quién es de verdad este hombre? ¿Qué lo ha traído hasta mí? Creo que jamás sabré dar una respuesta a estas preguntas. Pero una curiosidad incesante me devora. Estoy perdiendo incluso el control de lo que digo. Bien.

—¿Has tenido muchas mujeres en tu vida? —le pregunto sin rodeos. Me ha dicho ya que no es un hombre de novias, y la manera en que conoce y hace vibrar mi cuerpo denota una gran experiencia.

La pregunta no parece sorprenderle.

—He tenido muchas, sí. —Exhala un hondo suspiro y se tumba de espaldas con las manos en la nuca—. Pero los sentimientos no son lo que se dice mi fuerte, ya te lo he dicho. —Parece haberse ensombrecido. Se vuelve hacia mí y me mira con gravedad—. No eres la única, Elena, si es eso lo que quieres saber. No esperes que te sea fiel.

Me gustaría esconderme bajo la sábana. Me siento estúpida e infantil.

Él debe de haberse dado cuenta, porque me mira un poco desorientado.

—Creía que estaba claro…

—Por supuesto, está claro —me apresuro a decir sonriente.

En realidad me siento ofendida, pero hago un esfuerzo para pasarlo por alto. «No esperes de mí un amor romántico»: me lo dijo abiertamente, debo metérmelo en la cabeza.

—En cualquier caso, ahora debo irme —añado al mismo tiempo que me levanto de la cama arrastrando las sábanas.

Me visto deprisa y Leonardo me acompaña a la puerta. De repente me siento sometida de manera intolerable, casi aplastada por la fuerza que emana de él. Se detiene en el umbral y me coloca un mechón de pelo detrás de la oreja.

—¿Estás bien? —me pregunta solícito.

—Sí —contesto, aunque, si he de ser franca, no estoy muy segura.

—¿Nos vemos mañana?

Antes de que pueda decirle que sí, su boca se pega con voracidad a la mía. Me aferra la cara con las manos y me besa con mayor pasión. Luego me aparta y me mira como si me estuviese estudiando.

—Tengo en la mente algo especial para ti —me susurra enigmático—. Vuelve pronto.

—Claro… —respondo aturdida.

No veo la hora de que sea mañana.

9

Alrededor de mí, la oscuridad y el silencio.

Me ha dejado aquí desnuda, atada a un silloncito y con un pañuelo de seda negra en los ojos. Me siento minúscula en el centro de esta enorme estancia, el salón de fiestas, el más grande del palacio.

Esta mañana, mientras me dirigía a casa de Leonardo, no alcanzaba a imaginar lo que me esperaba; pensé en mil escenarios distintos, sabedora de que, en cualquier caso, él me iba a sorprender.

Y lo ha conseguido. Como siempre.

Me abrió la puerta con esa expresión de seguridad que no admite escapatoria. No preguntó nada, se limitó a atraerme hacia él y a besarme; luego me cogió de la mano y me guio por las escaleras y los pasillos hasta que entramos en este salón. Se detuvo en el centro y empezó a desnudarme. El corazón me martilleaba en el pecho, creía que íbamos a hacer el amor, lo deseaba con todas mis fuerzas. Quería que me abrazase y que anulase con su cuerpo mi desnudez, que me entorpecía y me irritaba.

—Vuélvete —me dijo, en cambio. Obedecí. Me vendó antes de que pudiese decir nada atándome a la nuca un pañuelo negro que llevaba en un bolsillo de los pantalones—. Hoy no necesitas la vista, Elena. Te enseñaré a ver de otra forma.

Me obligó a sentarme, me ató las muñecas a los brazos del sillón no sé con qué —posiblemente con las borlas de las espléndidas cortinas de brocado de la sala— e hizo lo mismo con los tobillos, que fijó a las patas del asiento.

—¿Qué intenciones tienes? —le pregunté con la voz quebrada.

—Shh…, no es momento para preguntas —me respondió susurrando. Después me tapó con una sábana áspera, de las que se utilizan para esconder los cuadros de los artistas, como si fuese una de sus creaciones, dejando únicamente a la vista la cara y el pecho. Me acarició una mejilla y luego oí que se alejaba.

Llevo aquí más de una hora. O al menos eso creo, ya que he oído una vez las campanas de San Barnaba.

Al principio solo me sentía confusa, con la mente fuera de control. Estaba aterrorizada, desorientada, me parecía estar sufriendo una tortura sin sentido. Me maldecía a mí misma por haberme metido en esta situación y por haber aceptado el pacto infernal. Lo único que quería era liberarme y escapar.

Más tarde comprendí.

El olor de esta estancia fue penetrando lentamente en mi nariz, sutil y persistente: madera antigua, polvo y humedad. El terciopelo de la tapicería empezó a hacerme cosquillas en la espalda, a la vez que una brisa ligera entraba por una de las ventanas; un estremecimiento ligero me recorrió todo el cuerpo endureciéndome los pezones. También del silencio fueron emergiendo ruidos: las voces del Gran Canal, el bullicio lejano de los *vaporetti,* mi respiración, que se había vuelto casi ensordecedora.

Leonardo me ha vendado porque mi vista es voraz. Lo copa todo, no deja espacio a los demás sentidos. Mi mirada se ve sometida a diario a numerosos estímulos: mi trabajo, mis pasiones, la ciudad en la que vivo. Hace veintinueve años que me drogo con la belleza de Venecia, que me nutro de mármoles, estucos, témperas y piedras. Solo leo el mundo con los ojos. Pero ahora están cubiertos de negro, adormecidos, narcotizados. Hasta hace poco esta vía me bastaba para conocer las cosas. Era feliz y me sentía segura. Antes de conocerlo a él.

Un rayo de sol se filtra a través de los postigos y le regala un poco de tibieza a mi mano derecha, que está entumecida. No lo veo, pero intento sentirlo. Trato de observar el mundo sin los ojos. Más allá de los ojos. Donde está la verdadera Elena, la que quiere Leonardo.

Me empiezan a doler los tobillos y las muñecas. La sangre llega a duras penas a las extremidades. Una lágrima sutil resbala por debajo de la venda hasta alcanzar los labios —es cálida y salada— cuando, de repente, oigo un leve crujido. Siento una presencia en la sala.

—¿Eres tú, Leonardo? —Me revuelvo en el sillón.

Oigo sus pasos que se acercan. ¿Cuánto tiempo lleva aquí? ¿Desde cuándo me está observando? Ahora se encuentra de pie delante de mí, lo percibo, noto el calor de su cuerpo y el inconfundible aroma a ámbar.

—Leonardo, libérame…, te lo ruego…

No me contesta. Levanta un borde de la sábana y la hace resbalar con una lentitud exasperante. Estoy desnuda, completamente expuesta e impotente. Durante un tiempo que me parece infinito siento que sus ojos exploran mi cuerpo. Es un contacto brusco, punzante, que me produce pequeñas sacudidas bajo la piel. Me hiere y me excita a la vez.

De repente, oigo su voz pegada a mi oído.

—Te estoy mirando, Elena. Por todas partes.

Querría decirle que me gusta que me mire así, que no lo sabía y que lo acabo de descubrir, pero debo tragar un grumo de saliva y no puedo hablar.

Debe de haberse arrodillado delante de mí apoyando las manos en mis muslos. Sus labios cálidos y húmedos se posan en los míos. Descienden poco a poco por el cuello, siento su barba en una mejilla, en el pecho, en el ombligo. Una barba que me roza, me hace cosquillas, me pincha y me atormenta. Su pendiente se arrastra por uno de mis hombros. Después sus labios se vuelven a posar en los míos, su lengua los oprime con arrogancia abriéndose paso entre los dientes e irrumpiendo en mi boca.

Una oleada impúdica me sacude el vientre y a continuación desciende, líquida e insidiosa. Me gustaría sentir el resto de su cuerpo, sujetarle los hombros con las manos, pero solo puedo abrirlas y cerrarlas con impaciencia.

—Relájate, Elena. —Leonardo me sopla en la cara—. Hoy soy el único que puede usar las manos.

Su mirada debe de ser turbia, ardiente, lo sé, aunque no pueda verlo. La sonrisa enigmática y cruel flota en su cara.

Recorre con los dedos los rasgos de mi cara hasta alcanzar la barbilla. Me agarra el pelo y suelta algunos mechones de la venda. Me mete la lengua en la oreja. La sangre me hierve en las venas.

—A pesar de que no me puedes ver —su voz es aterciopelada, retumba a mi alrededor, en mi interior—, puedes sentirme, lo sé. —Leonardo se refugia en la cavidad del cuello y me olfatea, bebe mi olor—. Debes fiarte exclusivamente de tus sentidos…, Elena…

Luego algo fresco, vivo, me roza, baja lánguidamente desde el cuello a la garganta, hasta el pecho, y se detiene en los pezones. Sus manos mueven algo inesperado, mojado. Me lo pasa por los muslos, entre las piernas, y después vuelve a subir para apoyarlo en mi boca.

—Lámela —me ordena con una voz diabólica—, suavemente…

Entreabro los labios y hago lo que me dice. Jamás he probado una naranja de esta forma. Tiene el gusto acre del pecado, su sabor se mezcla con el mío.

Ahora Leonardo está robando el zumo de mis labios, siguiendo su rastro hasta llegar bajo el ombligo. Siento que sus manos oponen resistencia a mis piernas que, instintivamente, intentan cerrarse. Me gustaría moverme, liberarme de esta dulce tortura, pero no puedo.

Sus dedos están dentro de mí. Separa con el corazón los labios menores y estos de los mayores con el índice y el anular. Hunde el corazón en mi nido, después me lo mete en la boca y me obliga a chuparlo. Mi sexo humedecido por el deseo.

Me desata un tobillo. Clavo el muslo en su costado y me abro para dejar espacio a lo que está por venir. Pero Leonardo se retira inesperadamente.

Siento que una gota de líquido frío aterriza en una de mis rodillas y resbala desde ella hacia el pie. Luego la misma gota densa en la boca, extendida por los dedos de Leonardo. Sabe a alcohol y a regaliz.

—Sabes que no bebo… —murmuro a duras penas.

—No te morirás… —me susurra con la voz quebrada por el placer.

Me da más, bebo de la botella. Es un sabor fuerte, violento, al que no estoy acostumbrada. Me aparto haciendo una mueca, me cae un poco de líquido en la barbilla y el cuello. Leonardo se echa a reír y me provoca recogiéndolo con los labios.

—Elena —me silba en la oreja—, no eres un ángel puro y sin vicios…, ahora piensa solo en gozar.

Mientras habla desliza de nuevo la mano entre mis piernas. Me sobresalto. Bebe también un sorbo, me acerca a él empujándome la nuca y me lo pone en la boca. El licor letal baja por mi garganta. Está bueno, es dulce y amargo a la vez. Fuera refresca, dentro arde.

—Te gusta, ¿verdad? Lo sé…

Me penetra con la lengua y la mueve alrededor de la mía. Me coge la cabeza y me obliga a bajarla. Una infinidad de puntitos blancos zumba en el negro de mis ojos. Todo da vueltas, me siento aturdida.

—Chúpame. —La orden es dulce, preñada de promesas.

Vacilo entre el antiguo miedo y el deseo de ahora. Lo rozo con la lengua como se roza el peligro. Saboreo su anhelo arrogante. Está duro, la piel tensa. Crece latiendo.

Unos instantes tan solo y después, apoyando una mano en mi frente, aleja mi cara de su sexo impaciente y con un ademán resuelto me desata el otro tobillo.

Sus dedos corren por mis piernas, presionándolas y masajeándolas, como si quisiera reanimarlas. Mis brazos caen de repente en los brazos del sillón, Leonardo ha deshecho todos los nudos. Soy libre. Libre de tocarlo. Libre de hacer lo que deseo. Me llevo una mano a la venda, pero él me detiene.

—No. Esta no te la quito. —Es una orden. Aprieta el nudo para asegurarla bien a la nuca.

—Por favor —le suplico.

—No, Elena…, no te conviene —me susurra estampando sus labios, tibios y húmedos, en mis ojos tapados.

Rodeándome las caderas, me levanta y me coge en brazos. Me empuja contra la pared y hunde las palmas en mis nalgas. Su sexo se desliza en el mío, se abre camino con unos envites expertos, sin prisas.

Siento su respiración en la oreja.

—Aún no te conoces, pero lo irás haciendo sin darte cuenta. —El deseo hace vibrar su voz.

Mi respiración sintoniza con la suya. El placer quema como el fuego en nuestros cuerpos sudados.

Me tumba en el suelo, sobre la tela que me cubría antes, y se echa encima de mí hundiéndose en mi interior. Dejo que me penetre, esta vez más hondo. Gemidos, cada vez más entrecortados. Suspiros. Arañazos. Abrazos. De nuevo jadeos, vértigo. Todo se derrumba, se despedaza bajo el empuje de su cuerpo, de su deseo. Leonardo busca mi placer en las entrañas, lo encuentra. El orgasmo prende de improviso, contraigo los músculos para contenerlo, pero aun así estalla, violento e implacable, lo invade todo, desde la punta de los pies a los huesos del cráneo. Clavo las uñas en la espalda de Leonardo cuando me precipito en él. Oigo mis gemidos. He perdido por completo el control, ya no soy yo, ya no soy la Elena que he conocido hasta ahora. Soy la impotente espectadora de mí misma.

Leonardo sale de mi cuerpo mojándome el pecho y se deja caer a mi lado jadeando.

Mantequilla. Así es como me siento en este momento. Un abandono viscoso y sensual me mantiene pegada al suelo. En cualquier caso, no quiero moverme. Todavía siento leves escalofríos en la espalda.

Una mano dulce me acaricia la cara y me libera los ojos de la seda negra. Parpadeo débilmente en la luz tenue de la tarde. Al principio no veo bien, pero, poco a poco, las pupilas se van acostumbrando de nuevo a la luz y se dilatan. La estancia me parece distinta, tengo la impresión de estar emergiendo de un sueño y de no haber estado nunca aquí. Los ventanales que dan al canal, las lámparas de Murano, el terciopelo de las sillas, las estatuas de los dos moros que flanquean la chimenea… Nada es como antes. El olor a polvo se mezcla con el del sexo.

Mi mirada se cruza con la de Leonardo, que me sonríe como si me hubiese encontrado después de haberme buscado mucho.

—Aquí estás —dice quedamente, tranquilizándome y limpiándome el pecho con el borde de la tela—. Ahora eres aún más hermosa.

No tengo fuerzas para hablar. Le sonrío atusándole el pelo a la vez que él se inclina para llenar mi ombligo con un beso delicado.

—¿Ha sido tan terrible no ver y dejar que te viera por una vez? —me pregunta posando los labios en mi hombro.

—Ha sido maravilloso —digo con un hilo de voz. Tengo miedo de romper el hechizo.

—Toda esa necesidad de control es pura ilusión, Elena. Cuando te abandonas te conviertes en lo que eres en realidad. —Me acaricia la frente y me coloca un mechón detrás de la oreja—. Y lo de hoy solo ha sido una pequeña muestra… —Me sonríe y me da una palmadita en el hombro—. Vuélvete, quiero darte un masaje en la espalda.

Obedezco, aún dolorida. Me sujeta la cintura con las rodillas y sus manos recorren mi piel desnuda. Siento que mis músculos recobran el vigor.

No sé qué hora es, no he vuelto a contar el tañido de las campanas. Lo único que sé es que dentro de poco tendré que marcharme. Sé que mientras camine por las calles excesivamente estrechas y abarrotadas seguiré oliendo el aroma de Leonardo. No me dejará, me perseguirá hasta el portón de casa, mientras subo ligera la escalera empujada por mis pensamientos. Su olor me acompañará durante el resto del día y nada podrá borrarlo.

—¿Dónde estás, Elena? —Me pellizca los hombros como si quisiese arrancarme de la vorágine de pensamientos en la que me he hundido.

—Estoy aquí, pero no tardaré en marcharme.

No tardaré en marcharme, pero me quedo un rato más. Porque estoy bien donde estoy, en este recuadro de luz que inunda el suelo, mi cuerpo desnudo, el suyo y nada más.

10

Hace días que no veo a Leonardo. Ha desaparecido de repente, no he recibido ni un mensaje ni una llamada y me arrastro con la extraña sensación de haber sufrido una amputación. No ha pasado mucho tiempo desde el día en que sellamos nuestro pacto —si es que se puede llamar así— y, sin embargo, se ha vuelto ya indispensable para mí. Estoy viviendo una dependencia que jamás he experimentado, espero nuestro próximo encuentro como si hiciese meses que no nos vemos; soy suya y me gustaría serlo aún más. Nadie se ha adueñado nunca de mí de una manera tan visceral.

Por el palacio no ha dado señales de vida. Eché una ojeada a su habitación (me comporto como una paranoica, y no es propio de mí) y solo vi el habitual desorden, las consabidas sábanas arrugadas y las consabidas camisas tiradas por la alfombra. He intentado llamarlo al móvil, pero la voz anónima del contestador, aconsejándome que lo intentase más tarde, me dejó fría.

Y eso fue lo que hice, sin recibir, a pesar de ello, ninguna respuesta. Leonardo parece haberse evaporado en la nada y su silencio me lleva a hacerme mil preguntas. De todas ellas, una me intranquiliza en particular: ¿y si se hubiese cansado ya de mí? He formulado las suposiciones más absurdas. De vez en cuando me lo imagino de espaldas en la cama de un hospital con un gotero en el brazo, un minuto después en la lujosa habitación de un hotel gozando en brazos de otra mujer. Puede que me haya dejado por la violinista escultural; en el fondo, es más que plausible.

El trabajo no me ayuda a distraerme: mis manos no están quietas, mis ojos se niegan a enfocar como deberían y mi mente inventa mil conjeturas. Me pregunto si volveré a ser feliz, como lo he sido en contacto con su piel desnuda. Pero, por encima de todo, me cuestiono si durante estos días habrá pensado en mí como yo pienso en él. Como si fuese una obsesión.

Vuelvo en el *vaporetto* de la isla de San Servolo. Para contrarrestar mis pensamientos he ido a ver la retrospectiva de un famoso reportero gráfico sueco. No sé si ha sido una gran idea. Las imágenes de los paisajes iraníes atraían mis ojos, pero mientras deambulaba sola por las salas atestadas de gente no pude dejar de pensar en Filippo. Solíamos ir juntos a las exposiciones, me encantaba compartir opiniones con él y comprobar cómo nos comprendíamos al vuelo con una simple mirada. A veces él tenía el valor de pasar horas enteras apoyado en una pared, con la moleskine y el bolígrafo en la mano, copiando pies, trazando bocetos o tomando notas. Hasta que yo me hartaba y, después de haberle secuestrado su adorado cuaderno, lo obligaba a salir a empellones. Nos reíamos como locos.

Una ligera niebla se posa sobre las aguas de la laguna, el día se está hundiendo silencioso en el horizonte. Disfruto del atardecer desde el *vaporetto* con la impresión de estar desplazándome en el cielo en compañía del sol. A esta hora en el ambiente de Venecia se difunde siempre una extraña nostalgia.

Me apeo en la parada de San Zaccaria y choco con la gente que se apiña en el muelle. Alrededor de los embarcaderos de los *vaporetti* las personas, sus pensamientos suelen parecer especialmente próximos y convergentes. Todos somos marineros, aunque solo nos desplacemos de un barrio a otro de la misma ciudad.

He decidido pasar a saludar a mis padres; podría aprovechar la visita para consumir la única cena de la semana digna de ese nombre. Después de varios días inapetente empiezo a sentir el estímulo del hambre, pero aún no estoy del humor adecuado para enfrentarme al supermercado. Si voy a hacer la compra corro el riesgo de llenar un carrito con galletas de chocolate y de arrepentirme nada más haberlas pagado y haber engullido medio paquete por la calle.

Camino apretando el paso bajo los pórticos del Florian, al abrigo de la multitud; dejo la plaza de San Marcos para los turistas y sus fotografías. Desafiando el viento frío que corta la cara llego al Campo de Santa Maria del Giglio y toco el telefonillo de la casa de los Volpe. Responde mi madre y, por la voz, deduzco que está en el séptimo cielo. No esperaba mi visita.

Subo la escalera y me dejo envolver por el aroma del *strudel* de manzana que acaba de sacar del horno. Mi madre es una cocinera excelente. Si no me hubiese nutrido ella es probable que en estos años de estricta fe vegetariana me hubiera muerto de hambre.

Me quito la cazadora y tras picar un trozo de *strudel* me dejo caer en el sofá. Enciendo el equipo de música, porque es lo único que me permiten hacer: en casa de los Volpe la prohibición de ver la televisión antes de las nueve de la noche ha sido siempre una norma férrea. Por eso crecí sin dibujos animados y al ritmo de las canciones de Mina y Battisti.

Mi madre deja en reposo la masa de los ñoquis de calabaza —otra de sus especialidades—, entra en la sala procedente de la cocina y empieza a acribillarme a preguntas sobre la inauguración del restaurante de Brandolini. No la he visto desde entonces, de manera que no me sorprende que me someta a un tercer grado sobre el acontecimiento del mes, me lo esperaba. Se lo cuento a grandes rasgos sin mencionar a Leonardo, por supuesto, y ella parece insaciable. Quiere saber quiénes asistieron y quiénes no, y pretende que le cuente todos los detalles sobre los invitados.

—He leído en el periódico que había un cocinero famoso… —insiste esperando una respuesta que la satisfaga.

—Claro, mamá, es el tipo que vive en el palacio donde estoy restaurando el fresco. —Si bien me muestro elusiva, noto que las mejillas me arden. Si supiese qué hace su niña con el «cocinero famoso»… Me ajusto la bufanda. No me la he quitado para esconder la marca inequívoca que Leonardo me dejó el otro día en el cuello.

—¿Cómo es? —continúa, con su consabido tono inquisitorio.

—Me lo he cruzado unas cuantas veces. —Clavo la mirada en la alfombra—. Por lo visto, cocina bien.

—¿Y qué había de comer?

—Muchos tipos de *finger food*, una cosa supersofisticada…, pero nada comparable con lo que tú preparas, mamá —la tranquilizo esbozando una sonrisita aduladora.

Complacida, se da unas palmaditas en el pelo que, desde hace veinte años, se tiñe del mismo color castaño cobrizo. Cada vez que alguien le hace un cumplido sobre su cocina mi madre entra en éxtasis.

—Pero ¿no te quitas la bufanda?

Ya está, lo sabía. No se le escapa nada.

—Es que tengo tortícolis y así no se me enfría el cuello —digo con una expresión falsa de dolor.

—Cariño, ¡con esta humedad debes abrigarte más!

—Puede que haya cogido frío. He pasado mucho tiempo subida en la escalera, en una posición incómoda.

—Socorro, no logro mantener la excusa de la tortícolis cuando pienso en mí abrazada a Leonardo.

—Claro, si has forzado los músculos es fácil que tengas después una buena contractura —dice totalmente convencida.

Te lo ruego, mamá, no sigas. No sabes —y no quieres saber— qué músculos ha forzado tu niña. Intento cambiar de tema.

—¿Dónde está papá?

—Ha ido a la ferretería.

—¿Para qué?

—Quién sabe. —Sacude la cabeza, resignada—. Desde que se jubiló se dedica al bricolaje.

—Eso está bien. Entonces le diré que me haga una nueva librería, que en la mía no queda un solo espacio libre.

En ese preciso instante oigo sonar el móvil en el bolso. Miro el iPhone, en el que parpadea un número que empieza por cero cuatro uno, el prefijo de Venecia. ¿Quién puede estar llamándome desde un teléfono fijo que no tengo memorizado en la agenda? Claro, será la consulta del dentista para recordarme la cita de mañana.

—¿Dígame? —contesto con tono distraído.

—Hola, soy yo. —Una voz potente llega desde el otro lado de la línea. *Su voz.*

Lanzo una mirada tranquilizadora a mi madre —como si le dijese: «Todo va bien, es una llamada de trabajo»— y me escabullo a mi antigua habitación. El corazón me late en las sienes.

—Leonardo… —Me apoyo en el radiador y miro por la ventana. Durante unos segundos tengo la impresión de que el tiempo se detiene y de que el agua del canal que hay debajo deja de correr. Apoyo la frente en el cristal—. Pero ¿dónde te has metido? He intentado llamarte un montón de veces.

—Lo sé —dice él.

—Pensaba que no querías volver a verme —añado con voz vacilante.

—Claro que no, Elena, no te precipites… He estado en Sicilia —prosigue él en son de paz—. Era un asunto urgente y tuve que marcharme sin avisar, eso es todo.

—Al menos podías haberme llamado una vez —insisto con un punto de rabia.

Él inspira.

—No esperes que te llame, Elena. No esperes la rutina de un noviazgo. Tengo que poder moverme con libertad, por eso no quiero atarme.

De manera que es así, mucho más sencillo de lo que había imaginado. Podía haberse inventado una excusa; en cambio me lo dice con brutalidad: no me ha llamado porque no ha querido. Y yo debo aceptarlo, o lo tomo o lo dejo.

—Estoy en el restaurante —continúa—. Volví hace una hora y eres la primera persona a la que llamo.

—¿Para decirme qué? —le pregunto arisca, con el orgullo herido.

—Ven aquí. Te espero a medianoche, después de cerrar.

—¿Por qué?

Cojo el teléfono con la otra mano y me seco la palma sudada en los pantalones. Me estoy poniendo nerviosa.

—Porque tengo ganas de verte. —Me parece que se toma a broma mi reticencia—. Ven con un vestido de noche y con mucha hambre. Cenaremos juntos.

Da ya por descontado que le diré que sí. Como siempre. Me gustaría tener la fuerza para negarme y así hacerme respetar y vengarme de que me haya abandonado de esa forma. Pero no me puedo engañar a mí misma: yo también tengo muchas ganas de verlo.

—De acuerdo. Nos vemos más tarde. —Al infierno el orgullo.

—Hasta luego.

La llamada se corta. Aprieto con tanta fuerza el teléfono que los dedos acaban doliéndome. Me alegro de que haya vuelto a dar señales de vida, lo estaba deseando, pero al mismo tiempo me siento cada vez más insegura, a merced de sus oscuros planes. A saber qué tenía que hacer con tanta urgencia en Sicilia para desaparecer de esa forma. No sé por qué, pero de improviso tengo ganas de llorar. No sé nada de Leonardo ni de su pasado, ni de lo que hace cuando no está conmigo. A pesar de que conozco cada centímetro de su cuerpo, su mundo interior sigue siendo un misterio para mí.

Necesito un poco de tiempo para sobreponerme, de manera que antes de volver al salón voy al cuarto de baño para ver cómo tengo la cara. El fuego que arde en mi interior me ha subido hasta la frente y siento que una oleada húmeda se insinúa suavemente entre mis piernas. El mero hecho de pensar en él me causa una reacción física. Lo deseo con locura.

De camino al salón veo a mi madre inclinada en la encimera de mármol de la cocina enrollando los ñoquis con un tenedor, una habilidad que siempre me deja asombrada.

—¿Quién te ha llamado? —pregunta sin dejar de cortar trozos de masa.

Tras un segundo de reflexión estoy lista para mentir.

—Era Gaia.

—¿Cómo está? Hace mucho que no la veo…

Me preparo para otro interrogatorio. Veo una escena retrospectiva del instituto, cuando volvía a casa exhausta después de un día de colegio y ella me preguntaba qué notas habían sacado mis compañeros o de qué habíamos hablado durante la clase de Italiano. Si yo no estaba de humor, era ella la que se encargaba de llenar los silencios contándome los achaques de sus amigas, lo antipático que había sido el empleado de Correos o que se había encontrado a mi maestra de tercero de primaria en la frutería. No ha cambiado mucho desde entonces.

—Gaia está bien, siempre muy ocupada. —Me acerco al perchero y cojo la cazadora—. Perdona, mamá, pero no puedo quedarme a cenar.

—Pero, bueno, ¿te marchas así? —Frunce el ceño en señal de desaprobación y me mira de reojo—. He preparado también una macedonia, porque sé que nunca comes fruta. —Me escruta circunspecta—. Estás muy pálida, Elena. ¿Seguro que te encuentras bien?

¿Pálida? Yo, en cambio, tenía la impresión hace un momento de estar ardiendo. Mierda. ¿Habrá intuido algo?

En la época del instituto me negaba siempre a decirle qué chicos me gustaban para evitar que me acribillase a preguntas. Pese a que tengo casi treinta años, no he dejado de querer que mis padres me estimen, que tengan una buena imagen de mí. Y mi madre, una mujer que centra su vida en la receta del *strudel* y en los centímetros de bordado, jamás comprenderá una relación como la que existe entre Leonardo y yo. Aunque, a decir verdad, yo tampoco la comprendo.

—Sí, estoy bien, mamá. Será que la tortícolis me desmejora.

Mi madre se mira el regazo y se alisa la falda. Le ha dolido. Primero nutro su esperanza y luego le digo que no puedo quedarme a cenar. Ser hija única es un trabajo a tiempo completo, no tengo hermanos ni hermanas que me sustituyan cuando no puedo cumplir con mi obligación.

—Vamos, no te enfades… —Me acerco y le estampo un beso en la mejilla—. Gaia ha insistido, ya sabes cómo es. Tiene que hablar conmigo de algo importante.

—¿Qué es eso tan importante?

Ataca de nuevo. Puede que haya intuido que Gaia no es la única causa de mi partida y quiere ver si cedo.

—No lo sé, mamá, pero parecía algo urgente… Adiós, me tengo que ir.

—De acuerdo, pero pórtate bien. —Al final se resigna, pero antes de marcharme me pone en las manos un recipiente lleno de ñoquis de calabaza—. Ponlos en la nevera, duran hasta mañana. ¡Y cómetelos!

Habría podido cenar en casa de mis padres e ir a ver a Leonardo más tarde, pero no me apetecía pasar sin interrupción del hogar a las garras de mi Pigmalión. Habría sido demasiado traumático. Tampoco tenía la menor intención de quedarme sola en casa, la espera me habría consumido. De manera que llamé a Gaia y le pedí que cenásemos juntas. Ella aceptó al vuelo. Su relación con Jacopo sigue yendo viento en popa desde la última vez que hablamos, pero supongo que habrá novedades dignas de mención y ella no ve la hora de contármelas.

Me pongo el conjunto negro de ropa interior que me compré hace unos días en una mercería del centro. Medias con banda elástica y un vestido de encaje, también negro, que tenía metido en el armario y que no he llegado a estrenar. Me lo regaló Gaia, no recuerdo en qué ocasión, pero siempre me ha parecido demasiado corto y escotado. No obstante, esta noche me estoy vistiendo para que Leonardo me desnude y la idea me incita a ser osada.

Me reúno con Gaia en las Oche, una pizzería de las Zattere. Dado que hay un poco de cola a la entrada, le propongo que vayamos al pequeño restaurante que está a unos metros. No quiero llegar tarde a la cita con Leonardo, pero Gaia insiste, se muere de ganas de comer pizza y me promete que si la situación no se resuelve enseguida montará una escena. Eso sí que me tranquiliza. La observo: esta noche está más radiante de lo habitual, tiene las facciones relajadas y el pelo perfectamente peinado. De sus lóbulos cuelgan dos llamativos pendientes de perlas y oro blanco.

—¿Tengo algo en la cara? —me pregunta dándose palmaditas en las mejillas.

—Estaba mirando los pendientes. Son preciosos…

—¿Verdad? Me los ha regalado Jacopo —dice con una amplia sonrisa.

—Brandolini no falla una, ¿eh?

Sonríe de nuevo, estaba deseando que tocase el tema.

—Me llevó a un hotel de lujo, en las colinas toscanas, y pasamos un fin de semana estupendo, pensaba que estaría lleno de esnobs, pero… —Me lo cuenta todo para matar el tiempo mientras esperamos. Al final me pregunta cómo me fue a mí el fin de semana.

—Fantástico —contesto—. Trabajé. Dediqué unas cuantas horas al fresco.

—¿Has vuelto a ver a Leonardo? —inquiere distraída mientras nos acompañan a una mesa del piso de arriba—. Yo no lo he visto desde la noche de la inauguración. ¡Tenemos que volver a su restaurante!

El corazón me da un vuelco.

—Por qué no, claro. —Trato de ser ambigua, pero por un pelo no tropiezo en la escalera.

Cuando llegamos a la mesa y me quito el abrigo Gaia pone una expresión de asombro.

—¡Por fin te veo con ese vestido! —Me observa encantada bajo las luces y me obliga a darme la vuelta—. El maquillaje también te favorece. Bien, veo que de vez en cuando me escuchas: la gilipollez del agua y jabón murió con las feministas de los años setenta.

—Yo te escucho siempre —replico risueña.

—Por supuesto… —Hunde un trozo de apio en la vinagreta—. También el collar es bonito. Un poco llamativo, pero te queda de maravilla. —Lástima que no sepa lo que escondo debajo. En cualquier caso, contar con la aprobación de Gaia refuerza mi esperanza de gustarle a Leonardo.

El camarero se aproxima a la mesa. Gaia pide una pizza de rúcula y *bresaola*, y yo una ensalada. Leonardo me ha dicho que vaya con hambre, no quiero perder el apetito.

Gaia me mira atónita.

—¿No tomas nada más? ¿Dejas que me atiborre sola de carbohidratos?

Trato de pacificarla:

—Ya te he dicho que casi he cenado en casa de mis padres. Ya sabes cómo está el *strudel* de mi madre…

—Ah, el *strudel* de Berta… Bueno, esta noche te perdono.

Aunque está hablando conmigo, mira al camarero, que sigue de pie a nuestro lado y que he de reconocer que es guapo. Él esboza una sonrisa y ella se la devuelve, coqueta.

—Que la pizza esté bien hecha…, por favor. —Se aparta el pelo hacia un lado.

El camarero guiña un ojo y a continuación nos deja solas. Gaia no se pierde el espectáculo del trasero embutido en unos pantalones ceñidos.

—Es demasiado joven para ti —le digo sin importarme que él aún pueda oírnos.

—Pero ¿qué dices? —contesta ella con aire inocente—. Vamos, no estaba coqueteando. Pero solo porque es homosexual, que quede claro.

Soltamos una carcajada. A pesar de Brandolini, Gaia sigue siendo una devoradora de hombres incorregible. Soy yo la que ha cambiado: siempre le he contado mis cosas, pero ahora no logro hablarle de Leonardo. Debería explicarle que lo nuestro no es exactamente una relación, que hemos sellado una especie de pacto, un juego perverso en el que él lleva las de ganar y yo corro el riesgo de perderme a mí misma. No, creo que Gaia no lo aprobaría; es más, es probable que se preocupase y que me aconsejase que lo dejara. Pero yo no quiero dejarlo, aún no.

—Cuéntame algo de Filippo… —dice de repente al tiempo que se limpia las comisuras de la boca con la servilleta—. ¿Cuándo hablaste con él por última vez?

—Hace bastantes días, por Skype. Trabaja muchísimo.

—Madre mía, solo por eso haríais una buena pareja. ¡Sois dos *workaholics!* —Bracea y a continuación se inclina hacia delante y me dice con aire serio—: Ele, no sé cuántas veces te he dicho que deberías ir un poco más lejos con él.

—No sé… —contesto mirando fijamente el mantel. En este momento Filippo me parece muy lejano.

Gaia hace una mueca.

—Pero ¿por qué te contienes tanto? Relájate y escucha tus emociones por una vez…

—Ya te lo he dicho, me asusta la distancia… —Además del hecho de que me acuesto con otro.

—Entonces ¡ve a verlo! O haz algo por Skype, por ejemplo… —prosigue en tono cada vez más malicioso.

—Olvídalo, ¿crees que Filippo es de ese tipo…?

—¡Dios mío, Ele, espabila! Es hombre también…, no será muy distinto de los demás.

—¡Basta! —Me tapo la cara con la servilleta. Puntual, aparece ante mis ojos la imagen de mí misma dándome placer entre los brazos de Leonardo.

Por suerte llega la comida. Tomo el primer bocado de ensalada; sé ya que tendré que hacer un gran esfuerzo para acabármela. Tengo el estómago cerrado y las verduras me parecen insípidas. El aroma y el sabor de Leonardo, esa mezcla de ámbar, mar y tierras lejanas, es lo único que ocupa mi mente. Me pregunto qué me esperará después, pero por el momento aparto esa idea.

Para distraerme trato de tirar de la lengua a Gaia.

—En fin, por lo que veo Jacopo te gusta mucho. Pero explícame una cosa: ¿qué lugar ocupa entonces el ciclista en tu clasificación?

Gaia cambia de expresión de forma inesperada. No era mi intención meter el dedo en la llaga.

—Por desgracia, no he olvidado a Belotti. —Suspira—. Sé que ahora está retirado con el equipo, pero tarde o temprano me llamará, ya verás.

Me sorprende, no pensaba que sus sentimientos hacia ese tipo fueran tan tenaces.

—Y entonces ¿qué harás?, ¿liquidarás a Brandolini de buenas a primeras? —le pregunto.

—No lo sé, puede que lo haga para estar con él. —Busca al camarero con la mirada y le pide la cuenta garabateando en el aire—. Pero por ahora no suelto a Jacopo.

—Y haces bien —comento. Entre el conde y el ciclista me quedo con el primero.

—¿Vamos a tomar algo al Skyline? —propone recuperando de golpe su habitual despreocupación.

Desenfundo la excusa que he preparado de antemano.

—No puedo, mañana tengo que levantarme pronto para trabajar —digo con la voz pastosa, fingiendo sueño y bostezando como es debido.

—Habría apostado mis Manolo Blahnik a que dirías que no. —Bien, mi interpretación ha sido convincente—. Pero prométeme que cuando vuelvas a casa encenderás el ordenador y buscarás a Filippo en Skype.

—De acuerdo…, si está despierto.

Nos despedimos en la esquina del puente. Le doy un abrazo y le agradezco la velada. Echo a andar en dirección a casa, pero en cuanto nos separamos enfilo la segunda calle a la derecha y empiezo a correr hacia una tentación a la que ya no puedo resistirme más.

Bordeando el Gran Canal llego al Campo San Polo. De los palacios que dan a él quedan pocos iluminados, la mayor parte se ha sumergido ya en la penumbra. La típica neblina previa al invierno, que lima los cantos y atenúa los colores, hace que la oscuridad resulte más densa. Tengo frío, mis manos están heladas, pero a la vez siento una vorágine cálida en mi interior. Me he quitado el collar y la bufanda, puesto que ya no hay ninguna razón para que sigan en mi cuello. Quiero que sea suyo cada centímetro de mi piel.

El restaurante está cerrado. Llamo a Leonardo al móvil. No contesta, pero en un instante veo su sombra en los ventanales de la entrada. Abre la puerta y aparece en el umbral con el habitual aire descuidado, el aspecto de quien confía poco en el mundo y mucho en sí mismo. Tira de mí hacia dentro rodeándome la cintura con un brazo y me besa intensamente en la boca.

—Bienvenida.

Me aferro a su espalda como a una roca segura. Me ha atormentado, se marchó sin dejar rastro, pero ahora está aquí, entre mis brazos, y lo he olvidado todo.

Me guía entre las mesas del comedor con paso seguro en dirección a su reino: la cocina. Es un lugar que atemoriza un poco, sumamente aséptico y ordenado e inmerso en la penumbra; a saber qué infierno se organiza aquí mientras los clientes esperan la comida cómodamente sentados a las mesas. Parecería un laboratorio si no fuese porque una esquina de la barra está dispuesta para dos comensales e iluminada por un haz de luz naranja. A poca distancia, en la misma barra, hay varias bandejas protegidas por unas tapaderas de plata. Los cubiertos, los platos y los vasos son sencillos y están resplandecientes, como si fueran instrumentos de precisión. La verdad es que parece el escenario de un experimento más que de una cena.

—Tu sitio es ese. —Leonardo me quita el abrigo, me hace tomar asiento en uno de los taburetes y a continuación se sienta.

—Nunca he comido en la cocina de un restaurante. Es más, creo que hasta ahora nunca había entrado en una —digo mientras miro alrededor con curiosidad.

—Deberías verla de día, llena de personas, de ruidos, de movimiento. Pero yo la prefiero de noche, cuando está vacía y silenciosa. —Recorre con la mirada mi vestido—. Estás muy elegante —comenta satisfecho. Se detiene en el cuello—. ¿Y esa marca?

—Me la hiciste tú… —Me la tapo instintivamente con una mano. Leonardo me la aparta, se inclina hacia mí y posa sus labios, tibios y suaves, sobre ella.

—¿Aún tienes hambre? —pregunta tendiéndome un cóctel de fresas y champán.

—Bastante —contesto a la vez que nuestras copas chocan tintineando. En realidad tengo un nudo en el estómago. Me apetece él, no la comida. Me mojo un poco los labios y dejo la copa en la barra.

—Debes bebértelo todo —me reprocha, socarrón y amenazador al mismo tiempo.

—No puedo. La cabeza empieza a darme vueltas al segundo sorbo, lo sé.

—Bueno, en ese caso me tocará volver a llevarte a casa cargada al hombro. —Sonríe, pero su mirada me da a entender que no puedo rechazarlo. Dejo resbalar un sorbo del cóctel bajo la lengua y, cuando desciende, mi estómago se estruja como una hoja seca. Quema, pero tengo que reconocer que está bueno—. No es solo un sacrificio, ¿verdad? —me pregunta bebiendo también.

Asiento con la cabeza y sigo dando sorbos al champán. Leonardo coge un cubito de hielo y me lo pasa por el cuello, luego traza una estela hasta el escote y la lame. Mi cuerpo se estremece de inmediato, los pezones se tensan, reclaman una lengua, unos dientes que los torturen. Pero aún no ha llegado el momento, mi deseo debe esperar. Él tiene otra cosa en la mente.

—Esta noche, Elena, será el paladar el que guíe tu placer —me susurra—. Quiero que olvides tus preferencias y costumbres y que lo pruebes todo, incluso la comida que no te gusta o que no te ha gustado hasta ahora. —A la vez que habla levanta la tapadera de plata de un plato abarrotado de ostras marinadas. Así pues, pretende destruir mis tabúes en la mesa. Pero no lo conseguirá.

—Te lo ruego, no —le imploro con los ojos entornados. No sé si podré hacerlo. Hace tiempo, cuando era aún adolescente, comencé a considerar a los seres vivos como algo no comestible. En definitiva, desde entonces comer la carne de cualquier animal es para mí como llevar la muerte en el estómago. Puede que sea un poco melodramática, lo reconozco, pero es así—. Ya he probado las ostras. Te aseguro que me hacen vomitar —explico con la esperanza de que se apiade de mí.

Cabecea impasible.

—Las experiencias pasadas no cuentan. Deja que sean solo tus sentidos los que juzguen. Aquí y ahora. —Resuelto, coge una ostra y me la acerca a los labios. Vacilante, arranco el molusco con los dientes y siento su carne blanda disolverse entre la lengua y el paladar. Aún parece estar viva. Y no sabe a muerte, como temía, sino a mar, un gusto descaradamente femenino e intrigante. Me la trago un poco sorprendida y en ese preciso momento descubro un retrogusto a naranja confitada.

—La combinación con la fruta confitada es uno de mis secretos. —Leonardo me mira como si, a la vez que come, pudiese percibir todas mis sensaciones—. ¿Has visto? Has sobrevivido… Vamos, coge otra.

Indecisa, elijo otra concha y esta vez arranco el molusco con la lengua, como si estuviese dándole un beso lascivo. Me siento atraída por el magnetismo que emana de sus ojos, pero el hecho no me inhibe, al contrario, me excita. Sin dejar de mirarme coge una botella de Valpolicella ya abierta y llena dos copas altas.

—Ahora prueba esto.

Bebo el vino espeso y oscuro. Es fuerte, aromático, antes de subir a crear confusión en la cabeza caldea el corazón. Leonardo se levanta y coge otras dos bandejas, en tanto que yo me voy hundiendo en una agradable ebriedad. Observo su cuerpo imponente, que se mueve con sorprendente agilidad, y una sonrisa sin sentido me aflora en los labios. Cuando se vuelve trato de disimular apoyando la barbilla en una mano.

—Ya estás bebida…, pero también me gustas así. Y no intentes esconderlo —me reprocha mientras se vuelve hacia mí como quien ha pillado a un niño con las manos metidas en la mermelada. Deja las bandejas en la barra y me escruta—. Estás guapísima con las mejillas rojas y ese brillo en los ojos.

Instintivamente miro mi reflejo en la bandeja que cubre el plato y compruebo que tiene razón: mi tez ha adquirido unas tonalidades rojizas, sobre todo en los pómulos, y mi mirada tiene una luz extraña, se diría que líquida.

Pero eso me divierte. Mientras observo mi imagen, Leonardo levanta la bandeja y descubre el plato. Un tartar de carne roja aparece, monstruoso, ante mis ojos. Me quedo horrorizada. Retrocedo sin poder evitarlo, tratando de reprimir una mueca de disgusto al mismo tiempo que el olor de la sangre, unido al de las especias, penetra en mi nariz. Miro a Leonardo aturdida y él asiente inflexible con la cabeza.

—Sí, Elena. Tienes que comértela. Cruda.

Bebo otro sorbo de vino para darme ánimos. Puede que sirva para prepararme para los sabores fuertes, pienso. Pero no puedo, es demasiado para mí. Trago saliva.

—No intentes imaginar qué gusto tiene —me sugiere Leonardo—, descúbrelo y ya está. —A continuación clava el tenedor en la carne y la prueba. Luego hunde dos dedos en la salsa de jengibre y a continuación moja con ella mis labios. Me limpia pasando por ellos la lengua, que en un instante se abre paso en mi boca, húmeda ya de deseo. Además de su sabor siento, sutil pero insistente, el de la carne mezclada con el jengibre.

Coge el tenedor de mi plato y me lo acerca a la boca. La oposición que muestro es tan débil que siento ya el sabor violento y sanguíneo en el paladar. Mastico y trago casi por reflejo condicionado, pero mi estómago se rebela, se contrae en un espasmo. Me apresuro a borrar todo con un sorbo de vino.

Leonardo observa todas mis reacciones.

—Vamos, Elena. Vuelve a intentarlo. Si algo no te gusta al primer bocado puede que te guste al segundo. En el placer no hay nada que sea innato o instintivo: hay que alcanzarlo poco a poco, conquistarlo.

Miro el plato apretando los puños. Después, de manera voluntaria, aferro el tenedor y cojo otro bocado. En esta ocasión saboreo la carne durante más tiempo, respirando con calma. No sé si está buena o no, pero sabe a prohibido, tiene el gusto ambiguo de la transgresión. Me voy animando, tomo más. Más aún. No puedo creérmelo: estoy comiendo carne, después de varios años, después de haber olvidado hasta el olor que tiene, y el mío es un gesto animal, feroz, primitivo. Lo hago porque Leonardo me lo pide y porque yo también me siento así bajo su mirada famélica: carne, presa, instinto. Y, debo reconocerlo, me gusta. Hacemos ya el amor mientras comemos uno frente al otro, mirándonos y bebiendo vino. Como si nos alimentásemos el uno del otro.

Hemos acabado el tartar y Leonardo está aliñando con aceite y guindilla una ensalada de hinojo, naranja y aceitunas negras. La revuelve con las manos. Me acosa con la mirada y yo trato de escapar, espero a que venga a por mí, sin prisa. Me siento audaz e indefensa al mismo tiempo, en un estado de abandono e impotencia. ¿Es él o el vino? Ya no lo sé, y no me importa. He perdido el control y no quiero recuperarlo, sea cual sea su plan quiero que lo ejecute.

Me sirve un poco de ensalada en el plato y se acerca a mí mientras la pruebo. El fuego de la guindilla me baja por la garganta mezclándose con el sabor acre de la naranja, el amargo de la oliva y el fresco del hinojo.

—Prepárate, Elena, porque la próxima cosa que voy a comer vas a ser tú —me susurra Leonardo junto a la cara.

Su mano se desliza por debajo de la falda y supera el borde de las medias hasta llegar a las bragas. Se insinúa lasciva bajo la goma y me penetra sin consideración.

El tenedor se me resbala de la mano, no puedo respirar. Entre mis piernas, la guindilla que ha quedado pegada a sus dedos me irrita, quema como el fuego. Trato de liberarme, completamente desconcertada, pero Leonardo me lo impide.

—No huyas, es inútil —me advierte.

Me quita las bragas y las tira al suelo. Acto seguido me abre las piernas separando las rodillas con las manos y se inclina hacia mí. Su boca se une a mi sexo en un beso hambriento. Chupa, saborea, lame. El aguijoneo de su barba híspida y rojiza se une al de la guindilla. Me sujeto con las manos al borde de la barra, vencida por el dulce tormento. Leonardo emerge de repente para mirarme, como si quisiese admirar el efecto que causa sobre mí.

—No te pares, por favor… —le suplico. Quiero que siga devorándome de esa manera.

Sus labios húmedos y rojos se pliegan por un instante en una sonrisa perversa; después se posan de nuevo en el clítoris. Sin dejar de mirarme, su lengua vuelve a abrirse espacio y a acariciarme. Su boca en mi sexo, sus manos en mis caderas, su mirada en la mía. Es un paraíso de lujuria que jamás pensé que llegaría a conocer. Me meto dos dedos en la boca y empiezo a chuparlos, gimoteando y moviéndome desenfrenadamente. El incendio se extiende cada vez más potente. Cuando alcanzo el ápice del placer echo la cabeza hacia atrás y lanzo un grito profundo; acto seguido me dejo caer sobre la barra, entre los platos y los cubiertos.

Leonardo se levanta de nuevo al tiempo que se pasa la lengua por los labios. Lo veo mientras emerjo del orgasmo con los ojos aún empañados. Lo sucedido me parece sensual y divertido a la vez. Nuestras miradas se cruzan, sonreímos y nos echamos a reír. Si ha sido el vino el que me ha regalado esta sensación de plenitud y felicidad, me arrepiento de los años de estúpida abstinencia... Pero no creo que se trate solo de eso. Ahora que Leonardo me abraza y me besa lo sé con certeza.

—Eres preciosa. Cuando te ríes aún más —me susurra.

Mis entrañas se revuelven al instante y antes de que pueda controlarme vuelvo a desear que me tenga así para siempre.

Al cabo de un rato se separa de mí y me coge la cara entre las manos.

—La cena aún no ha terminado. Falta el postre. ¿Te apetece?

—Sí. —Habría respondido lo mismo a cualquier pregunta.

Saca de la nevera una botella y cuando la apoya en la barra leo el nombre en la etiqueta: Picolit.

—Adoro este vino —me dice mientras lo descorcha—. Viene de una cepa extraña. Debido a un defecto congénito solo maduran unos cuantos granos. A simple vista los racimos son pobres, parecen enfermos, jamás pensarías que de ellos pueda salir algo tan bueno. En cambio, prueba esto —concluye escanciándome un poco. Bebo un sorbo y siento una dulzura atormentadora.

—Está exquisito —comento.

—Este vino es la prueba de que incluso el error y el defecto pueden encerrar algo sublime. Basta tener la paciencia de descubrirlo.

Me da un beso en la boca con los labios dulces, luego saca un pañuelo de seda de un bolsillo de los pantalones. Por un momento pienso que va a vendarme de nuevo, pero él se apresura a tranquilizarme:

—No te preocupes, esta vez no es para los ojos. —Mientras me habla con su voz irresistible me vuelve para atarme las muñecas a la espalda. Acto seguido bebe un sorbo de vino y me acerca la copa a los labios. Bebo como si fuese ya la cosa más natural del mundo.

Abre el congelador y extrae una bandeja. Después de rociarla con Picolit me la pone delante: un cilindro de sorbete de chocolate *fondant* con toda su pecaminosa belleza.

—Vamos, pruébalo. —Una sonrisa burlona se dibuja en su cara.

Me inclino hacia delante y empiezo a lamerlo, primero poco a poco, después con una voracidad creciente. Siento que el chocolate se deshace al entrar en contacto con el calor de mi lengua. Leonardo me abraza por detrás y me acompaña en esta danza lenta. Siento su sexo duro contra mis nalgas, su pecho musculoso me oprime la espalda en tanto que su lengua resbala ligera por mi cuello.

Noto el peso y la ausencia repentina de cualquier pensamiento. El Picolit ha reavivado mi embriaguez y Leonardo ha vuelto a encender el deseo.

De pronto se separa de mí. Veo con el rabillo del ojo que se quita la camisa y los pantalones; después me desnuda con parsimonia. Debajo ya no llevo nada y estoy mojada, de forma que cuando me penetra me abro enseguida para acogerlo. Sentirlo en mi interior es embriagador, como recibir el universo entero. Su sexo voraz se nutre del mío. Siento que voy a estallar y no veo la hora de hacerlo, pese a que, a la vez, deseo que este momento sea eterno. Sale y entra en mí al ritmo de una melodía rápida, y mis caderas se mueven anhelantes acompañando su movimiento. No tardo en perderme en un nuevo orgasmo, en un desfallecimiento de saliva, sudor y gemidos.

Leonardo no me da tiempo para sobreponerme: me desata las manos y me da la vuelta.

—Ahora te toca a ti, Elena —dice obligándome a tocar su pene erecto mientras se apoya en la barra.

Con cierta vacilación empiezo a acariciarlo, en un primer momento con suavidad, después cada vez más fuerte. Me arrodillo delante de él y me mojo los labios y la lengua con un poco de saliva. Su sexo me reclama. Lo agarro por la base tensando la piel con el pulgar y el índice, al mismo tiempo que con la mano libre le acaricio el interior de los muslos y los testículos. Lo lamo dos veces, dejando resbalar la saliva por la línea del fuego, y después lo chupo.

Leonardo me sujeta la cabeza con dulzura y empieza a deslizarse suavemente hacia delante y hacia atrás en mi boca, siguiendo mis oscilaciones. Está creciendo dentro de mí, cosquilleando mi placer líquido. Mientras subo tuerzo un poco la cabeza, luego me concentro en la cima posando la punta de la lengua bajo el borde inferior del glande, apretando levemente el frenillo.

—Sí, Elena, así —gime—. Me gusta lo que haces.

Lo miro. Tiene los ojos y la boca entreabiertos. Está gozando. Me gusta comprobar que puedo apoderarme de este hombre grande y poderoso y reducirlo también a un grumo de placer. Me hace sentirme fuerte.

Prosigo hasta que Leonardo lanza un gemido más intenso y yo siento que se está corriendo. Dejo que lo haga en mi boca, recibo su chorro cálido mientras su sexo late aún entre mis labios. Cuando termina me aparto con delicadeza. Él me sujeta por los hombros y me obliga a levantarme, me ciñe la cintura y me mira. Todavía tengo su esperma en la boca. Nunca lo he hecho, pero esta vez me pregunto cómo será si me lo trago. Me decido y lo hago sin más. Es dulzón y viscoso, aunque tiene también un gusto perturbador, como el resto de Leonardo. Ahora lo sé.

No soy yo. O puede que sí, que esta sea yo y deba aprender a descubrirme y a relacionarme con esta Elena, que parece haber estado durmiendo durante veintinueve años en mi interior. Él me sonríe casi atónito y apoya su frente en la mía.

—Ahora conoces mi sabor, Elena. —Me llena la boca con un beso.

Dejo caer la cabeza en su pecho y escucho los latidos de su corazón. Es un sonido sereno, regular; podría pasar horas y horas oyéndolo.

Mientras nos volvemos a vestir recuerdo los días que he pasado sin Leonardo, la frialdad de la separación, y pienso también en el profundo entendimiento que nos une ahora, en la naturalidad con la que nos hemos reencontrado. Con él vivo siempre una suerte de extravío: le he confiado mi vida más íntima y secreta y, pese a ello, sigo sin conocerlo.

Es como si tuviese una doble alma, un lado alegre y hedonista, el que le gusta mostrar, y un lado misterioso, una sombra negra que esconde celosamente pero de la que, en cualquier caso, no puede desprenderse, y que solo se oculta a la vista de los que no lo conocen bien.

Me vuelvo para mirarlo y mis ojos se posan en el extraño tatuaje que tiene entre los omóplatos. Me aproximo y lo rozo con los dedos, sé que es ahí donde guarda su secreto.

—¿Cuándo te lo hiciste? —me aventuro a preguntarle.

Su semblante se ensombrece al instante y se queda petrificado.

—No quiero hablar de eso —contesta, irritado y triste.

—Pero así solo consigues que aumente mi deseo de saberlo —le hago notar.

—Lo sé, pero, por desgracia, deberá quedar insatisfecho. —Se pone apresuradamente la camisa. Luego me mira como si considerase necesario hacer una precisión—. Hay cosas que quiero tener para mí, Elena. No es necesario que sepamos todo el uno del otro.

Entre nosotros puede haber sexo, nada más, eso es lo que me está diciendo. Me coso la boca, no quiero que piense que me cuesta aceptar esa condición.

La cocina se ha tornado repentinamente gélida.

—Vamos, te acompaño a casa —me dice volviendo a mostrarse amable. Pero es evidente que tiene prisa por marcharse.

Sin perder tiempo me pongo el abrigo y lo precedo hacia la salida apretando el paso. No obstante, antes de que pueda abrir la puerta me coge de un brazo y me atrae hacia él.

—Escucha, Elena, disculpa si he sido brusco. —Me estrecha con tanta fuerza que casi me hace daño. Asombrada, alzo la mirada hacia su rostro y descubro en él una expresión de dolor que jamás he visto hasta ahora—. Pero tú debes prometerme una cosa.

—¿Qué?

—Que no te enamorarás de mí.

¿Por qué me está diciendo eso ahora? Me lo pregunto en silencio al tiempo que lo miro con los ojos desmesuradamente abiertos.

—Lo digo por ti —prosigue Leonardo hundiendo los dedos en mis brazos—. Porque yo no me enamoraré de ti y si un día noto que tus sentimientos son demasiado profundos te dejaré. Te juro que no cambiaré de opinión.

Trago saliva tratando de disolver el nudo que tengo en la garganta. Represento el papel de mujer fuerte y emancipada.

—De acuerdo, lo has dejado muy claro desde el principio —digo con la esperanza de parecer tranquila y firme.

—En ese caso, prométemelo. —Tira de mí sin dejar de sujetarme con fuerza.

—Te lo prometo.

Por fin me suelta y salimos juntos al aire libre. Lo sigo silenciosa por la calle masajeándome los brazos. Por supuesto que no me enamoraré, me digo, a la vez que una rabia impotente me retuerce las entrañas. No sé nada de él, es huidizo, lunático, incluso brutal. Y yo soy una mujer independiente, perfectamente capaz de mantener una relación sexual sin complicarlo todo con los sentimientos. Seguiremos un tiempo más y después cada uno continuará por su camino, como nos hemos dicho desde un principio.

No me enamoraré de él.

No me enamoraré de él.

Me lo repito una y otra vez, hasta que las palabras pierden su significado y quedan reducidas a una huera oración.

11

Estoy volviendo a casa del cine. En el Giorgione proyectaban hoy la tercera película de una retrospectiva dedicada a Tornatore y he ido sola. Únicamente Filippo habría sido capaz de aguantar las dos horas y media de *Baarìa* conmigo, pero él no está aquí y yo lo siento cada vez más lejos. En los últimos tiempos nuestras citas en Skype son cada vez menos frecuentes, sobre todo por mi culpa. Su lejanía física repercute también en mis pensamientos, y de cuando en cuando tengo la impresión de que he empezado a olvidar su cara, de que ni siquiera recuerdo su voz.

Mi mente está ahora dominada por un único pensamiento: Leonardo. Todo me reconduce a él, me acompaña en todo lo que hago. No logro liberarme. Mientras estaba en la sala y contemplaba los paisajes abrasados por el sol y las caras excavadas por el viento, no pude por menos que pensar en Sicilia. En *su tierra*. A saber qué cara tendrán sus padres, sus amigos, en qué pueblo nació y creció. ¿Por qué sueño con viajar un día allí? ¿Incluso con él?

Basta. Estoy dejando volar la fantasía y no debo hacerlo. No puedo caer en las garras del enamoramiento. Tengo que mantener el control de la situación, racionalizar, separar el corazón, la mente y el cuerpo. Hace ya más de un mes que hicimos el amor por primera vez y no sé cómo acabará nuestra historia, quizá muy mal para mí. Pero no tengo la menor intención de renunciar a él, quiero vivir esta aventura hasta las últimas consecuencias.

Son las diez de la noche, fuera hace frío, las luces navideñas que iluminan los palacios se reflejan en los canales. Faltan quince días para Navidad y apenas puedo creerlo, el tiempo ha volado literalmente.

Oigo un silbido en la calle, luego una voz masculina hablando en dialecto romano —«¿Has visto a esa?»— seguida de un parloteo malicioso. Son dos jóvenes con fuerte acento romano que pasan a mi lado y, después de desnudarme descaradamente con los ojos, me sonríen complacidos y empiezan a hablar entre ellos a la vez que se alejan a mis espaldas. Me sucedió también el otro día con un tipo que pasaba por la calle; se volvió y nuestras miradas se cruzaron. El hecho me sorprendió, ya que no estoy acostumbrada. Antes de conocer a Leonardo no me solía suceder tan a menudo, quizá porque lo evitaba de forma inconsciente y mantenía a los demás a distancia. Ya no soy la misma, estoy cargada de una energía nueva, sensual. Y los demás también deben de notarlo, porque da la impresión de que me miran de manera diferente. Yo misma me miro en el espejo encantada con la imagen que veo reflejada —ya no soy la de antes, pero me gusto—. Es cierto. Mi cuerpo desnudo ha dejado de ser una visión que trato de evitar y se ha convertido en algo íntimo y familiar, un paisaje que habito sin inhibiciones. Ya no tengo miedo de exhibirlo o de valerme de él para provocar: la ropa interior de encaje negro, los zapatos de tacón, el maquillaje ligero o los vestidos escotados han dejado de ser un tabú para mí. Leonardo me ha hecho descubrir una feminidad a la que antes no prestaba ninguna atención. El deseo de ser a toda costa una mujer para él me ha llevado a serlo también para mí misma y para los demás.

Antes de volver a casa me desvío un poco alargando el recorrido varios cientos de metros. A paso lento me acerco a la parte posterior del palacio de Brandolini con la única intención de sentirme más cerca de Leonardo. Desde aquí puedo ver sus habitaciones, las del piso de arriba. Están iluminadas. Tengo la tentación de llamar al telefonillo, pero eso supondría incumplir nuestro acuerdo. Espero siempre a que sea él el que llame, el que me haga la propuesta indecente, y en ciertos momentos debo reconocer que la espera me resulta insoportable, porque yo querría verlo siempre. Alzo la mirada hacia las ventanas.

Vamos, Leonardo, asómate y dime que me deseas. Estoy aquí por ti.

De repente veo pasar por detrás de los cristales una sombra negra que no es la suya. Se trata del cuerpo de una mujer, lo deduzco por la curva del pecho y por la melena, larga y suelta. Una mujer desnuda…, ¡la violinista! Estoy segura de que es ella. El corazón me da un vuelco y la sangre deja de circular por mis venas. No estoy soñando, todo está sucediendo ante mis ojos.

Con un nudo en la garganta y las piernas temblorosas recorro la calle que desemboca en el Gran Canal imaginando de antemano la sorpresa que me aguarda. En efecto, en el muelle que hay delante del palacio está atracada la barca blanca. Esa barca.

Me siento como si hubiese recibido una bofetada en plena cara. Aprieto los puños con toda la fuerza que puedo hundiendo las uñas en las palmas. Me gustaría llorar, pero las lágrimas no brotan, están estranguladas en el grumo de rabia que anida en mi interior. «No eres la única, Elena. No esperes que te sea fiel». Las palabras de Leonardo me retumban en la cabeza como un mantra. Insoportables. Él me lo advirtió, fue claro desde un principio. Pero eso no quita para que esté fuera de mí, y el hecho de haber sido preparada no atenúa el golpe. Un puñetazo es un puñetazo y hace daño, por mucho que lo hayas visto llegar.

Me gustaría rociarle la barca con gasolina a esa cabrona y luego echar una cerrilla encendida, como en las películas. O pegarme al timbre para interrumpir el idilio y soltarles una retahíla de insultos a los dos. Pero, en lugar de eso, me marcho, recompongo mis pedazos y me bato en retirada, herida e impotente.

Han pasado varios días interminables, y unas noches aún más largas, desde esa velada. Leonardo ha vuelto a desaparecer y yo procuro no ir al palacio durante las horas en que sé que él está allí. Ya no sé qué pensar. Puede que, simplemente, no deba hacerlo. Los deseos incontrolables de venganza o, peor aún, de reivindicación han dado paso a una honda tristeza. Con todo, añoro a Leonardo y su ausencia me hiere más que cualquier otra cosa. Me niego a pensar que lo he perdido para siempre, no puedo aceptar que esa mujer me lo haya arrebatado. Todas las noches me duermo pensando en él, sabedora de que sus ojos negros infestarán mis sueños. Lo odio, pero es imposible olvidarlo.

Luego, una mañana, cuando ya he perdido toda esperanza, reaparece de nuevo. Es casi mediodía y estoy acabando una parte del fresco. El iPhone, que tengo en el bolsillo del mono, suena una vez. Un SMS.

> A las 17 en los Mendicoli. Te quiero con falda y medias de liguero

Es Leonardo, con su arrogancia de siempre. Las manos me tiemblan un poco mientras tecleo la respuesta.

> Espérame. Allí estaré

¿Qué otra cosa podía contestarle? ¿Que estoy harta de él y que no quiero volver a verlo? No es cierto, así que me mentiría a mí misma y no serviría para nada.

Así pues, decido de inmediato que le dejaré dirigir el juego, ya que, además, no tengo otra alternativa. No organizaré ninguna escena, no plantearé exigencias inútiles, solo necesito mirarlo a los ojos para comprender si algo ha cambiado en el pacto que sellamos. Pero, por encima de todo, si soy capaz de aceptar las condiciones.

Son casi las cinco y prácticamente ha anochecido. No sé por qué Leonardo ha querido que nos veamos justo en San Nicolò dei Mendicoli, uno de los rincones más recónditos de la ciudad. Somos pocos los que lo conocemos, aunque a mí siempre me ha parecido un lugar muy sugerente, uno de esos que se te quedan grabados por lo diferentes que son del resto del mundo. Cuando frecuentaba el Instituto de Arquitectura tenía que pasar por allí para ir a clase. De vez en cuando, a principios del verano, me refugiaba en la iglesia para guarecerme del bochorno insoportable y me quedaba sentada al fresco leyendo un libro y dejándome mecer por la música sagrada que llegaba ininterrumpidamente del púlpito que hay detrás del altar. Por lo que sé, es la única iglesia de Venecia en la que suena un disco grabado las veinticuatro horas del día, saturando el aire de notas celestiales. Pero aún no alcanzo a entender el motivo por el que Leonardo ha elegido el Campo de los Mendicoli, aunque también es posible que no haya una razón precisa. Solo espero que sea puntual, porque no resistiré mucho vestida de esta forma: las medias de liguero no son, desde luego, las más indicadas para este clima, ya invernal. Pese a que me he emperifollado con el abrigo de zarina, largo hasta los pies, me siento desnuda y el frío húmedo me sube por las piernas causándome escalofríos en la espalda.

Leonardo es puntual. Aún no son las cinco y él ya ha llegado. Tiene la mirada perdida en el horizonte y el cuerpo cubierto por un gabán largo, al estilo de Keanu Reeves en *Matrix*. En cuanto me ve se precipita hacia mí y me saluda con un abrazo y un beso impetuoso.

—Cada vez más guapa... Tengo la impresión de ver cada vez a una mujer distinta —dice mientras me radiografía de pies a cabeza.

Lo escruto. Sus ojos oscuros no han cambiado, emanan esa luz cálida que deshace el hielo que rodea el corazón.

—¿Por qué hemos quedado aquí? —pregunto desviando la mirada hacia el campanario de la iglesia, que está dando las cinco.

—Porque me gusta. Descubrí este lugar por casualidad hace unos días, mientras caminaba hacia el muelle de Santa Marta para recibir un cargamento de mercancía. —Mira en derredor a la vez que me calienta la cara con las manos—. Es precioso, casi parece estar fuera del mundo.

—Es verdad. —Tenemos idénticos pensamientos. ¿Debo empezar a preocuparme? Poso mis manos en las suyas y por un instante me olvido de la mujer desnuda que vi en la ventana de su dormitorio, la tristeza de los últimos días y las pesadillas que han poblado las últimas noches. Cuando me besa solo sé una cosa: que aún me desea. Al igual que yo.

Nos demoramos de pie en la esquina, besándonos, antes de entrar en la tienda de vinos que se encuentra a varios metros. No tengo ganas de beber, pero Leonardo ha insistido en que entremos. La mano que me ha apoyado en la espalda resbala rápidamente hacia el trasero, en tanto que me empuja hacia la barra. El local está casi desierto, de manera que los ojos curiosos del dueño se concentran en nosotros mientras nos sentamos en los taburetes. A pesar de que en mi fuero interno sigo muriéndome de celos, disfruto de las efusiones de Leonardo, de que hunda sus dedos en mi pelo, de que sus piernas se entrelacen con las mías. Tras leer la carta de vinos elegimos un Pinot gris. Leonardo paga, salimos con las copas en la mano y usamos el muro que costea el canal como mesa, a la manera de los venecianos.

Si bien ahora estoy bastante relajada, basta una mirada demasiado insistente de Leonardo a una joven que pasa por delante de nosotros para que los celos vuelvan a envenenarme la sangre. Salí con la idea de no montar escenas y estaba convencida de que me mantendría fiel a mi propósito, pero es muy duro. Bebo un sorbo de vino y vuelvo a dejar la copa en el muro mientras miro hacia la otra orilla. Mi semblante está sumamente serio, y él se ha dado cuenta.

—¿Qué pasa? —pregunta cabeceando.

—La vi, ¿sabes? —El nudo de rabia que tenía dentro se deshace al instante vertiéndome hiel en el estómago.

Leonardo cae de las nubes.

—¿A quién viste?

—Vamos, entre nosotros están de más las mentiras inútiles, ¿no? —Me vuelvo hacia él lanzando llamas por los ojos—. Tu amante, la vi. En tu habitación, hace varias noches.

Exhalo un suspiro y retrocedo unos pasos.

Leonardo pone los ojos en blanco y en su rostro reaparece enseguida una expresión tranquila y relajada.

—De manera que me espías. —Se carcajea—. Cuidado con lo que descubres, Elena. —Me acaricia la nariz con el dedo índice.

Le cojo la mano y se la aparto bruscamente.

—Al menos dime quién es, qué significa para ti…

—Se llama Arina —precisa.

—¡Arina o como demonios se llame! —La imagen de esa mujer se detiene ante mí y me siento irremediablemente pequeña, perdedora. La seguridad que creía haber conquistado en los últimos tiempos se desvanece en un segundo—. ¿Has seguido viéndola durante todo este tiempo? —le pregunto.

—Por supuesto que la he visto, es amiga mía. Aunque solo nos hemos acostado un par de veces —dice en tono provocador, pero con una placidez que me saca de mis casillas.

La facilidad con la que obtengo una respuesta de él me desconcierta. Leonardo no tiene nada que ocultar, porque no me debe nada, esa es la cuestión.

Mis ojos se empañan, me escuecen debido a las lágrimas de rabia que contengo con una firmeza férrea. Me atrae hacia él agarrándome por un costado y me sujeta la cara con una mano.

—No hagas eso, Elena. ¿Quieres saber lo que significa esa mujer para mí? Es una aventura, un viaje, como las demás…

—¿Y yo? ¿Soy también igual que las demás?

—No, no lo eres. —Me mira a los ojos—. Porque cada viaje es diferente, cada uno es hermoso a su manera.

—Pero yo no te basto. —Directa al grano.

—¿Por qué razonas así? No entiendo por qué sacas esas conclusiones… Si tú tuvieses otros amantes yo me alegraría por ti y no tendría nada que reprocharte. —Parece casi alterado por mi rigidez—. Los celos son una jaula que únicamente te dan la ilusión de poseer al otro. Pero no puedes aprisionar los deseos —sentencia mientras me aprisiona con su abrazo.

Querría desasirme y molerlo a puñetazos. Lo odio, a él y a su libertad, que, al mismo tiempo, envidio. Me gustaría tener su apertura mental, pero es difícil liberarse de los esquemas que se han adueñado de tu forma de pensar, de los modelos interiorizados. Por otra parte, si ahora se pusiese a hacerme grandes promesas de fidelidad nunca acabaría de creerlo del todo. Debo enfrentarme a la realidad: Leonardo jamás será del todo mío, jamás podré encerrarlo en un recinto. Solo puedo esperar que en su vagar vuelva siempre a mí.

Caminamos en dirección al Campo Sant'Angelo. Permanezco callada y un poco huraña; Leonardo me ciñe por la cintura a la espera de que se me pase el mal humor. Alzo la mirada de repente y veo una figura familiar a unos cuantos metros de distancia. Es Jacopo Brandolini, que se acerca hacia nosotros. Me zafo de inmediato de Leonardo, en el preciso momento en que él nota nuestra presencia. ¡Dios mío, ahora se preguntará qué hacemos aquí y ni siquiera tenemos tiempo de inventarnos una historia!

—¡Hola, Jacopo! —lo saluda Leonardo, con su flema habitual.

—Buenas noches. —El saludo va dirigido a los dos. Veo que los ojos de Brandolini trazan una curva hasta posarse en mi cara—. ¿Qué hacen por aquí? —Cambia la bolsa de cuero de un hombro al otro y nos sonríe sorprendido.

Me río nerviosa.

—¿Y usted? —pregunto en un intento desesperado de disponer de dos segundos de tiempo. Estoy sumamente tensa, el desastre es mayúsculo.

—Voy al único sastre decente que queda en la ciudad. Me hace las camisas a medida. —En efecto, ahora que lo pienso tiene todas las camisas con las iniciales JB bordadas en la muñeca.

Caramba, no consigo dejar de mover la pierna derecha. Estoy muy agitada. Cálmate, Elena. No os ha visto besaros. Respira.

—Volvía de Santa Marta. Fui a verificar la llegada de un cargamento —explica Leonardo. Domina perfectamente la situación— y me encontré con Elena delante de la iglesia…

—La iglesia de San Nicolò dei Mendicoli… —tercio con vehemencia—. El sacerdote está buscando un restaurador para un trabajo. —¿Y tú te presentas en minifalda, medias de liguero y botas de tacón? Razona, Elena. Cierro todo lo que puedo el abrigo—. ¿Sabe? Creo que en Navidad habré terminado en el palacio.

—Ya, el fresco es fantástico, has hecho un magnífico trabajo, Elena —dice Brandolini aparentemente satisfecho.

—Gracias. —Estoy a punto de añadir algo para despedirme de él, pero es más rápido que yo.

—¿Puedo invitarles a beber algo? —pregunta señalando el bar que hay detrás de nosotros.

Balbuceo y gruño algo incomprensible. A continuación miro a Leonardo en busca de ayuda.

—Gracias, pero tengo que ir de inmediato al restaurante. —Se zafa con infalible destreza—. En otra ocasión.

Hago acopio de valor y escapo a mi vez.

—Yo me quedaría muy a gusto, pero por desgracia tengo que acabar las compras navideñas. —Es la primera excusa que se me ocurre. Leonardo me está convirtiendo en una terrible mentirosa.

—De acuerdo, entonces nos vemos en el palacio. —Se despide de nosotros estrechándonos la mano. Aún no entiendo cómo puede acostarse con Gaia y mantener esas formalidades conmigo, supongo que se imaginará que estoy al tanto de todo.

—Adiós. —Nos despedimos.

Lo miramos hasta que lo vemos entrar en la sastrería que se halla frente a nosotros. Exhalo un suspiro de alivio.

—Qué casualidad… —comenta Leonardo.

—Venecia es pequeña —repongo aún enojada—. Supongo que ya te habrás dado cuenta.

Pero él tira de nuevo de mí y me estampa un beso en la mejilla. El hecho de haber compartido el pequeño engaño nos ha convertido en cómplices y ahora se siente autorizado a borrar la distancia que yo había marcado entre nosotros. Me vuelvo de inmediato para comprobar que Brandolini se ha alejado y él se ríe de mi prudencia.

—Se ha marchado, tranquila… En cualquier caso, aunque nos vea no pasa nada.

—No, la verdad es que no. Pero no quiero pasar por una amante —digo insistiendo en mi malhumor y echando de nuevo a andar. Con el rabillo del ojo veo que cabecea y que me sigue con una expresión de resignación, pero también divertida. Me lo esperaba.

Caminamos uno al lado del otro un poco más y llegamos a la calle del Avogaria. Hay un cartel pegado a una pared: ESCUELA DE TANGO.

Fui una vez con Filippo, cuando estábamos en la fase musical de Carlos Gardel. Resultó una velada desastrosa. Después de machacarnos los pies a base de pisotones, los dos comprendimos que no estábamos hechos para el tango.

Leonardo se adelanta unos pasos y después se pone a andar hacia detrás de manera cómica, delante de mí. Qué extraño, en cierta forma también eso es un tango.

—¿Cuánto piensas estar de morros conmigo? —me pregunta mientras me busca la mirada.

—No lo sé —respondo enfurruñada.

—Eres una cría, ¿sabes? —Se para de golpe haciéndome chocar contra su pecho. Me estrecha entre sus brazos. Estoy atrapada—. Dame un beso y hagamos las paces —me ordena risueño.

A mí también se me escapa la risa, pero me contengo.

—No.

En realidad, me muero de ganas de besarlo.

—Entonces te lo robo.

Me besa presionándome con la lengua los dientes, que permanecen cerrados en señal de protesta. Sin desalentarse me empuja contra la pared, se insinúa bajo el suéter y me acaricia el pecho.

—Suéltame —digo sin demasiada convicción.

—No.

Sus dedos se deslizan por mi piel y yo vibro como un instrumento sensible a su roce. Me lame el cuello con la lengua y sube a mis orejas trazando unas espirales concéntricas. Me deshago en un lento y agradable tormento y olvido todo lo demás. Al final me rindo y abro la boca para dejar que entre su lengua; con una mano le acaricio la nuca, en tanto que la otra resbala hasta su sexo. Me desea, lo siento dentro de la tela de los pantalones.

—Vamos a casa —le susurro al oído.

Pero él me coge de la mano y me arrastra hasta un pórtico que se abre a un lado de la calle, casi una pequeña galería que accede a un patio cerrado, sumido en el silencio. Se mueve con seguridad, como si conociese estos lugares. En el pórtico hay un viejo portón encastrado en la pared. Leonardo me empuja contra la madera y, cogiéndome por las nalgas, pega su pelvis a la mía para que sienta su excitación.

—¿Qué quieres hacer? —le pregunto temiendo la respuesta.

—Lo que tú también quieres —contesta sin dejar de morderme el cuello.

—¿Aquí?

—¿Por qué no?

Mi móvil suena de repente. Logro moverme lo suficiente para sacarlo del bolsillo del abrigo y ver de quién se trata mientras me prometo a mí misma que, en cualquier caso, no voy a responder. Dios mío, es Brandolini. Miro a Leonardo sin saber qué hacer.

—Contesta —me sugiere él despreocupado.

Lo hago con cierto temor.

—¿Dígame? —respondo tratando de parecer natural.

—Hola, Elena —dice el conde con su habitual voz circunspecta. Mientras tanto, Leonardo mete una mano bajo mi falda—. Antes me he olvidado de decirle que si necesita que la recomiende a don Marco para el trabajo de los Mendicoli puedo hacerlo. Lo conozco mucho.

No estoy muy segura de haber comprendido toda la frase. ¿Me quiere recomendar al sacerdote? La mano de Leonardo me acaricia ligeramente las bragas a la vez que con la otra me aprieta el pecho izquierdo. Contengo un gemido.

—Ah, gracias —digo con la voz quebrada por el deseo.

—Lo hago con mucho gusto. A estas alturas me fío de usted.

—Es muy amable por su parte, pero preferiría esperar. Todavía no estoy segura de aceptar ese trabajo... Disculpe, pero no lo oigo bien... —Finjo que no hay cobertura. En realidad, lo oigo de maravilla, pero ahora la mano de Leonardo ha dejado atrás el encaje de las bragas y se está abriendo camino en mi sexo húmedo—. Ahora debo dejarle.

—De acuerdo, Elena —concluye Brandolini—. Nos vemos en los próximos días.

—Por supuesto. Adiós.

—Lo has hecho muy bien —gimotea Leonardo buscando mis labios a la vez que mete los dedos en mi interior.

Apago el móvil y lo dejo caer en el bolsillo del abrigo, en tanto que él me lame el pecho, en medio del escote de la camiseta, aparta ligeramente una copa del sujetador y me chupa el pezón.

—Para, por favor. Puede vernos alguien... —digo tratando de oponerme.

—Lo sé —me interrumpe—, por eso estamos aquí.

Ahora entiendo que lo ha planeado todo, que es uno de sus experimentos: me ha traído a este sitio para someterme a otra de sus pruebas, para desafiar mi sentido del pudor.

Pierdo por completo el control de la situación. Leonardo me levanta un poco la falda, corta ya de por sí, y me arranca las bragas desgarrando el borde con las manos. Estoy desnuda de cintura para abajo. Me aterroriza que alguien nos descubra, pero, al mismo tiempo, esa posibilidad me excita. Leonardo se desabrocha los pantalones y saca su pene, hinchado y duro. Me empuja al rincón que hay entre el portón y la jamba de mármol y me levanta una pierna. Me aprieta las nalgas con las manos y me penetra. Su amplio gabán nos tapa a los dos. Leonardo permanece parado unos instantes, como si pretendiese hacerme saborear su deseo; luego empieza a moverse lentamente hacia delante y hacia detrás.

Me muero de placer. Querría que esta agonía no acabase nunca, es una sensación que se va abriendo paso poco a poco en mi interior y que me asciende por la espalda hasta la cabeza. Gimo, incapaz de contener la explosión de goce.

Leonardo sigue besándome en la boca y en el cuello. Pese a que estoy medio desnuda y el aire es gélido, su cuerpo, pegado al mío, emana un calor inmenso.

De repente oímos unas voces que se acercan y nos detenemos de golpe. Leonardo me aplasta contra la pared sin salir de mí. Respiramos quedamente, nuestras caras están muy próximas y mi corazón late enloquecido contra su pecho. Dos hombres pasan por la calle y dejan atrás el pórtico sin vernos. Miro a Leonardo espantada; él, en cambio, sonríe con descaro. En cuanto oímos que se alejan me levanta la otra pierna cogiéndome casi en brazos y empieza a moverse de nuevo con renovado vigor.

—¿Qué estamos haciendo, Elena? —dice, provocador—. Si alguien nos viera, una buena chica como tú… —me susurra diabólico.

Es una auténtica locura, algo perverso y excitante. Ya no entiendo nada, lo único que sé es que estoy gozando.

Le aprieto la cintura con las piernas y le agarro un mechón de pelo gimiendo en su oreja.

—Maldito seas.

Me penetra con una acometida aún más violenta. Gimo aún más fuerte.

Un nuevo y dulce tormento va aumentando en mi interior, son unas sacudidas profundas que me estremecen. Siento que el orgasmo se acerca, descompuesto y desenfrenado. Sin poder dominarme lanzo un grito ronco y poderoso que Leonardo se apresura a acallar tapándome la boca. Sigo gritando en su palma, ajena a todo, la vista se me empaña y una lágrima cálida me resbala por la comisura de uno de los ojos. Leonardo se corre inmediatamente después; tras exhalar un gemido cavernoso, se hunde en mi interior y deja caer la cabeza en mi cuello.

Me mantiene un poco más en esa posición, a horcajadas sobre él, mientras me besa con dulzura los párpados, sin moverse, demorándose. Nuestros jadeos se mezclan ahora con los ruidos de la ciudad, que, poco a poco, van emergiendo de nuevo: el motor de un *vaporetto* a lo lejos, una ventana que golpea en algún lugar, el vocerío de las personas en la plaza cercana. Cuando me despierto de este sueño estático, Leonardo se desliza lentamente fuera de mí sosteniéndome mientras apoyo un pie y luego otro en el suelo. Un halo caliente se ha esparcido a nuestro alrededor y asciende desvaneciéndose en el aire húmedo del invierno.

—Ahora sí que podemos ir a casa —comenta sonriendo.

Sonrío también y sacudo la cabeza resignada, divertida y asombrada a la vez.

Nos recomponemos la ropa a toda prisa. Él debe ir al restaurante y yo volveré a casa. Me bajo la falda y veo que mis bragas están en el suelo, rotas. Las miro vacilante sin atreverme a cogerlas.

Leonardo lo hace por mí y se las mete en el bolsillo al mismo tiempo que me coge de la mano y me guía fuera del patio.

—Estás mejor sin ellas —me dice guiñándome un ojo. Luego me da un sonoro beso que remata con un mordisco.

No tengo fuerzas para contestarle. Este hombre me desarma siempre. Tengo que resignarme a caminar así, sin nada debajo, salvo el olor a sexo.

De acuerdo, Leonardo. Has vuelto a ganar.

12

Estoy despierta desde hace un par de horas. He desayunado con calma, cosa que casi nunca hago: me he preparado un buen café, he cortado un poco de fruta de temporada y he untado dos tostadas de Nutella. Me considero satisfecha.

Ahora estoy sentada delante de mi MacBook y necesito desesperadamente que alguien me diga qué hacer. Miro por la ventana. Los árboles del Campo San Vio están adornados con lazos rojos y por la noche brillan con unas lucecitas amarillas; además, la entrada de la pizzería está coronada por una estrella luminosa un tanto cursi con la palabra FELICIDADES. El tiempo ha volado y solo faltan cinco días para Navidad. Yo también he sacado los consabidos adornos y he puesto mi árbol ecológico, pero este año hay una novedad: he escrito en las bolas de cristal de Ikea los versos de amor de varios poetas famosos. Es un árbol de Navidad romántico, una pequeña concesión a mi corazón amordazado.

Vuelvo a mirar el ordenador. Una única e inmensa razón me empuja a hacerlo: Filippo. No he contestado a su último correo. Lástima que luego él me haya vuelto a escribir varias veces preguntándome con creciente insistencia por dónde andaba e invitándome a ir a Roma. Lamento haberlo engañado. A pesar de que no es mi novio y de que decidimos de común acuerdo no comprometernos, el sentimiento de culpa me encoge el corazón cuando pienso en él.

He decidido escribirle. La página en blanco se abre ante mis ojos, dejo que mi pensamiento vaya libremente a donde quiera y mis dedos lo siguen con docilidad.

De: Elena Volpe
A: Filippo de Nardi
Asunto: Con el corazón

Querido Fil:
Te escribo de nuevo después de un largo silencio. No ha sido un periodo fácil para mí. Podría ponerte un sinfín de excusas, pero es inútil mentirte: la verdad es que debería haber tenido el valor de hablarte con la sinceridad que mereces. Fil, he conocido a un hombre del que no puedo privarme. No me lo puedo explicar a mí misma y aún menos a los demás, pero de todas formas quiero intentarlo. No estamos

juntos, pero entre nosotros existe una relación brutalmente carnal. Él me ha hecho prisionera y ha sacudido mi vida, se le ha metido en la cabeza que debo superar mis inhibiciones, mis límites, una suerte de reto o de juego, y yo se lo he concedido. Lo que ocurre es que he aprendido a gozar como nunca lo había hecho antes, que mis sentidos se han despertado y ahora lo reclaman desesperados. En cierta forma me ha liberado, pero ahora no logro ser de nuevo la de antes. Es una especie de obsesión, pienso en él a todas horas y cada vez que lo veo el deseo de volver a estar con él no hace sino aumentar.

No pretendo que me entiendas, soy consciente de que todo esto puede parecerte absurdo.

Lo siento muchísimo, pero creo que, teniendo en cuenta lo que somos y lo que hemos imaginado que seríamos, vernos en Roma sería algo más que unas meras vacaciones, sería el inicio de una relación que antes habría deseado pero que ahora no logro concebir. No puedo, Fil. De verdad, no puedo.

Me odiarás, lo sé, y no querrás volver a verme. Me lo merezco y no haré nada para evitarlo. Ahora solo necesito vivir esto hasta el final, sin importar adónde me lleve.

Perdóname, pero después de esta carta me sumiré de nuevo en el silencio.

Bibi

He escrito impulsivamente, en un estado rayano en el trance, y aquí están mis pensamientos al desnudo, expresados casi contra mi voluntad. He escrito más para mí misma que para él, ahora lo tengo claro.

Vuelvo a leer el correo dos veces más y deambulo por el salón como si pretendiese distanciarme de él. Me siento de nuevo y mi dedo se demora sobre el teclado. La tecla ENVÍO jamás me ha dado tanto miedo. Si lee esta carta Filippo se sentirá herido, pero al menos sabrá la verdad. De repente un aviso de Skype me indica que está conectado. Un segundo más tarde me escribe un mensaje:

Bibi, ¿estás ahí? ¿Podemos hablar?

Me siento sucia, como si me hubiesen pillado robando. Contesto que sí y acepto su videollamada.

Por lo que veo, no está en casa. Me está llamando desde un lugar de Roma que reconozco al instante.

—¡Buenos días, Bibi! ¿Vienes a tomar un té a Babington's? —Es la primera cosa que me dice con esa sonrisa que me llega directamente al corazón. Sus ojos verdes brillan con el sol. Se necesita tener valor para herir a un príncipe azul como él.

—¡Ojalá, Fil! —Me acomodo en la silla con cierta desazón—. Pero ¿estás en la plaza de España?

—Sí, sentado en la escalinata. —Gira el monitor y la vista panorámica de la Trinità dei Monti aparece ante mis ojos en todo su esplendor. Tengo la impresión de estar en una película y que él es el director—. ¿Ves?

—¡Menudo espectáculo! Tan fantástica como siempre... —La última vez que estuve allí fue con él, en una excursión organizada por la universidad cuando estábamos en el tercer curso.

—Entonces, ¿cuándo piensas venir?

Ya estamos. Sabía que me lo preguntaría, pero no sé qué contestarle.

—Tarde o temprano… —digo ocultando el tormento que siento con una sonrisa.

—¿Has acabado el fresco?

—Sí, hoy es el último día. —Suspiro.

—En ese caso, ven durante las Navidades, ¿no?

—Pero ¿tú no vuelves? —replico. Es una forma miserable de eludir de nuevo la pregunta y de ganar tiempo.

—El veintisiete trabajo, por desgracia —resopla encogiéndose de hombros—. Vamos, Bibi, ven. Te echo de menos, no me descuides…

Dios mío, no logro sostenerle la mirada. Yo también te echo de menos, Fil, pero no de la misma manera. Desde que te marchaste han cambiado muchas cosas.

—En Navidad no puedo, Fil. —Tengo un nudo en la garganta, pero aún puedo controlarlo—. En Nochebuena ceno con la familia. —Trato de convencerlo poniendo una expresión de sufrimiento—. Para mis padres es importante, ya sabes cómo son. Los veo poco…

—Entiendo… Navidad con tus padres… —dice con una sonrisa de resignación—. Soy el único hijo cabrón que boicotea las reuniones familiares.

—No eres un cabrón.

—¿Estás segura?

—Sí. —La única cabrona soy yo.

Sonríe socarrón, luego se vuelve de repente, como si hubiese visto algo o a alguien.

—Ahora tengo que dejarte. Está llegando el ayudante de Renzo Piano para comentar el proyecto. —Me lanza un beso al aire.

—De acuerdo, buen trabajo, entonces.

—Gracias, lo mismo digo. —Me mira fijamente a los ojos, como si quisiera leer algo en ellos. O quizá la única causa de mis paranoias sea que no tengo la conciencia limpia—. Te volveré a llamar para felicitarte… En cualquier caso, no doy mi brazo a torcer: espero verte pronto —concluye.

—Yo también. —Le devuelvo el beso al tiempo que su rostro desaparece.

Cierro Skype y en la pantalla del MacBook aparece de nuevo la carta, semejante a una nube amenazadora en un cielo límpido. Ahora creo que escribirla ha sido una locura. ¿Cómo se me puede haber ocurrido? No puedo excluir a Filippo de mi vida. Así no, con un frío correo electrónico. No se lo merece.

El cursor se desplaza hasta la tecla BORRAR. La pulso sin piedad y sin vacilar. Sí, quiero borrar el correo. Al igual que quiero borrar los sentimientos de culpa, las inseguridades y las obligaciones morales cuyo peso me aplasta inevitablemente. Puede que sea una hipócrita y una egoísta, pero necesito saber que Filippo existe, en un rinconcito de mi mente necesito creer que aún tenemos algo que darnos. Si un día debemos decirnos adiós lo haremos, pero ahora no. No de esta forma.

Me vuelven a la mente las palabras de Leonardo cuando me dijo que los deseos no pueden encerrarse en una jaula. Fuera de ella, ahora me doy cuenta, está el caos emocional, pero ya estoy metida en esto y es imposible dar marcha atrás.

A primera hora de la tarde me arreglo para salir; me lavo el pelo y me visto con esmero, como si se tratase de una ocasión importante, y esta, en efecto, lo es. He acabado de restaurar el fresco y me dispongo a devolver las llaves del palacio. A juzgar por la sustanciosa compensación que ha ingresado en mi cuenta corriente —superior a la pactada—, Brandolini debe de estar más que satisfecho con el trabajo. Eso significa que, por primera vez desde que me licencié, podré comprar por fin los regalos de Navidad sin preocuparme por la cartera… Es una gran satisfacción.

Cruzo el portón y subo a toda prisa la escalinata hasta llegar al vestíbulo. El fresco me recibe con su juego de colores, que por fin se muestran vivos y resplandecientes. Esbozo una sonrisa silenciosa y me acerco un poco para verlo mejor. Imagino que el anónimo pintor se me aparece y me ofrece unos granos de granada en señal de agradecimiento. ¡Cuántos días de pruebas y frustraciones me ha costado ese detalle! Es muy probable que sin la ayuda de Leonardo jamás hubiera logrado encontrar el matiz adecuado. Gracias a él mis ojos han experimentado un cambio y han aprendido a mirar de forma distinta no solo la granada, sino el mundo en general. Este fresco me ha acompañado durante los últimos meses de mi vida, de mi transformación, y ahora me conmueve separarme de él. La próxima vez que vuelva a este palacio —en caso de que lo haga— ya no lo haré por él, sino por Leonardo.

Como si se tratase de un hechizo maldito, en cuanto lo evoco se materializa en el vestíbulo. Mi corazón da un vuelco cuando lo veo. Como siempre.

—Hola —le digo—, estaba pensando en ti.

—Ah, ¿sí? ¿Y qué pensabas, si se puede saber? —Se acerca mirando el fresco.

—Pues que de no haber sido por esta restauración, nunca nos habríamos conocido. —Me vuelvo un poco y veo sus ojos oscuros. Las arrugas que tiene en las comisuras me indican que está sonriendo.

Querría besarlo, pero, como siempre, espero que él tome la iniciativa.

—Lo has hecho muy bien, Elena. Es realmente precioso.

—Deberíamos celebrarlo. —No lo resisto y me vuelvo. Hago ademán de darle un beso, pero cuando me pongo de puntillas él se aparta de mí dejándome petrificada.

—Lo celebraremos cuando vuelva —dice en tono circunspecto y firme.

—¿Cuando vuelvas? —Abro desmesuradamente los ojos. En mi fuero interno aún debo digerir el rechazo—. ¿Te marchas?

—Esta noche, a Sicilia.

—¿Por cuánto tiempo?

—No lo sé, lo decidiré una vez allí. —Tiene la mirada empañada, casi sombría. De repente lo siento frío y distante.

—¿Y el restaurante? —pregunto.

—He dejado un sustituto. —Se encoge de hombros—. Mis colaboradores ya pueden trabajar solos.

La noticia me turba. Me había hecho ya mil ideas —quizá sería más correcto hablar de fantasías— sobre las vacaciones de Navidad; en parte le he dicho que no a Filippo porque esperaba pasar todo el tiempo con Leonardo. En cambio…

—Pero ¿debes ir? —pregunto tratando de ocultar mi desesperación.

—Quiero ir —contesta con una mirada resuelta—. Al menos una vez al año, no importa dónde esté, vuelvo a Sicilia.

—¿Tienes algún ser querido allí?

—Tengo mi pasado.

Le haría más preguntas, pero me muerdo la lengua. Leonardo no soporta las intrusiones en su vida privada y, justo por eso, el vínculo que lo une a su tierra pertenece a una esfera absolutamente íntima e inviolable.

—Intenta divertirte sin mí. —Me coge la barbilla con una mano y hace un esfuerzo para sonreír, como si pretendiese eludir el rumbo que ha tomado la conversación.

Me gustaría decirle que no se vaya o que me deje ir con él, no soporto la idea de separarnos durante tanto tiempo.

—¿Al menos me llamarás por teléfono? —Es lo único que oso preguntar.

Niega con la cabeza.

—No, Elena. Prefiero que no hablemos mientras esté fuera.

—¿Por qué? —Le cojo un brazo. Sé que no debo insistir, pero necesito una explicación.

—Porque me hace falta alejarme, estar solo. Porque mi vida no se reduce a lo que hago aquí y no quiero mezclar las cosas. —Su mirada no admite objeciones—. Te llamaré en cuanto regrese. —Me hace una última caricia y se encamina hacia la escalinata sin volverse.

Estoy anonadada. Se ha marchado, sin excusas ni justificaciones. Me ha dejado aquí tragándome el enésimo nudo en la garganta, con los brazos inermes, apoyados en los costados.

Basta. Tengo que huir cuanto antes. Busco al portero en el jardín y le entrego el juego de llaves.

—Adiós, Franco, y feliz Navidad —lo saludo apresuradamente sin perder demasiado tiempo con las formalidades.

—Igualmente, señora, feliz Navidad. —Franco hace una media reverencia, como tiene por costumbre—. Cuídese.

Alzo la cabeza, echo una última ojeada a las ventanas y acto seguido salgo a toda prisa a la calle.

Adiós, fresco. Adiós, Leonardo.

Es Nochebuena y he tenido que hacer un esfuerzo sobrehumano para sobrevivir a estos días de euforia festiva después de que Leonardo me abandonara de esa forma. El peregrinaje ritual de una tienda a otra para comprar unos regalos del todo inútiles me ha hundido en un estado de profunda melancolía; yo, que por lo general disfruto con la Navidad, en este momento la odio con todas mis fuerzas.

En cualquier caso, he conseguido sobrevivir a estos cuatro días. Aunque sé que lo peor aún está por llegar. Son las ocho de la noche y en menos de una hora estaré en casa de mis padres para la tradicional cena familiar. Si logro superarla también puedo considerarme casi salvada.

A las nueve y cuarto, después de haber perdido un *vaporetto* y de haber desgastado medio tacón de las botas nuevas por haber ido a pie, me encuentro delante de la puerta de la casa de los Volpe. Toco el timbre con cierta dificultad, cargada con los paquetes.

Me abre mi madre, embutida en un traje de chaqueta de color rojo cereza con una expresión de inquietud en la cara.

—¡Elena! ¡Creíamos que te habías perdido! Solo faltabas tú. —Al fondo oigo las conversaciones de los parientes y la voz de Mariah Carey que canta los habituales villancicos.

—Lo siento, mamá, perdí el barco.

Con un solo gesto me besa, me quita el abrigo, lo cuelga del perchero, me arregla el pelo, y logra que me sienta culpable.

—¿No te parece un poco corta esa falda, cariño? —me pregunta mirando perpleja mi vestido de encaje, el mismo que me puse para cenar con Leonardo en la cocina del restaurante.

—No creo —respondo desenvuelta—. Siempre te quejas de que nunca llevo falda… Pues bien, esta noche te doy el gusto.

Entro en el comedor y por un instante se me pasa por la mente la idea de escapar: alrededor de la mesa hay alineado un pelotón de parientes que patean agitando en el aire los cubiertos, como si no hubieran comido en una semana. Desecho la idea sacudiendo la cabeza. Todo está bajo control, Elena, puedes conseguirlo.

No falta nadie: las abuelas, las tías, los primos, mi madre ha logrado incluso corromper al tío Bruno, que se dedica a viajar por el mundo en compañía de sus amigos homosexuales. Hago un saludo general, recibiendo como respuesta varias sonrisitas a derecha e izquierda, y me apresuro a sentarme en mi sitio. Obviamente, me han colocado al lado de mi prima Donatella, que es casi coetánea mía, pero que está a mil años luz de mí en todo lo demás. A los veinticinco años se casó con Umberto, el clon veneciano de Flavio Briatore, y un año después había dado ya a luz a la pequeña Angelica, que ahora tiene siete y parece una Barbie en miniatura. La niña se sienta a mi izquierda y me saluda con la mano.

—¡Hola, tía!

Le acaricio la cabecita y le sonrío guiñando los ojos, falsa a más no poder.

—Estás estupenda, Elena —dice Donatella mientras me da dos besos y me inunda con su nauseabundo perfume a iris amarillo.

—Gracias, tú también estás fantástica.

—Calla, por Dios. He engordado cinco kilos. —Con una expresión de desesperación se sube la falda y me enseña un muslo—. Mira, todos han ido a parar aquí.

Ya empieza. Todas las Navidades la misma historia, pero este año no estoy de humor para aguantar su parloteo insulso. Tengo que salvarme como sea, antes de que empiece a divagar sobre el último hallazgo en cremas anticelulitis.

—¿Qué te ha traído Papá Noel? —pregunto a su hija tratando de cambiar de tema.

—Un móvil nuevo —responde enseñándome ufana un iPhone de última generación.

—Qué bonito… —Ignoro para qué le puede servir a su edad.

—¿Puedo ver el tuyo, tía? —Eh, deja de llamarme tía, apenas te conozco, criatura.

Saco el iPhone del bolso. Lo coge con una expresión de sorpresa.

—Pero ¡es el cuatro! ¿No sabes que ya ha salido el cinco? —pregunta escandalizada.

Asquerosa, impertinente, mimada y odiosa. Por un instante vuelvo a ser niña y me entran unas ganas enormes de tirarle del pelo.

Esbozo otra sonrisa forzada y decido ignorarla concentrándome en los entrantes, que acaban de salir de la cocina. Ni que decir tiene que la tradición de la casa de los Volpe impone que Nochebuena sea de vigilia, de manera que solo comemos pescado. Bacalao mantecado, vieiras gratinadas y tostadas de salmón.

Mi madre disfruta con las felicitaciones que le dirigen los parientes.

Para evitar que me muera de hambre, como suele ocurrir en estas ocasiones, ha preparado un menú vegetariano solo para mí. Es evidente que ignora mi reciente conversión a la carne y, para evitar preguntas y no frustrar sus esfuerzos, decido pasar por alto la cuestión.

—Gracias, mamá, eres un cielo —le digo mordisqueando un *grissino* a la vez que me sirvo una pequeña porción del *risotto* con achicoria roja que ha cocinado con mucho amor para su niña.

Observo a mis parientes uno a uno. Tengo la impresión de estar con un grupo de desconocidos; no me apetece estar aquí, quiero volver a mi vida, al menos a la que ha sido mi vida en los últimos dos meses. Cada día que pasa sin Leonardo me parece un día perdido. Me escancio una buena copa de vino espumoso con la esperanza de que me ayude a levantar el ánimo.

Mi madre me mira como si de repente me hubieran salido escamas.

—¿Qué haces, Elena? —pregunta horrorizada.

—¿Por qué? ¿Ahora está prohibido? —inquiero dirigiéndole una mirada inocente a la vez que me lleno la copa.

—Pero ¿desde cuándo bebes vino? —No ceja, y su insistencia me irrita. No tolera que algo pueda escapar a su vigilancia y su aprobación.

—Desde ahora mismo, si no te molesta —contesto enfadada.

—Si he de ser franca, un poco sí…

—No jorobes, mamá —la interrumpo bruscamente. Mi madre me mira incrédula, también mi padre. Un silencio grave se instala en la mesa. La abuela, que es un poco sorda, pregunta a uno de mis primos qué está ocurriendo, a la vez que la tía se coloca la servilleta en las rodillas y tose. Miro alrededor un tanto arrepentida. He exagerado, no suelo responder así, en casa me muestro siempre afable y dócil. Ahora comprendo que los desconocidos no son ellos, que soy yo la que he cambiado.

Por suerte el tío Bruno sale en mi ayuda.

—Vamos, Betta, un poco de vino es bueno para la salud —afirma dándole un pellizco en el brazo—. Además, ¡en las fiestas hay que brindar! —Alza la copa y la hace chocar con la mía guiñándome un ojo.

—Tienes razón, ¡por nosotros! —continúa mi padre levantando a su vez la copa. Por la manera en que me mira comprendo que me ha perdonado.

La cena prosigue sin ulteriores tropiezos hasta el *panettone,* que va seguido del habitual intercambio de felicitaciones y regalos. Recibo un cojín de *patchwork* que ha cosido mi madre —debería combinar bien con el edredón que me regaló el año pasado—, una gorra de lana, dos pares de calcetines hechos a mano y una bufanda de cachemira. Por lo visto tengo pinta de ser una persona friolera. Pero para el hielo que siento en este instante no me sirve la lana.

En cuanto puedo doy un beso de reconciliación a mi madre, me despido de la familia y pongo pies en polvorosa, rumbo a casa. Feliz de haber despachado el asunto y de volver a estar sola.

Es casi la una. Los campanarios de Venecia anuncian alegres el final de la misa del gallo, al mismo tiempo que los pocos gondoleros que siguen trabajando se apresuran a concluir la última vuelta en barca. Aprieto el paso, tratando de concentrarme en la nubecita de vapor que crea mi respiración. No quiero pensar, pero antes de abrir el portón alzo los ojos al cielo y miro las estrellas. A saber si Leonardo las estará mirando también.

El día de Navidad, a última hora de la tarde, voy a ver a Gaia, que vive en un pequeño ático cerca de los jardines de la Bienal. De vez en cuando, bajo la ventana de su habitación, aparece alguna extraña instalación; la última es obra de un artista brasileño: una fila de tótems de plástico blanco que por la noche se iluminan con unas lucecitas fluorescentes. Más que tótems parecen unos chuscos muñecos de nieve y, pese a que no creo que fuera esa la intención del artista, su apariencia es sumamente navideña. A Gaia le he comprado como regalo un cofrecito recubierto de purpurina con una máscara volumen de Lancôme y un rizador de pestañas de Shu Uemura. Le privan estas cosas y estoy segura de que le encantará.

En cuanto abre la puerta me estruja en uno de sus enérgicos abrazos y casi me hace caer sobre la gigantografía de Marilyn Monroe que cuelga de la pared.

—¡Feliz Navidad! —me dice exultante mientras me precede hacia el salón, calzada con las zapatillas. El único lugar donde no lleva tacones es en casa.

—¡Igualmente, Gaia! —respondo al tiempo que me quito el abrigo.

—Ven, sentémonos en el sofá —me dice, y apaga la televisión.

Cada vez que me siento en su carísimo sofá de piel blanca no puedo por menos que pensar en las barbaridades que hará en él con sus amantes.

—¿Te has curado ya? ¿Te apetece un Bellini? —pregunta.

—Sí.

—¡Muy bien, así me gusta! —Me mira gratamente asombrada por mi elección alcohólica.

Desaparece en la cocina y cuando vuelve con la bandeja y las copas noto que lleva un brillante en el anular.

—¿Y eso? —le pregunto enseguida.

—Me lo ha regalado Jacopo —explica al tiempo que me lo acerca a la cara.

—¿Es un anillo de compromiso? —pregunto abriendo desmesuradamente los ojos.

—Bueno, es un anillo.

—Gaia, no te hagas la idiota —le reprocho.

—Está bien, lo reconozco. Jacopo va en serio.

—Pero tú no —concluyo su pensamiento.

—Es demasiado pronto, ¿no crees? —Me mira buscando mi aprobación. Parece que está en apuros. No está enamorada de verdad (me habría parecido un milagro, dados los precedentes), se le nota en la cara.

—Pero, entonces, ¿por qué has aceptado un regalo tan importante?

—¿Qué debería haber hecho? —se justifica—. ¿Devolvérselo? ¿En Navidad?

—No lo sé, Gaia, pero quizá deberíais hablar.

—Mira que a mí Jacopo me interesa —dice dando un sorbo a su bebida.

—Puede, pero quizá te interesa más otro que nunca da señales de vida…

He dado en el blanco.

—Lee —me dice tendiéndome la BlackBerry. Es el último SMS de Belotti.

Feliz Navidad, pequeña. Tarde o temprano iré a buscarte

Los ojos de Gaia tienen ahora forma de corazón. En cualquier otro momento la habría puesto en guardia, habría representado el consabido papel de la amiga seria y un poco formal que te devuelve a la realidad y te dice lo que te conviene hacer. Pero ahora la entiendo como nunca y no me parece justo regañarla.

—¿Vendrá de verdad a buscarte? —pregunto.

—Quién sabe —responde ella esperanzada. No tiene ningún sentimiento de culpa por el pobre conde, no le preocupa que pueda sufrir por su causa. Lo único que quiere es ser feliz. A ser posible con Belotti.

Puede que sea la ley de atracción, pero justo en ese momento suena mi iPhone. En mi interior albergo una única esperanza. Dios mío, ojalá sea Leonardo.

—¿Quién es? ¿Quién es? —pregunta Gaia curiosa.

Leo el mensaje y trato de ocultar la decepción.

—Es Filippo, me felicita la Navidad.

—¿Y lo dices así?

Puede que no haya sabido fingir como debía.

—¿Por qué? ¿Cómo debería haberlo dicho?

—¡Con un poco más de entusiasmo, Ele! —Me sacude con afecto los hombros—. ¿Qué te pasa? ¿Ya no estás convencida con él?

—De eso nada —me apresuro a decir—. Lo añoro un poco...

Ella me mira perpleja.

—¿Solo un poco? Mira que Fil es un buen tío. En mi opinión es el hombre que te conviene.

¡Dios mío, Gaia, no me compliques la vida también tú! Tengo la cabeza hecha un lío... Filippo es el hombre adecuado, pero no es a él a quien deseo en este momento.

—Ya veremos... —me limito a decir.

—Contéstale enseguida —me ordena—, yo mientras tanto iré a coger tu regalo.

Tecleo una respuesta un tanto fría y formal, pero solo me doy cuenta después de haberla enviado. Cuando alzo la cabeza Gaia está de nuevo en el salón con una sonrisa triunfal en los labios.

—*Voilà!* —Me da el paquete y yo hago lo mismo con el suyo.

Ni que decir tiene que Gaia rompe el papel en menos que canta un gallo. A juzgar por su cara he acertado de lleno, el regalo le gusta. Yo, en cambio, siempre he tardado una infinidad en abrir los paquetes: procedo con calma, me gusta paladear la sorpresa.

Al sacudir ligeramente el envoltorio supongo que puede ser un aceite para el cuerpo o un perfume, el ruido parece el de una botella de cristal.

—Es inútil que intentes adivinar qué es, nunca lo conseguirás...

Por fin abro la caja y me pongo roja como un tomate.

—¡¿Un vibrador?! ¡¿De cristal?!

—Falso cristal, para ser más precisa.

Lo cojo con la mano sin saber si mostrarme enojada, divertida, escandalizada o desesperada. Al final suelto una carcajada, es lo único que puedo hacer. Gaia se ríe conmigo, ha obtenido el efecto que deseaba.

La escena es propia de *Sexo en Nueva York*.

—Dado que no tienes uno y que jamás te lo comprarás, lo he hecho yo por ti. —Acciona el interruptor con ademán experto al tiempo que me guiña un ojo—. Dicen que es fantástico...

—Bueno, no puedo negar que es muy chic. —Cabeceo mirando el objeto, cuya luz se refleja en la pared—. Pero espero que no te ofendas si no lo uso.

—Nunca se sabe. Sea como sea, conviene tener uno... —contesta ella convencida.

—En fin, al menos no es el habitual par de medias —digo con estudiado aplomo.

Nos reímos de nuevo y pienso que Gaia es la única persona con la que se puede pasar una tarde de Navidad así.

No obstante, nada más volver a casa me abruma de nuevo la tristeza y la sensación de impotencia que se produce cuando no puedes tener todo lo que anhelas. Por mucho que trate de borrarlo de mi mente, Leonardo la domina de manera implacable. ¿Por qué fue tan duro conmigo? ¿Por qué sigue siendo tan evasivo? ¿Por qué insiste en rodearse de sombras y de misterio? Por un instante siento la tentación de llamarlo o de escribirle un mensaje, pero al final apago el teléfono para vencerla.

Dejo el bolso con el regalo de Gaia en el escritorio. Saco el vibrador de la caja y me apresuro a esconderlo en el cuarto de baño. ¿Qué puedo hacer con esa cosa?

Me gustaría estar con Leonardo. Y nada puede colmar ese deseo.

13

La última cosa que me siento capaz de afrontar ahora, tanto física como emocionalmente, es una sesión de total restauración de mi persona para la fiesta de Nochevieja del hotel Hilton. Gaia y Brandolini me han invitado y todos mis intentos de rechazar la propuesta han sido inútiles. Debería sentirme agradecida con mi amiga y su «novio», pero, dado el humor que tengo, la idea de ser la incómoda tercera persona durante toda la velada me deja la moral por los suelos. Estoy sola, sin Leonardo, y me rodeará una multitud alegre. Me siento huraña y arisca, quizá porque me afecta también el clima y en este momento un espantoso cielo plúmbeo me amenaza desde la ventana.

Habría preferido quedarme esta noche en casa viendo una película en pijama y tapada con el edredón de *patch-*

work, arriesgándome a sufrir diabetes debido a un atracón de *After Eight.*

En cambio, aquí estoy, luchando delante del espejo. Tengo que alisarme el pelo, depilarme de pies a cabeza, pasarme la crema reafirmante por el pecho y los muslos, ponerme la ropa interior de color rojo, cubrirme las mejillas de colorete, extender la sombra iridiscente en los párpados y el pintalabios de larga duración en la boca. Todo esto ¿para quién? Tenía sentido hacerlo para Leonardo, para que me encontrase atractiva, pero ahora tengo la impresión de que no sirve para nada. ¡A saber qué estará haciendo ahora! ¡Y con quién! Tengo síndrome de abstinencia de él y cada vez lo deseo más, con la avidez de una drogadicta. Lástima que ningún camello pueda facilitarme la droga que necesito en este preciso momento.

Suena el telefonillo. Deben de ser Gaia y Jacopo, que llegan puntualísimos para sacarme de aquí y llevarme a la fuerza a *su fiesta* de Nochevieja.

—Bajo enseguida —digo desganada por el auricular.

—De acuerdo, date prisa —contesta Gaia alegremente.

Echo una última mirada al espejo poniendo en su sitio un mechón rebelde —la verdad es que es hora de volver a darle forma a mi antigua melena de paje— y me precipito por la escalera procurando no tropezar con el abrigo.

Abro la puerta y veo a Gaia y Jacopo cogidos de la mano.

—¿No debería llevarme un paraguas? —pregunto. A continuación alzo la mirada y en la oscuridad que hay a sus espaldas noto una sombra familiar.

—Pero ¿qué paraguas ni qué ocho cuartos?, se ven las estrellas. —Su voz es inconfundible y me llega como una caricia inesperada.

Gaia me guiña un ojo y Brandolini se aparta para dejarme pasar.

Filippo está aquí, delante de mí, envuelto en su Burberry verde. No me lo puedo creer, por un instante me parece estar soñando.

—Fil, ¿qué haces aquí?

—He vuelto —dice esbozando una de sus espléndidas sonrisas.

En mi corazón se debaten sentimientos opuestos que me producen una confusión excitante e inesperada. Al final, sobre ellos prevalece una ternura inmensa y, de repente, siento la necesidad de abrazarlo. No obstante, sigo petrificada, con los brazos colgando. ¿Qué se hace en estos casos? ¿Besarse? El de hace unos meses fue un adiós apasionado, pero mientras tanto ha ocurrido de todo y no sé si… Por suerte es Filippo el que rompe el hielo, se acerca a mí y me da un beso fugaz, que apenas me roza los labios, algo que no se le escapa a Gaia. Ahora sí, lo abrazo con la desesperación de una náufraga. Le agradezco que esté aquí, y a Gaia la magnífica sorpresa.

Mi amiga y Jacopo nos preceden mientras caminamos por la calle a varios metros de distancia. Filippo me ofrece el brazo y yo me aferro a él gozando del calor de su cuerpo.

—Me alegro de que hayas venido —digo.

—Yo también.

—Pero ¿cuándo has llegado?

—Hace unas dos horas.

Lo miro con mayor atención bajo la luz tenue de una farola. Su cara sin barba y un poco picada revela las noches que ha pasado trabajando, si bien sus ojos resplandecen más de lo habitual.

—Creía que tenías mucho que hacer en Roma.

—Sí, pero aun así he conseguido cogerme un par de días libres. —Me sonríe—. Tenía demasiadas ganas de verte.

Yo también tenía ganas de verlo, pero solo ahora me doy cuenta. Hasta este momento estaba demasiado ocupada pensando en otras cosas.

—¿Solo dos días? —le pregunto.

—Por desgracia sí. El dos debo estar de nuevo en el despacho. Son unos esclavistas, y yo me dejo esclavizar. —Aminora el paso y me suelta por un instante el brazo a la vez que me mira fijamente a los ojos—. ¿De verdad te alegras de verme? Por la cara que has puesto antes se diría…

Es tan sensible que capta todos los matices de mis estados de ánimo. Lo había olvidado.

—Claro que me alegro —le digo esbozando una sonrisa—. Es que no me lo esperaba…

Un frío repentino me recorre la espalda. No es la brisa invernal, no. Es que no estoy diciendo toda la verdad. Me alegro de verte, Fil, pero mientras estabas lejos otra persona me ha hecho enfermar y no sé si podrás curarme.

Echamos de nuevo a andar, yo no le suelto el brazo. Me vuelvo a prometer en silencio que olvidaré a Leonardo, al menos durante unas horas, y que viviré este momento con serenidad. Ahora me siento feliz de no haber enviado a Filippo el correo. Si lo hubiera hecho nunca habría ocurrido todo esto. Y si está sucediendo es porque el destino está de nuestra parte, al menos por esta noche.

Subimos los cuatro a una lancha en las Zattere y en dos minutos cruzamos el canal de la Giudecca y llegamos a la entrada del Hilton. Es raro ver la ciudad desde aquí, es como tener una perspectiva al revés. Nos deslizamos por la pasarela de terciopelo rojo y gracias a la ayuda de Brandolini superamos la entrada blindada por los gorilas arrogantes de rigor. Nunca había estado en este sitio. Es un hotel lujosísimo que supera cualquier expectativa, el personal es sumamente elegante, con unas maneras formales, rayanas en el empalago.

Después de una breve parada en el guardarropa y de una primera ronda de cócteles llegamos a nuestra mesa, donde nos juntamos con varios conocidos de Brandolini. La sala es grande y está finamente decorada. Hay al menos cincuenta mesas, los invitados están eufóricos, pero a la manera de la gente refinada: se comportan como si hubiese una cámara de vigilancia permanentemente encendida.

—Gaia frecuenta ahora la alta sociedad —observa Filippo acercándose a mi oreja. Al igual que yo, no está acostumbrado a tanta ostentación.

—No, es la alta sociedad la que ahora frecuenta a Gaia... —respondo. Sonreímos con complicidad.

La cena prosigue sin contratiempos, agradable, y descubro que los amigos del conde son menos engreídos de lo que pensé en un primer momento. Gaia tenía razón. Me obligo a dispensar unas cuantas sonrisas y a no pensar demasiado, repitiéndome que, en el fondo, es solo una velada. El hecho de que Filippo esté a mi lado me hace sentirme en cierta forma segura, y a medida que pasan los minutos tengo la impresión de ir recuperando la armonía que siempre nos ha unido. De repente me doy cuenta de que me está mirando el escote. Ahora que lo pienso, nunca me ha visto con un vestido de noche, es el primer acontecimiento de gala al que asistimos juntos. La situación me divierte, de manera que, en lugar de taparme como suelo hacer, le sostengo la mirada.

—¿Te gusta mi vestido? —pregunto.

Él se agita, un poco azorado.

—Estás guapísima…, pero no solo por el vestido. Te noto distinta, Bibi, es como si hubieses florecido.

—En ese caso, brindemos por los cambios positivos —le digo alzando mi copa de vino y chocándola con la suya.

Filippo jamás me ha visto beber. Se queda estupefacto.

—¿Ahora también bebes?

—Pues sí, nuestra Elena es una borrachina… ¡Ya era hora! —tercia Gaia uniéndose a nuestro brindis.

Filippo sonríe un poco aturdido.

—Creía que eras abstemia. —Me mira intrigado—. Ni siquiera brindaste cuando te entregaron el diploma de la universidad.

—Yo también lo creía —me encojo de hombros mientras bebo un buen sorbo—, pero quizá me equivocaba.
—Al igual que me equivoco en muchas cosas.

—Muy bien, pues entonces por las novedades. —Filippo apura su copa.

Mientras bebemos alegremente y comemos canapés y volovanes, finjo escuchar con interés las frívolas conversaciones que zumban alrededor sin dejar de sonreír. El alcohol empieza a hacerme efecto, me siento ligera y relajada, justo lo que quería. En cierto momento, sin embargo, golpeo sin querer una botella de vino, que cae sobre el vestido de la joven que está sentada delante de mí. Un camarero se apresura a remediar el desastre. Por suerte, los demás comensales hacen caso omiso de mi bochorno y aprovechan lo sucedido para volver a brindar. No obstante, a la joven no le ha hecho mucha gracia y me lanza una mirada iracunda.

—¿Estás bien, Bibi? ¿No te habrás pasado un poco? —me susurra Filippo solícito.

—Una pizca... —contesto apretándome la sien con una mano. Me temo que estoy un poco borracha, quizá soporto el vino mucho menos de lo que pensaba—. Soy un desastre, ¿eh?

—Un espléndido desastre. —Me guiña un ojo—. Además, esa tipa tiene cara de capulla.

Es estupendo tenerlo aquí, pienso envuelta en las emanaciones del alcohol. Es estupendo sentirme mimada y apreciada incluso cuando me meto en líos. Solo Filippo sabe hacer que me sienta así.

Entretanto, Gaia se ha levantado y se ha dirigido al centro de la sala en compañía de otras personas de nuestra mesa. El DJ acaba de poner una canción *dance* que le gusta mucho, de David Guetta o algo así. Mi amiga se mueve con una gracia maliciosa, perfectamente dueña de su cuerpo, resplandece en la pista de baile embutida en el minivestido de gasa con lentejuelas, el sudor le ha rizado un poco el pelo y tiene las mejillas sonrosadas. Me entran ganas de bailar, a mí, que por lo general nunca lo hago, de forma que me levanto para unirme al grupo. Arrastro a Filippo a la pista haciendo oídos sordos a sus protestas.

—¡No se discute! —le digo imperativa al tiempo que le tiro de una manga.

Me viene a la mente la famosa velada en la escuela de tango que acabó en un pisoteo mutuo y sé que él también piensa en eso mientras da en el sitio unos cuantos pasos rígidos sonriéndome sin cesar. Suelto una sonora carcajada, la verdad es que ya no me puedo controlar. Filippo me pregunta qué me ocurre, pero no logro responderle. Es una hilaridad imprevista, inmotivada y exasperada. También Gaia lo nota y, divertida, se acerca a mí y me aferra las muñecas.

—¿Estás borracha, Ele?

—Espero que sí —le contesto enjugándome las lágrimas. Solo que ahora ya no sé si son de felicidad o de desesperación.

Unos minutos antes de la medianoche subimos todos a la azotea para contemplar los fuegos artificiales. Siempre me han gustado, y no solo mirarlos sino también tirarlos. Recuerdo que cuando era niña, a finales de año me gastaba todos los ahorros que había acumulado en mi cerdito rosa para comprar tracas y petardos, y luego mi padre y yo nos divertíamos como enanos haciéndolos explotar en el cielo. Mis amigas me decían que no era cosa de chicas, pero a mi padre parecía darle igual y a mí me encantaba compartir con él esos momentos.

El negro de la noche se ha aclarado un poco y se entrevén algunas estrellas. La vista desde aquí abajo es, como poco, espectacular, da la impresión de que somos unos puntitos suspendidos entre el agua, la tierra y el cielo. Ha llegado el fatídico momento de la cuenta atrás. Gaia y Jacopo se ponen delante, al amparo de las agujas, en tanto que Filippo y yo nos quedamos rezagados en un rincón.

—Cinco.

Filippo me rodea con fuerza la cintura.

—Cuatro.

Me estrecho contra su cuerpo.

—Tres.

Me mira.

—Dos.

Alzo la barbilla.

—Uno.

Su boca está a escasos centímetros de mi cara.

—¡Feliz año! —Lo decimos a la vez mirándonos a los ojos y dejamos nuestras bocas libres para buscarse y encontrarse.

Es el primer beso verdadero de esta noche y contiene toda la ternura que había olvidado. Filippo descorcha la botella de Moët & Chandon que tiene en la mano y bebemos unos sorbos mientras los fuegos artificiales iluminan con sus colores la ciudad y el canal que está a nuestros pies. Admiramos el espectáculo en silencio durante unos minutos.

—Ahora hay que expresar un deseo —me susurra de pronto Filippo.

—De acuerdo. —Cierro los ojos para concentrarme, pero, por hermoso que sea este momento con él, por mucho que me esfuerce buscando otro distinto, en mi mente predomina un único deseo: Leonardo. Cuando abro de nuevo los ojos tengo ganas de llorar.

—¿Ya está? —me pregunta Filippo.

Asiento con la cabeza rehuyéndole la mirada. Le arranco la botella de la mano y bebo otro sorbo.

—¿Y tú? ¿Has pedido algún deseo? —le pregunto tratando de sonreír.

—No era necesario. Mi deseo está aquí —me dice mientras me abraza y me vuelve a besar.

Quiero morirme. Soy el ser más mezquino de este mundo. Me aferro a su beso con todo mi ser, lo cargo con la misma fuerza con la que me gustaría pedirle perdón.

Filippo me atrae hacia él y me estrecha contra su pecho. Permanecemos así no sé cuánto tiempo, me parece haber hecho un largo viaje, del que ya he regresado. Los fuegos han terminado y la mayoría de la gente ha vuelto abajo. Solo algunos se demoran en la azotea. Siento que el calor de Filippo se mezcla con el mío, nuestros cuerpos están muy próximos bajo la ropa y la sangre me hierve en las venas. Puede que el vino me haya excitado, pero de repente siento unas ganas enormes de hacer el amor con él.

No sé si es por deseo o por rabia, por alegría o por desesperación, lo único que sé es que esta noche quiero olvidarme de todo y volver a ser suya. Mañana pensaré en las consecuencias.

Así pues, le cojo la cara con las manos y lo beso apasionadamente hundiéndole la lengua en la boca y metiéndo la mano entre las piernas.

Pero Filippo me aparta y me mira desconcertado.

—¿Qué pasa? ¿No te apetece? —le pregunto.

—Sí que me apetece… —contesta él mirando alrededor.

—¿Entonces? —le susurro empujándolo hacia un rincón más oscuro de la azotea.

—Bibi, nos están mirando. —Le gusta, lo sé, pero le da mucha vergüenza.

—Pues que miren. —Le cojo una mano y la pongo en mi pecho.

—Pero ¿qué te pasa esta noche? —dice. En sus ojos verdes hay una luz que jamás había visto hasta ahora.

—Me pasa que me apetece —contesto en tono de desafío a la vez que me bajo un tirante del vestido y le dejo entrever un pecho.

—Pero ¿qué haces? Tápate. —Está consternado, contrariado, me tapa a toda prisa.

—¿Por qué eres tan rígido? —Yo, en cambio, me siento irritada y frustrada. Leonardo no me lo habría impedido. Leonardo no me habría dicho esas cosas. Leonardo me habría tomado aquí, contra esta pared. Leonardo, Leonardo, solo pienso en él, ¡maldita sea! «¿Por qué no haces algo para que lo olvide?», me gustaría gritarle.

—Estás borracha como una cuba —me dice al tiempo que me aparta un mechón de pelo de la frente. Cuando se enoja resulta mucho más sexi…, su mandíbula parece más cuadrada.

Ahora lo deseo casi por desquite, su rechazo me excita, siento la necesidad de escandalizarlo, de echarle a la cara la nueva Elena, que ya no es suya, sino de otro. Le desabrocho el cinturón con ademán impaciente.

—¡Vamos, Fil! ¿Quieres o no?

Me detiene al instante apretándome la muñeca.

—Para ya, Elena. Te estás pasando —susurra. Nunca me llama Elena. Parece alterado.

—¡Entonces pasémonos! —repito irritada—. ¿No puedes relajarte por una vez?

—He dicho que pares.

—¿Qué ocurre? ¿Tienes que pensártelo? ¿Vamos a tomarnos tiempo también para esto? —Ahora estoy encolerizada y no logro frenar las palabras que salen como veneno por mi boca—. ¿Dónde está la pasión, Fil? ¿Es que nunca vamos a poder tomar una decisión sin razonar? Coño, ¿no puede haber un poco de sana locura entre nosotros? ¡Todo es siempre tan previsible!

Lo he dicho, lo he gritado y ya me arrepiento. Filippo me mira incrédulo.

—He hecho seis horas de viaje para verte —me dice, pálido, apretando los dientes—. Pero pensaba que éramos algo más que un simple polvo en la azotea de un hotel.

Me cojo la cara con las manos. Me muero de vergüenza.

Recula con los ojos apagados. Rechaza el contacto con mi cuerpo.

—No sé qué te ha ocurrido durante estos meses, Elena, pero no te reconozco. Y lo que he visto esta noche… no me gusta.

Hace amago de marcharse, pero lo retengo agarrándole de un brazo.

—Disculpa, no quería…

Él se suelta.

—Sí que querías. —Me mira gélido, apretando los puños—. Has dicho lo que pensabas, incluso con demasiada claridad. Te deseo un feliz año. —A continuación baja corriendo la escalera que lleva a la salida.

Ya no puedo detenerlo, y no lo intento. Me siento desfallecida, me acurruco contra la pared, la cabeza me da vueltas y tengo arcadas, pero por suerte puedo contenerlas. Respiro hondo, con calma, y me levanto de nuevo. Vuelvo a entrar en el edificio con paso incierto, llego a nuestra mesa. Yo también me voy, a estas alturas de nada sirve que me quede. Recupero mi bolso y me despido apresuradamente de Gaia y Brandolini sin darles ninguna explicación. Por suerte, Gaia está más colocada que yo y no ha notado la desaparición de Filippo ni mi desastroso estado. Me repite «Feliz año» una vez más y, después de darme un pellizco en el trasero, deja que me vaya.

Aquí estoy. Sola, en mi piso de soltera, a las tres de la madrugada del uno de enero, con la perspectiva de vomitar de un momento a otro y un dolor de cabeza que no me da tregua. Buen inicio de año. Sin Leonardo. Y, ahora, también sin Filippo. ¿Qué he hecho para merecer todo esto? Me siento cansada, exhausta; si bien he tomado ya una decisión, el destino se divierte abofeteándome. Quiero lo que no puedo tener.

Sosteniéndome a duras penas sobre las piernas, trastabillo hasta la cocina, en busca de algo que pueda absorber el alcohol que me revuelve el estómago. Encuentro un trozo de pan y me lo meto en la boca sin preguntarme cuánto tiempo puede llevar allí. Luego entro en el cuarto de baño y abro el grifo de la bañera, en la que echo después unas gotas de aceite. Se me va la mano, pero no reacciono. Mientras espero a que se llene la bañera vuelvo al salón y mi mirada se posa en el árbol de Navidad, que aún tiene las luces encendidas. Me siento en el suelo para contemplarlo. En una bola leo uno de los versos que yo misma escribí:

Odio y amo. Me preguntas cómo es posible.
No lo sé, pero siento que es así y me atormento.

Catulo

Estoy a punto de echarme a llorar. El nudo que tengo en la garganta se está deshaciendo. Soy una estúpida sentimental con los ojos enrojecidos, una niña que ha jugado a ser mujer y que solo ha causado problemas.

Me libero del vestido arrugado y de la estúpida ropa interior sexi de encaje rojo, los voy dejando caer en el suelo mientras vuelvo al cuarto de baño. Me sumerjo lentamente en la bañera hundiendo también la cabeza, disolviendo las lágrimas en el agua.

Aquí está la nueva Elena. Sola, confusa y culpable. Víctima y verdugo de sí misma.

14

Las vacaciones se han acabado por fin y yo he dejado a mis espaldas el viejo año agradecida, pero sin añoranza. A pesar de que he iniciado el nuevo de forma catastrófica, debo mirar hacia delante. No he hecho la consabida lista de buenos propósitos, pero me he prometido de nuevo que este será el año de las decisiones valerosas.

Para empezar quiero retomar con energía el trabajo. He realizado algunas entrevistas, pero según parece en Venecia no hay nada interesante por el momento. Así que me puse en contacto con la profesora Borraccini, la directora del Instituto de Restauración con la que aún colaboro, quien me propuso un proyecto en Padua: participar en la restauración de la capilla de los Scrovegni con un equipo que ella misma supervisa. Un trabajo prestigioso para mi carrera, pero debería ir y venir todos los días en tren, así que tengo que pensármelo.

Además me he apuntado a un gimnasio, no sé con qué valor, a decir verdad. El martes tengo pilates, el lunes y el jueves voy al curso de zumba. Obviamente, me va mejor con el pilates, quizá porque no hay mucho que hacer además de estirarse. Si bien no soy muy elástica, al menos logro tocarme las puntas de los pies con los dedos. Sobre la zumba, en cambio, correría un tupido velo. Gaia me convenció y ahora maldigo el día en que acepté. La instructora está loca; además, cuando estoy en la sala no puedo evitar mirarme al espejo y me siento ridícula en medio de la horda de mujeres desenfrenadas que se contonean y se mueven a un ritmo frenético mientras yo las sigo rezagada, al menos a media secuencia de tiempo. Acabo siempre la clase jadeando, pero no puedo por menos que reconocer que al final me siento ligera, cansada en el mejor sentido de la palabra, y que mi torpeza casi me divierte.

En cuanto a la vida sentimental, he de reconocer que la situación está realmente estancada.

Después de la terrible velada de Nochevieja, Filippo no ha vuelto a dar señales de vida. Gaia sigue preguntándome con insistencia por qué nos hemos distanciado y yo eludo siempre la respuesta. Le he dicho que hemos decidido no hablar por un tiempo, pero no le he contado mi *hazaña,* no le he dicho que yo soy la causa de la ruptura. He de reconocer que me comporté de manera imperdonable con él, creo que le dije todas esas cosas porque, de manera inconsciente, quería alejarlo de mí, lograr que me detestase. Lo he conseguido y, ahora, saber que nuestra relación ha terminado me deja un sabor amargo en la boca. Con todo, me acosa la duda de haber perdido una ocasión de ser feliz, pero no puedo evitar que mi corazón vaya ahora en otra dirección.

Así que es inevitable volver a Leonardo. No sé cómo contener el inmenso deseo que tengo de llamarlo, pero resistir es la única forma de recuperarlo. A veces el tiempo que me separa de él me resulta insoportable, pero no pierdo la esperanza: la Navidad queda ya lejos y sé que él no tardará en regresar. Volveremos a estar juntos. Él y yo, aunque no sé muy bien hasta qué punto. Pero, en el fondo, de ciertas cosas es mejor no saber cuál es la medida exacta.

Acabo de volver del gimnasio y me parece estar volando: he eliminado todas las toxinas que tenía en el cuerpo con un entrenamiento que habría dejado por los suelos incluso a Gaia. Esta noche puedo atracarme de comida sin sentirme demasiado culpable. Me estoy preparando unos *tramezzini* de rúcula y *bresaola* —bueno, sí, la carne ha dejado de ser un problema—, de queso *brie* y nueces y de gorgonzola y alcachofas. Dos de cada tipo. Los estoy rellenando hasta lo inverosímil, como hacen en la Toletta, el bar de Venecia que sirve los *tramezzini* más buenos del mundo.

Cuando faltan unos minutos para las ocho suena el telefonillo. ¿Quién será? No espero a nadie. Dejo en el plato el cuchillo manchado de *brie* y, lamiéndome los dedos, voy a la puerta a contestar.

—¿Sí? —pregunto.

—Leonardo. —Una voz firme y poderosa. La suya.

Dios mío, siento un fuerte malestar. Me miro instintivamente en el espejo que cuelga de la pared. Estoy hecha un adefesio: los vaqueros rotos, las zapatillas de lana y la sudadera Adidas descosida que uso para estar por casa. La misma desde la época del instituto. Por lo menos no llevo puesto el pijama de felpa con ositos polares.

—¡¿Leonardo?! —pregunto para cerciorarme de que no estoy soñando.

—Sí. ¿Quieres abrirme?

Espera un momento, tengo que cambiarme. Mejor dicho, un par de horas. Así me restauraré.

—Sube. —Pulso el botón y acto seguido corro al baño a pasarme un poco de polvos compactos por las mejillas. Si Gaia viera el estado de mi pelo diría que es un horror. Pero no tengo tiempo, de manera que me lo recojo en una coleta improvisada.

Está subiendo por la escalera.

No pensaba que llegaría así, sin ni siquiera llamarme por teléfono para avisarme. No estoy preparada. El corazón me estalla en el pecho y las piernas me tiemblan, pero tengo que mostrarme segura, desenvuelta, no quiero que vea que lo he echado de menos, aunque puede que él se lo imagine ya y que sea completamente inútil ocultárselo.

Le abro la puerta tratando de fingir moderado estupor.

—Qué sorpresa…

—La que esperabas —responde él echando por tierra todos mis esfuerzos. Está muy sexi, con una barba de varios días, el pelo revuelto y la tez un poco más oscura de lo habitual.

—Ven —le digo invitándolo a entrar con un ademán de la cabeza y conteniendo a duras penas las ganas de saltarle al cuello.

Da unos cuantos pasos hacia el salón, deja en el suelo una bolsa de color verde caqui y me acaricia la mejilla con un beso distraído, mientras mira alrededor.

—¿Cómo te ha ido sin mí?

—Bien.

—Mentirosa.

Me atrae hacia él y me besa una y otra vez. Se desliza hacia el cuello, con un movimiento brusco me coge la cara con las manos, me empuja contra la encimera de la cocina y me hunde la lengua en la boca. ¿Por qué no se deja aferrar? ¿Por qué no quiere ser mío? Cuánto he añorado estos labios voraces, estos brazos fuertes, este cuerpo con aroma a ámbar y a vida… Pero ¿por qué no puedo tenerlo cuando quiero?

No me contengo y respondo con idéntico deseo.

—¿Comes así? —me pregunta de repente soltándome después de haber visto en la mesa una tabla con una rebanada de pan untada de *brie*.

—Sí. Me encantan los *tramezzini* a la veneciana.

Leonardo sacude la cabeza esbozando una sonrisita desdeñosa. Puede que sea un cocinero de gran clase, pero no permito que nadie subestime mis *tramezzini*.

—Fíate, están buenísimos… —insisto, convencida.

Leonardo se echa a reír, como si acabase de decir un despropósito.

—Veamos si de verdad están *buenísimos* —susurra imitando mi voz. Muerde medio *tramezzino* de *brie* y nueces y lo saborea con parsimonia.

Me siento juzgada, como una concursante de *Masterchef* que está en un tris de ser expulsada del programa, con la única diferencia de que Leonardo, además de ser tan severo como los jueces del concurso, es sumamente sexi, de forma que uno se siente aún más cohibido en su presencia.

Me mira con unos ojos que no prometen nada bueno. A continuación suspira y me rodea la cintura tirando hacia él.

—Muy bien —comenta lamiéndose los labios—, casi, casi te contrato como ayudante.

—Gracias, pero ya tengo un trabajo. Más o menos… —contesto. Me da una palmada en el trasero—. En cualquier caso, si tienes hambre hay más… —digo señalando la tabla.

—De acuerdo —responde. Se quita la cazadora y nos encaminamos al sofá. Se mueve con total desenvoltura; en cambio, a mí me resulta un poco extraño que esté aquí, en mi casa. Es la primera vez. Debió de memorizar la calle el día en que subió el agua…

Sujeta en la mano un *tramezzino* de rúcula y *bresaola,* y yo arranco un pedazo del de gorgonzola y alcachofas. Mastico desganada, de repente se me ha pasado el hambre. Lo deseo.

—¿No te apetece?

—Claro que sí —miento con descaro. De pronto se me ocurre una idea—. ¿Quieres que vaya a por algo de beber? Tengo una botella de Dom Pérignon…

—¿Desde cuándo tienes alcohol en la nevera? Se cuida usted mucho, señora… —comenta asintiendo con la cabeza.

Me levanto del sofá y con la excusa de ir a la cocina me dirijo a toda prisa al baño y me bajo las bragas para comprobar cuál es la situación. Exhalo un suspiro de alivio. Tengo el pecho hinchadísimo, está a punto de venirme la regla, pero sería una lástima que sucediese justo esta noche… Me ajusto la coleta delante del espejo, o al menos lo intento, luego cojo el champán y vuelvo a la sala.

—¡Aquí estoy! —Dejo el Dom Pérignon en la mesita y busco dos copas. Leonardo me sigue con la mirada a la vez que descorcha la botella.

—¿Todo bien? —pregunta mientras le tiendo las copas.

—Sí —contesto mientras me siento de nuevo en el sofá. ¿Se nota tanto que estoy en ascuas? El curso acelerado de disimulo que me he autoimpuesto en las últimas semanas no está dando grandes resultados: no puedo ocultarle las emociones que me suscita.

—¿Por qué brindamos? —pregunto.

—Por nosotros —contesta mirándome a los ojos y haciendo tintinear su copa contra la mía. A continuación se levanta y saca un paquete blanco de su bolsa—. Esto es para ti, directamente de Sicilia —dice.

Un regalo. Esto sí que no me lo esperaba.

—Gracias —murmuro un poco cohibida—. Pero yo no tengo nada para ti…

—Vamos, ábrelo —me ataja Leonardo.

Desenvuelvo el paquete con sumo cuidado. Parece envolver algo blando.

—¿Cómo ha ido el viaje? —le pregunto entretanto. Tiene la mirada perdida en el vacío, puede que me equivoque, pero casi parece melancólico. Algo importante debe de vincularlo a su tierra. Algo que no puedo saber.

Libero la segunda capa de papel y un borde de tela lisa aparece bajo mis dedos. La extiendo apoyándomela en el pecho, como si estuviese desenrollando un póster. Miro hacia abajo para admirarlo. Es un maravilloso abrigo de seda negra con una capucha bordeada de raso.

—Se llama *armuscinu* —me explica Leonardo antes de que pueda hacer ninguna pregunta—. Está hecho a mano. En el pasado las mujeres sicilianas se lo ponían para salir de casa, pero ahora ya no se encuentra tan fácilmente.

—Es precioso —comento pegándomelo al pecho. Debe de ser una rareza. Evoco las imágenes congeladas de las películas de Tornatore: como nunca he estado en Sicilia, son mi única fuente.

—Lo llevaban de dos formas. —Leonardo me lo apoya en los hombros—. Con la capucha bajada, cuando iban a resolver sus asuntos, o con la capucha en la cabeza —me la cubre—, cuando iban a la iglesia o a visitar a personas importantes.

Sonrío. Con este gabán encima me siento una *matrioska*. ¡Bien distinta de Monica Bellucci en *Malena!*

Leonardo me lo pone como si fuera un estilista que prepara a su modelo; luego me admira, divertido también.

—*Assabinidica**, doña Elena. Te sienta de maravilla.

---

* La palabra *assabinidica* es una forma de saludo difusa de la lengua siciliana, equivalente al *ciao* italiano (*N. del E.*).

No sé qué contestar, de manera que hago una pequeña reverencia. Él se acerca a mí y coge un borde del abrigo.

—Pero aún estás mejor sin nada encima.

Me quita el abrigo, luego la sudadera y la camiseta de
algodón. Sopla con delicadeza en mis pechos desnudos y
los pezones se hinchan de inmediato. Se sienta en el sofá,
me obliga a volverme y me acoge en el espacio que hay
entre sus piernas. Dejo que me acaricie con sus manos expertas, siento que sus dedos suben suavemente por mi cuello y luego descienden hasta los costados trazando un sinfín de pequeños círculos a lo largo de la columna vertebral.
Me roza los pechos. Una oleada de estremecimientos sacude mi cuerpo.

—Hueles de maravilla, tu aroma es muy dulce. —Hunde la nariz y la lengua, ardiente, en la cavidad del cuello.
Siento que la sangre sube de temperatura en mis venas. Lo
deseo con locura—. Te he echado de menos, Elena —sigue
susurrándome quedamente.

Me besa en la nuca y se acerca hasta que su pecho, sus
mejillas y su boca se pegan a mi espalda. Reposa unos instantes sobre mi cuerpo. Me vuelvo, no puedo resistir a la
llamada de su boca. Le quito el suéter por la cabeza, me siento a horcajadas sobre él y lo beso hasta que se gira y se echa
encima de mí. Me agarra los muslos con las manos y su boca se sumerge de inmediato en mi cuerpo. Me muerde con
voracidad el sexo a través de los vaqueros. Mis dedos entrelazan su pelo. Gimo, y el placer se expande irrefrenable.

De pronto me levanta y me carga el hombro como si
fuese un saco. Estoy cabeza abajo; agarro los bolsillos de

sus vaqueros para sujetarme, a pesar de que me siento segura entre sus brazos vigorosos.

—¿Adónde me llevas? —pregunto riéndome.

Enfila el pasillo resuelto, como si conociera mi casa desde siempre.

—Quiero ver tu dormitorio. —Empuja la puerta entornada, entra y me tira sobre la cama—. Es acogedor. Me gusta —comenta contemplando el cuarto a la vez que me atormenta un pezón.

El corazón me late desbocado. El deseo me atraviesa como un rayo las entrañas. Leonardo me arranca los vaqueros y las bragas; después empieza a lamer la parte inferior de mi sexo y sube hacia el clítoris. Hiervo. Sus labios, diestros e inagotables, revelan que me desea con un ardor que jamás he sentido en ningún otro hombre.

—Tienes un buen sabor, Elena. A pan caliente. Y dentro a sal.

Su lengua se va adentrando poco a poco, parece insaciable.

Siento que me desvanezco en la nada, como si lo único que percibiese de mí fuese mi sexo sacudido por las convulsiones y los estremecimientos de placer.

De repente se levanta con los ojos enardecidos y los músculos del pecho tensos. Se desnuda a toda prisa y se abalanza sobre mí inmovilizándome las muñecas con las manos. Me penetra impaciente, de golpe, y empieza a moverse con un ritmo rápido, jadeando.

Al igual que una molécula en una transformación alquímica, paso a otra dimensión. Unidos, nuestros cuerpos liberan una energía tan intensa que me desorienta. Parece que nuestra separación no ha hecho sino aumentar el deseo, al punto de que nos hace vivir ahora algo turbador, desconcertante y violento.

Leonardo me obliga a volverme. Lo obedezco aferrándome al cabecero de la cama. Gimo y me muevo para acompañarlo mientras siento sus manos en mis costados y su sexo en el mío. El ritmo es agotador, pero logro seguirlo.

—Eres mía, Elena —me dice al tiempo que me acaricia las nalgas. Sigue empujando, lo suficiente para hacerme volar.

Grito sin poder evitarlo, mientras el cabecero golpea contra la pared. Me estoy precipitando en la vorágine del orgasmo, siento temblar todos los músculos de mi cuerpo, la sangre me sube hasta los dientes y la cabeza me da vueltas. Leonardo me secunda sujetándome con fuerza hasta que los dos nos desplomamos sobre las sábanas y él me aprisiona entre sus brazos.

Permanezco unos segundos acurrucada contra su pecho, admirando su cuerpo y aspirando su embriagador aroma. Me siento totalmente perdida en él, y por él.

—Clelia nos habrá oído… —murmuro.

—¿Quién es Clelia?

—Mi vecina. —He hecho más ruido que sus gatas cuando están en celo, pienso sonriendo.

—No sé qué dirá Clelia, pero es fantástico sentirte gozar. —Me pasa un dedo por la nariz mientras me mira complacido.

No hagas eso, me entran ganas de mimarte… y no puedo ceder a la ternura. Deslizo los dedos por el vello que le cubre el pecho.

—¿Te apetece un baño caliente? —le pregunto.

—¿Por qué no?

Hago ademán de moverme, pero él me lo impide.

—Quédate aquí, yo llenaré la bañera. —Se levanta y mis ojos acarician su cuerpo escultural. Me gusta que tome la iniciativa. Me gusta que esté aquí. Me gusta todo de él. Exceptuando el hecho de que nunca será mío.

Sigo hundida en un estado de dulce torpor cuando Leonardo entra de nuevo en el dormitorio con aire malicioso y divertido.

—¿Y esto?

¡Dios mío, el vibrador! Lo ha encontrado en el armarito donde guardo el gel de baño. ¡Nooo! La vergüenza que siento es tal que daría lo que fuese por desaparecer bajo las sábanas.

—Me lo regaló Gaia. Por Navidad —digo para justificarme.

Leonardo cabecea riéndose.

—¿Y lo has usado ya?

Se acerca a la cama. En sus manos, ese objeto frío resulta tremendamente erótico.

—La verdad es que no.

—¿Por qué no?

—No lo sé, creo que no me gustaría.

—¿Crees? —Su mirada es elocuente, mientras se echa a mi lado en la cama.

Aún debo recuperarme del orgasmo de antes. ¡Este hombre me va a matar! Me acaricia entre las piernas deslizándose arriba y abajo con los dedos como si tuviese que encender y apagar un interruptor. Mi nido se abre de nuevo, aún no se siente saciado, y de repente siento que algo que tiene la consistencia del cristal me llena. Liso y gélido, resbala a toda prisa arrancándome un gemido.

Leonardo lo empuja hasta el fondo. Lo saca y lo mete, después lo hace vibrar. Es una sensación nueva, arrolladora y excitante, como todo lo que hago con él. Abro los ojos y lo miro. Brilla con el reflejo de la lámpara. La vista del objeto inanimado dentro de mi cuerpo, vivo, es enajenante, pero, no sé por qué, me gusta.

Leonardo lo saca y me lo tiende.

—Sigue tú, Elena —me dice al tiempo que se coge el sexo entre las manos—. Quiero mirarte mientras lo haces. —Sus ojos vuelven a estar cargados de deseo.

Obedezco hipnotizada, no tengo fuerzas para oponerme. El cristal me regala un placer lascivo, que la mirada de Leonardo contribuye a amplificar. Pierdo la conciencia, me siento inerme: mi cabeza es un remolino, mis manos desfallecen. Leonardo me mira unos segundos más, luego me quita el juguete, me coge por las caderas y me penetra empujando vigorosamente. Gimo más fuerte que antes.

—Esto te gusta más, ¿verdad? —me susurra.

Mis labios emiten un gemido elocuente.

Sale de mi cuerpo y me lleva en brazos al cuarto de baño. El agua ha llegado al borde de la bañera. Se inclina para cerrar el grifo y echa dentro una bola efervescente de pachuli que se disuelve en una miríada de burbujas perfumadas. Grande, Leonardo. Siempre adivinas lo que me gusta.

Exhalo un hondo suspiro y me meto en la bañera deslizándome bajo la espuma. Él me devora con una mirada carnal y se sienta delante de mí haciendo rebosar el agua. La bañera es pequeña, facilita el contacto, nuestras piernas se entrelazan.

Sus ojos brillan anhelantes mientras se acerca a mi cara para besarme. Me la coge con las manos y se adueña de mi boca.

—Ven aquí —gruñe obligándome a ponerme a horcajadas sobre él. Acaricia el minúsculo lunar que tengo bajo el seno y me dice sonriendo—: Cada vez que pienso en ti pienso también en él.

Ahora lo siento. Se vuelve a adentrar en el incendio húmedo que arde en mis entrañas. Me siento poco a poco sobre él y cuando lo hundo en mi cuerpo para llenarme por completo arqueo la espalda y lanzo un gemido. Le cojo la cabeza y la aprieto contra mi pecho ofreciéndole mis pezones duros. Quiero sentir su boca en mi cuerpo y quiero que sienta cuánto lo deseo.

Nos movemos al unísono en el espacio restringido de la bañera, la piel está mojada y resbaladiza, los ojos empañados de placer, las bocas ávidas de pasión. Y el agua rebosa a nuestro alrededor.

Un nuevo orgasmo se propaga dentro de mí devorándome el alma y el cuerpo. Me siento avasallada por mis sensaciones y noto que él también está perdiendo el control. Nos corremos a la vez besándonos en la boca.

Soy suya. Y él es mío, al menos por esta noche.

El cuarto de baño está lleno de vapor. El agua se va tornando de nuevo transparente, poco a poco, después de que la espuma se haya dispersado. Seguimos sumergidos un rato más, yo tumbada boca arriba, encastrada entre sus piernas, que parecen una mullida cuna.

—Has cambiado, Elena, ¿lo sabes? —me dice mientras juguetea con mi pelo.

—¿Qué quieres decir?

—Haces el amor de manera distinta. Eres más libre, más sensual.

—Tú me has cambiado.

—Puede ser. En parte. En realidad me he limitado a liberar lo que llevabas dentro.

Es un cumplido inesperado que me llena de orgullo y de ternura. Al no saber bien qué hacer, me refugio en el sarcasmo:

—¿Eso significa que me aprobará en junio, profe?

Por toda respuesta me hunde en el agua empujándome la cabeza con una mano. Emerjo gritando, me abalanzo sobre él y le muerdo un brazo. Nos reímos.

Leonardo me levanta un poco y me pasa la esponja por la espalda dándome un masaje. Cuando quiere sabe ser enormemente dulce. Cierro los ojos y me relajo, acariciada por sus manos y por el sonido de las gotas que caen lentas en el agua.

—¿Te quedas a dormir? —Las palabras salen espontáneas de mi boca, sin que pueda frenarlas. Temo haber cometido un grave error. No se debe preguntar esas cosas a un tipo como él.

—Sí. —Abro desmesuradamente los ojos. No me esperaba esa respuesta. Lo usual es que los amantes no se queden a dormir. Me vuelvo para mirarlo y asegurarme de que habla en serio—. Para mí no es un problema, siempre y cuando no lo sea para ti. —Tomo nota. Lo que vale en general no vale cuando se trata de Leonardo.

Lo beso con pasión, como quizá nunca he besado hasta ahora, como si fuese mi hombre y yo su mujer y un pacto maldito no nos hubiese unido y separado.

No debo enamorarme, lo sé. Pero tampoco quiero desperdiciar estos instantes de felicidad ensombreciéndolos con pensamientos inútiles. Quiero vivirlo. Ahora.

Nos metemos en la cama, perfumados y caldeados por el largo baño. Leonardo está aquí, *en mi cama,* y está aquí por mí. Lo abrazo bajo las sábanas, feliz de saber que mañana por la mañana aún lo tendré a mi lado.

No nos dormimos enseguida, durante un rato damos vueltas en la cama, buscándonos, besándonos insaciables, abrazándonos estrechamente, como si quisiéramos arrebatarnos todo de nuestros cuerpos, incluso la respiración. Después me deslizo sin interrupción desde ese estado de duermevela a un sueño profundo.

A las seis y cuarenta y cinco el molesto timbre del teléfono me sacude del merecido reposo. Abro los ojos y lo cojo mientras recupero la conciencia: ¡coño, la entrevista con Borraccini! Tengo que estar en Padua dentro de dos horas. Le pedí a mi madre que me llamara para estar segura de despertarme, como hago siempre que debo despertarme muy pronto.

Respondo en voz baja tratando de que Leonardo no me oiga.

—Hola, mamá —murmuro con la voz pastosa por el sueño. Me encamino de puntillas hacia el salón.

—Pero ¿por qué hablas tan bajo? —inquiere mi madre.

—Puede que falle la cobertura. —Olvido que estoy hablando por el teléfono fijo y no por el móvil, pero, por suerte, a mi madre se le escapan ciertos detalles.

—Entonces, ¿estás despierta? ¿A qué hora tienes el tren?

No lo sé, mamá. Ni siquiera sé en qué mundo estoy.

—A las ocho —respondo sin demasiada certeza.

—¿Llegarás a tiempo?

—Sí, voy bien con la hora. —O al menos eso espero.

—Por favor, sé tú misma y haz todo lo que puedas, como siempre… ¡Suerte, cariño!

—Gracias, adiós.

Vuelvo a la habitación, los pies descalzos sobre el suelo frío y los escalofríos matutinos que afloran como agujas en la piel aún caliente. Me pongo un suéter de lana enorme.

Leonardo abre los ojos unos segundos y vuelve a cerrarlos de inmediato, le molesta el rayo de sol que se filtra por la ventana.

—¿Ha sonado el teléfono? ¿Qué hora es? —pregunta emergiendo del sueño. Su aspecto no es de los mejores, pero no por ello ha perdido un ápice de su atractivo. Yo, en cambio, debo de estar hecha un adefesio, mi pelo es una maraña y tengo bolsas bajo los ojos.

—Es pronto, pero debo marcharme. Tengo una cita de trabajo. Tú duerme tranquilo. —En cuanto acabo de decirlo siento una punzada en el estómago, caigo en la cuenta de que hace unos meses viví una situación similar con Filippo. Solo que ahora las partes se han invertido.

Borro de inmediato de mi mente este desagradable pensamiento y, mientras Leonardo sigue dormitando, abro una puerta del armario. Elijo a toda prisa la ropa y con ella en la mano me dirijo sigilosamente al baño. Camisa blanca y ceñida de Hermès, pantalones pitillo negros, chaqueta gris antracita y botines negros de poco tacón. Me cubro las ojeras con el corrector, me pongo un poco de colorete y de brillo y me recojo dos mechones de pelo en la nuca: una apariencia perfecta de buena chica. Te felicito, Elena. Pese a que ahora ya casi no recuerdas lo que es…

Cuando entro de nuevo en el dormitorio para coger el bolso y el abrigo veo que Leonardo me está mirando fijamente desde la cama con los brazos cruzados detrás de la cabeza y los ojos bien abiertos.

—No sé a qué hora vuelvo —le digo acercándome a él—, pero puedes quedarte todo el tiempo que quieras.

—Yo también tengo que irme enseguida —masculla con la voz un poco áspera. Me coge una mano y me obliga a sentarme en la cama.

—Da un golpe cuando cierres la puerta, así saltará la cerradura sola —prosigo.

—¿Siempre estás tan guapa por la mañana? —pregunta sin escucharme y atrayéndome hacia sus labios.

Se los mancho con el brillo. Verlo así me divierte, nunca lo he considerado desde esta perspectiva.

—Adiós —le susurro al oído. Salgo a toda prisa procurando no tropezar o chocar con algo, como tengo por costumbre.

—Adiós —repite él—. Que tengas un buen día.

Regreso de Padua a eso de la una y media. Aún no sé si aceptaré el trabajo que me han propuesto, pero me siento feliz y con ánimo de sonreír al mundo entero. Todos se han dado cuenta, incluso la arpía de Borraccini, quien, al verme llegar esta mañana, me ha dirigido un saludo de lo más caluroso:

—Buenos días, Elena. Tiene un aspecto estupendo.

Es evidente que hacer el amor con Leonardo produce ese efecto, es mucho mejor que una crema nutritiva o que cualquier vitamina.

Camino hacia casa apretando el paso, estoy llena de esperanzas, proyecto en mi mente una bonita película romántica cuyo protagonista es él. Subo los peldaños de dos en dos y evito la mirada de Clelia cuando coincidimos en el rellano; abro lentamente la puerta y miro alrededor. No hay el menor rastro de Leonardo.

Entro en el dormitorio. Daría lo que fuese por encontrármelo tumbado en la cama esperándome, tal y como lo dejé esta mañana. Aún lo deseo, anhelo su piel, su olor, su fuerza. Tampoco está aquí, pero su aroma sigue flotando en la habitación. Ha hecho la cama primorosamente y ha dejado encima el gabán de seda. En la almohada hay una nota doblada.

La abro y leo:

Si el buen día no refleja la mañana sino la noche preceden-
te, este será uno magnífico. Hasta pronto.

Leo

Me dejo caer en la cama y me apoyo el mensaje sobre
el corazón. Miro al techo, sonrío y pienso que es cierto: el
día es espléndido.

15

Hace días que Venecia ha enloquecido por el Carnaval. Los talleres de los artesanos y las sastrerías están en plena efervescencia y la ciudad ha sido invadida por un sinfín de puestos que venden máscaras, gorros y pelucas de todas las formas y colores. Han llegado hordas de turistas procedentes de todo el mundo. Cuando esa multitud está en circulación, moverse por las calles o desplazarse en *vaporetto* resulta increíblemente lento y difícil. Hay que armarse de paciencia y resignarse a la idea de que, sea cual sea tu destino, llegarás tarde aunque hayas salido con mucha antelación.

Es martes de Carnaval y estoy yendo a casa de Leonardo. Últimamente he vuelto a menudo al palacio y cada vez me gusta más ver de nuevo el fresco, que me recibe como si yo fuera una cara conocida. Entre Leonardo y yo se ha instalado una especie de rutina, una serie de pequeños hábitos que nos unen sin vincularnos. Sus mensajes, por ejemplo, me llegan de cuando en cuando para marcar el ritmo de nuestros encuentros, como una suerte de llamada al placer. «Ven a mi casa a eso de las cinco», me dijo ayer. «Ponte un vestido elegante y un abrigo. Vamos a una fiesta privada».

La última vez que me disfracé tenía doce años: iba vestida de Pierrot, con la cara maquillada y la inseguridad de una niña que ha dejado de serlo, pero que aún no se ha convertido en mujer. Sentía cierta vergüenza, embutida en una ropa que no era mía, y recuerdo que solo empecé a divertirme de verdad cuando me olvidé del disfraz.

Para esta velada, en cambio, me he puesto un vestido largo de seda azul oscuro y me he echado por los hombros el *armuscinu* de Leonardo. No veo la hora de sumergirme con él en la atmósfera carnavalesca, tan embriagadora y preñada de promesas. Se dice que en las fiestas privadas que se celebran en algunos palacios de Venecia durante el Carnaval sucede de todo. Yo nunca he asistido a una, y si por un lado siento un leve temor, el hecho de ir con él me tranquiliza.

Saludo al fresco y subo a la habitación de Leonardo. Está acabando de arreglarse. Lo miro apoyada en la jamba de la puerta. Se ha puesto un esmoquin negro brillante, elegantísimo, y encima un gabán de seda de color verde oscuro, muy parecido al mío. El conjunto le da un toque especial a su belleza tenebrosa.

Se acerca a mí y me saluda con un beso.

—Estás perfecta —me dice admirándome—, pero te falta algo. —Saca del armario una maravillosa máscara de estilo Colombina y me la apoya en la cara.

—Es estupenda —comento mientras me miro en el espejo. Me tapa la frente y buena parte de las mejillas, dejando solo fuera la boca.

—La compré en Nicolao. Ex profeso para ti.

No oso pensar cuánto le habrá costado. Es una auténtica máscara veneciana de papel maché, hecha a mano y revestida de un precioso terciopelo blanco, adornado con bordados y arabescos. A un lado, a la altura de la sien izquierda, hay pegadas una rosa de seda blanca y una delicada pluma plateada.

Leonardo me la ata en la nuca y se pone otra. La suya es completamente blanca y sin adornos, el estilo *baùta* del siglo XVIII. Le tapa la parte superior de la cara hasta la boca.

Hemos dejado atrás nuestra antigua identidad y nos disponemos a salir al mundo amparados en nuestros nuevos rostros.

La noche es gris y húmeda y es probable que llueva, pero no necesitamos el sol. En mi interior reina una alegría tenaz y ni siquiera me importa que se me rice el pelo. Rodeados por la multitud atravesamos la ciudad en fiesta y nos perdemos en un baile de música, colores, plumas, velos, cascabeles y algazara. Los estudiantes de la Academia de Bellas Artes han improvisado varios puestos de maquillaje artístico y se divierten transformando los rostros de la gente con todo tipo de pinceladas y cascadas de polvos iridiscentes. El caos y una euforia explosiva reinan por doquier.

Paramos en un quiosco para comprar un buñuelo de calabaza. Los buñuelos venecianos saben a gloria, es un dulce que nunca cansa y que va directamente de la boca al corazón. Caminamos sin rumbo fijo, dejándonos arrastrar por la animada corriente o siguiendo sin más la inspiración del momento.

Al llegar a la plaza de San Marcos tropezamos con la procesión de las Marie. Como todos los años, en las semanas previas a Carnaval tiene lugar una especie de selección entre las bellezas locales para elegir a las doce Marie que exhibirán después sus encantos en la procesión de martes de Carnaval. Dentro de pocas horas se producirá la proclamación de la ganadora, la «Maria del año», a la que se asignará un sustancioso premio pecuniario. Las venecianas luchan encarnizadamente para entrar en la selección. Hasta el año pasado Gaia competía también: gracias a su nutrida red de contactos encontraba siempre la manera de formar parte del ramillete de las doce finalistas, pero nunca ganó, quizá porque el presidente del jurado prefiere las morenas. Una humillación terrible, a la que se añadió luego el hecho de tener que desistir por haber superado el límite de edad. Por suerte, la torpeza que me distingue se concilia mal incluso con la mera idea de un concurso de belleza y mi carácter inseguro me mantiene alejada de cualquier forma de competición.

Bordeando el puente de los Suspiros desembocamos en una calle apartada y al poco nos detenemos frente a la entrada del palacio Soranzo.

—¿La fiesta es aquí? —pregunto al tiempo que me ajusto la máscara a los ojos.

—Sí —contesta Leonardo esbozando una sonrisa satánica.

Un mayordomo un tanto sui géneris, vestido de médico de la peste y oculto tras una máscara con una larga nariz, similar al pico de una cigüeña, nos abre la puerta y nos invita a entrar, a la vez que nos echa confetis de papel plateado. Tengo la impresión de estar pasando a otra dimensión, hasta los confetis son diferentes de los que se ven en la calle.

Cruzamos el jardín, pasamos por debajo del cenador. La hiedra, con sus hojas anchas, se ha adueñado de la pared al mismo tiempo que se iba tiñendo de amarillo y rojo. Algunos enmascarados están de pie en los márgenes del patio, otros juegan al escondite entre las estatuas cubiertas de musgo, riéndose y persiguiéndose alrededor de una fuente con angelitos. El ambiente es mágico, hechizante, seductor.

Cuando entramos en el palacio nos envuelve de inmediato una atmósfera de lujuria feroz que, sin embargo, entre estas paredes parece la condición más natural del mundo. La mayoría de los presentes lleva máscara y emana una fuerte excitación. Hombres que besan a otros hombres disfrazados de mujeres, jóvenes que muestran sin el menor pudor el pecho y las nalgas, invitados que bailan sobre las mesas y sobre los sofás de terciopelo, amantes que se refugian en los rincones oscuros, bocas que apuran botellas de vino, lenguas que se buscan, manos que exploran. Es Carnaval: no existen frenos, límites, y lo único lícito es trasgredir. Me pregunto si sabré estar a la altura de las circunstancias. Me siento poco menos que una intrusa, si bien —lo reconozco— este clima de total desinhibición me seduce.

Embrujados por el ambiente, atravesamos varias estancias hasta que llegamos al salón central. En una tarima iluminada por unas luces psicodélicas está la consola del DJ. Lo reconozco. Es Tommaso Vianello, que responde al nombre artístico de Tommy Vee. Íbamos juntos a pie al instituto —yo estaba en el primer curso, él en cuarto— y me gustaba a rabiar, pero jamás tuve el valor de confesárselo. Lo saludo con un ademán de la mano, él me contesta guiñándome un ojo, si bien dudo que me haya reconocido bajo la máscara. Ataca con su pieza fuerte, el *Rondó veneciano* en versión remix. El tipo de música que le va a Gaia, aunque he de reconocer que a mí también me gusta: es irresistible, el ritmo se apodera de ti y no puedes dejar de moverte.

En el centro del salón un grupo reducido de jóvenes vestidas con ropa ligera se desata en un baile sensual que llama la atención de los invitados. Alrededor de ellas se forma enseguida un corro y todos nos convertimos en espectadores del número improvisado. Leonardo me rodea la cintura por detrás y, tras quitarse la máscara, apoya su cara en la mía y me obliga a moverme entre sus brazos al ritmo de la música. No logro dejar de mirar a las jóvenes, estoy fascinada, parecen seguir una auténtica coreografía. Una, en especial, destaca sobre las demás, no puedo por menos que fijarme en ella. Es un híbrido delicioso entre ángel y criada, una moderna Salomé con un cuerpo descaradamente perfecto. Luce un vestido cortísimo y medio transparente de gasa blanca, lleva el pelo rubio recogido en la nuca y entre los mechones se entrevé una cadenita de cristales que se cierra con una gota en la frente. Da vueltas ligera y elegante, se pone de puntillas. Todo en ella es grácil, libre, sus movimientos hechizan y subyugan a los que la contemplan.

De repente se quita la máscara y deja a la vista dos ojos verdes espectaculares que el maquillaje, sumamente llamativo, no hace sino resaltar. Las miradas de todos los presentes la persiguen. El resto de jóvenes se coloca en semicírculo alrededor de ella dejándola en el centro de la escena. Salomé es intrépida, se deja llevar por su cuerpo sin ningún temor, sigue la música desafiándola. Cuando pasa por delante de nosotros me mira a los ojos y guiña uno a Leonardo. Me vuelvo y veo que él está sonriendo. No siento celos. Es tan hermosa que yo tampoco puedo por menos que sonreír.

—¿La conoces? —le pregunto.

—Se llama Claudia —dice en tono neutro, carente de malicia—. La he visto en el restaurante alguna vez.

Querría saber más detalles, pero Leonardo no me deja hablar y apunta de nuevo a la joven para que la mire. Claudia se ha acercado a una estatua masculina que está en un rincón de la sala y, como si fuera un hombre de carne y hueso, empieza a seducirlo moviendo la pelvis con auténtico virtuosismo. Después se agarra al cuello de la estatua y, dándose impulso con la punta de los pies, se sienta con elegancia en uno de sus hombros, como si fuera una reina en su trono.

La música se detiene y del público se eleva un fuerte aplauso seguido de un gran vocerío. Salomé baja por la espalda del moro, hace dos piruetas y regala una reverencia a los presentes. Un Arlequín le acaricia la cara con una rosa roja. Magnífica, la joven muerde el tallo y se aleja risueña.

Dios mío, esa mujer ejerce una fascinación irresistible, incluso sobre mí. No alcanzo a imaginar lo que pensarán los hombres. Me siento extasiada, no logro quitarle los ojos de encima. Se está aproximando a nosotros, sonriendo a Leonardo.

—Bienvenido, Leo —le dice con una sonrisa cautivadora rozándole una mejilla con los labios. Todavía jadea y unas pequeñas gotas de sudor le perlan la piel. Se vuelve hacia mí—. Bienvenida tú también… ¿Quién eres? —La diosa se ha percatado de mi existencia.

—Elena, encantada —le contesto estrechándole la mano.

—Espero que os guste la velada…—Me está examinando. Sus ojos relucen de una manera extraña.

—Por supuesto —me apresuro a contestar un poco desorientada—. Verte bailar antes…, estabas espléndida…, mejor dicho, *eres* espléndida.

—Gracias. —Está acostumbrada a los cumplidos. Me levanta la máscara y me observa intrigada—. Si la que lo dice es una mujer como tú, el placer es aún mayor. —Sus palabras me provocan una conmoción inusual que no sé descifrar—. Tenemos los mismos gustos, Leo. Y no solo en la comida —prosigue, guiñando un ojo.

Creo que no he entendido bien lo que ha querido decir, pero veo que Leonardo le sonríe. Él, en cambio, parece haberlo comprendido a la perfección.

—Elena y yo tenemos algo para fumar. Puedes unirte a nosotros si te apetece.

¿Elena y yo? ¿Fumar? No entiendo una palabra de lo que está diciendo, de manera que lo miro asombrada, pero él me ignora.

—Aún me queda una cosa por hacer —responde Claudia, que parece tentada—, pero os buscaré después. No desaparezcáis… —Y tras regalarnos una última pícara sonrisa se pierde en la multitud.

Me vuelvo hacia Leonardo en busca de una explicación.

—¿Es una de tus amantes? —le pregunto a bocajarro.

Arquea una ceja y me mira divertido.

—No, al menos hasta esta noche…

—¿Qué intenciones tienes? —digo alarmada.

—Satisfacer tus fantasías, como siempre —responde con el aire dócil de un tigre enjaulado—. He visto cómo la mirabas antes.

—¿Y cómo la miraba?

—Como me miras a mí.

Enrojezco.

—Porque es guapísima, ¿no? Supongo que tú también lo habrás notado, ¿me equivoco? —digo como si pretendiese justificarme.

—¿Has besado alguna vez a una mujer? —Sus ojos me traspasan como si fueran unas agujas sutiles.

—La verdad es que no.

—¿Y nunca te ha apetecido hacerlo? —Me está retando.

—No...

—Al menos hasta esta noche —concluye por mí.

—Ya basta —le digo apuntándolo con un dedo—, para ya.

Él suelta una sonora carcajada, indiferente a mis amenazas, me coge de la mano y me lleva al bar, donde pide dos copas de champán. Me bebo la mía pensando en esa mujer que, si he de ser franca, ha conseguido turbarme. Luego miro a Leonardo y me pregunto si de verdad tendrá la intención de arrojarme a sus brazos. No, nunca le permitiré que haga algo así, me digo. Con todo, la euforia que nos rodea es contagiosa, te hace pensar que, al menos por esta noche, todo puede ocurrir.

Vagamos durante un rato por el palacio y entramos en un saloncito que está en penumbra. Varias personas, a todas luces bebidas, discuten acaloradas por un tema que no logro adivinar. Sus voces se suceden, superpuestas a la música que lo envuelve todo, de forma que no se dan cuenta de que nos hemos sentado en el sofá que hay a sus espaldas. Nos quitamos las máscaras, Leonardo saca un porro del bolsillo y lo enciende. Una espiral de humo de olor un tanto áspero me hace cosquillas en la nariz. Huele a heno quemado. Leonardo da una calada y me lo pasa. Lo miro titubeante, nunca he fumado, ni siquiera un cigarrillo, ya no digamos un porro…

—Vamos, da una calada pequeña, inspiras y después echas el aire.

Está bien, lo probaré. Como era de esperar, el primer intento es un verdadero desastre: el humo me tropieza en la garganta y me alcanza los pulmones como una cuchillada. La tos me hace abrir los ojos bajo la mirada burlona de Leonardo. Pruebo otra vez y va mejor. A la tercera me he convertido en toda una profesional. Cierro los ojos y me llevo el porro a los labios a la vez que aspiro poco a poco. Retengo el humo durante unos segundos saboreando el gusto prohibido, lo exhalo y una nube densa se desvanece ante mi cara. Me gusta el olor, estoy mareada y siento que me flaquean los músculos. Me apoyo en el respaldo y me abandono a la dulce sensación de torpor. Después le paso el canuto a Leonardo. Tras cogerlo con el dedo corazón y el anular, cierra las manos en un puño y aspira con fuerza. El mundo que me rodea parece distante, siento la cabeza ligera y supongo que debo de tener una sonrisa de beatitud impresa en los labios. Estoy perdiendo el contacto con la realidad. Y me gusta. Repentinamente, el rostro de Claudia aparece a mi lado.

—Hola —le digo un poco sorprendida.

—Hola —contesta dulcemente a la vez que coge el porro que Leonardo le está tendiendo bajo mi nariz. Veo que los labios de Claudia rodean el filtro y se entreabren para dejar salir una sutil estela de humo. Son carnosos, me gustaría sentirlos.

—A juzgar por el efecto que te produce la hierba, debe de ser buena. —Me aparta un mechón de pelo y me lo pone detrás de la oreja.

—Bueno, es la primera vez que fumo…, no sé, pero la verdad es que me encanta —le contesto sintiendo que cualquier posible resistencia o pudor abandonan mi cuerpo.

Claudia mira a Leonardo divertida.

—Tu amiga es un encanto. —Luego nos escruta a los dos—. Sois tan guapos que si tuviera que elegir entre los dos no sabría qué hacer.

—Pero no tienes que elegir… —le contesta él sin más.

Antes de que comprenda el sentido de su respuesta siento que unos labios se posan en mi cuello. Y no son los de Leonardo. Con todo, son igualmente suaves y sensuales, y no siento la necesidad de apartarme de ellos ni por un momento. Sé que va a ocurrir algo, que voy a verme arrastrada por una nueva oleada, y no tengo la menor intención de pararla. Me vuelvo hacia Claudia y veo que me mira lánguidamente. Aspira una bocanada de humo y a continuación me sopla en la boca pegando sus labios a los míos. El humo llega hasta el fondo y se dispersa en alguna parte de mi cuerpo. Lo que queda es su boca pequeña y carnosa, y su lengua, que oprime la mía. Me gusta que me bese así, las sensaciones que experimento son distintas, y cuando Leonardo me abraza por detrás comprendo que es uno de sus regalos. Y es natural, como todo lo que he hecho con él y que jamás pensé que podría llegar a hacer.

Claudia me deja y se aproxima a Leonardo. Se besan con voracidad delante de mí, pero, no sé por qué, no siento celos. Su excitación me atrae. Todo lo que antes tenía sentido —las palabras, los pensamientos, los principios— parece haberlo perdido.

—¿Os apetece ir a un sitio más tranquilo? —propone ella.

Sin aguardar la respuesta se levanta del sofá y me coge una mano. Busco de inmediato la mirada de Leonardo, que me toma la otra. Nos sonreímos con complicidad y seguimos a Claudia. Soy totalmente dueña de mí misma, consciente de lo que va a suceder.

Subimos al piso de arriba y vemos un pasillo largo, tenuemente iluminado, al que dan varias puertas. Claudia sabe adónde va. De hecho, abre una para dejarnos entrar.

La habitación está envuelta en la penumbra, los contornos de las cosas se confunden, como las emociones que se agitan en este momento en mi interior. En el centro hay una cama con dosel, y en un rincón un gran cirio negro con forma de pirámide arde en un candelabro difundiendo en el aire un aroma a incienso. Claudia se vuelve hacia nosotros. Es magnífica, parece una estatua de mármol de la Grecia clásica. Tocándome levemente el cuello se acerca a Leonardo y nos invita a besarnos. Mientras tanto, me acaricia un hombro y empieza a bajar lentamente hacia el pecho. Su mano se desliza ligera por mi piel. Es *diferente*, cálida, delicada. Me aparto de Leonardo y la miro. Sus ojos verdes me subyugan, me atraen como imanes. Una llama se ha encendido de improviso dentro de mí y está deshaciendo todos mis frenos inhibitorios. Mi boca, descontrolada, se posa con timidez en la de Claudia. Nuestros labios se mezclan, húmedos, nuestras lenguas se entrelazan, al mismo tiempo que las manos vigorosas de Leonardo resbalan por nuestros cuerpos ardientes.

Estoy besando a una mujer.

A una desconocida.

Y mi hombre la está tocando también, aquí, conmigo.

No queda ni rastro de la Elena de antaño, no en este instante.

Claudia se separa de repente. Sin soltarme la mano besa a Leonardo. Luego vuelve a mí. Las salivas de los dos se confunden en mi boca sedienta. Leonardo le acaricia el pecho, le desabrocha con las manos los botones que cierran su vestido por delante. El cuerpo de Claudia es liso, sutil, precioso: se descubre poco a poco concediéndose a nuestras miradas. Él la desviste y ella me desviste a mí. Luego las dos desvestimos a Leonardo.

Estamos desnudos los tres. La visión de sus dos cuerpos, tan distintos, tan cercanos a mí, tan vivos, me excita. Del salón de abajo nos llegan amortiguados los gritos y la música; en esta habitación solo se oyen nuestras respiraciones. Nos echamos en la cama apartando las colchas adamascadas. Tres amantes, tres deseos reunidos. Con la única intención de gozar.

Claudia se acerca a mí y me incita a atreverme: su cuerpo me pide que me abandone, que sea suya. Sus piernas, cálidas y dominantes, se abren delante de mí, su carne se pega a la mía. Está mojada. Me lame el pecho mientras frota su sexo contra el mío. Leonardo se tumba a mi lado y me besa. Cambiamos de posición. Me echo sobre ella, no resisto el deseo de saborear sus pechos. Entretanto las manos de Leonardo se abren espacio y entran suavemente en mí. Su mirada, grave y maliciosa, quiere saber si voy a ser capaz de gozar. Si sabré jugar. Sus manos me abandonan para dejar sitio a las de Claudia, que me acarician expertas, como si me conocieran. Leonardo me coge una mano y la mete entre las piernas de ella. Me encuentro en una ranura tibia y resbaladiza, atrayente. Vacilante, hundo los dedos en el sexo mojado y lo exploro. Mis músculos se relajan, mi mente se libera y, por fin, la poseo y dejo que me posean.

Es la primera vez. Es mi noche. Si bien es Leonardo el que guía nuestros movimientos, el que dosifica nuestro placer. Antes de que podamos llegar al clímax, jadeantes y sudadas, nos separa y nos besa por turnos en el pecho. Después obliga a Claudia a besarme el mío mientras él la penetra por detrás. A medida que el placer aumenta, sus labios aprietan el pezón con mayor fuerza. Claudia se corre sobre mí hundiendo la cara entre mis senos, mientras yo la estrecho entre mis brazos, disfrutando de su orgasmo. Mi mirada se cruza con la de Leonardo, que es lasciva y despótica.

Claudia se separa de mi pecho. El rubor que ha encendido sus mejillas y el resplandor que tienen ahora sus ojos la embellecen. Se deja caer sobre la cama satisfecha, aunque sin dejar de buscar nuestras manos.

—Ahora os toca a vosotros —dice mirándonos.

Moviéndose delicadamente, me pone dos almohadas bajo la cabeza y acto seguido arranca dos tiras de tela de su vestido y me ata al cabecero de hierro forjado. Leonardo la deja hacer, complacido.

Se acerca con sutileza, me seduce, me desea. Su manera de observarme hace que me sienta una diosa mientras resbala entre mis piernas. Mi vientre se prepara para un placer desgarrador, catastrófico. Elena ya no existe, de ella solo quedan mis sentidos, la lengua y las manos de Claudia y las de Leonardo. Soy un cuerpo que recibe, soy una piel que habla y escucha.

Con la mirada le pido a Leonardo que me deje lamer su pene, que ahora resplandece, hinchado de placer, y él me lo mete en la boca.

Claudia me sigue lamiendo hasta que, por fin, se aparta y hace sitio a Leonardo para que me colme con su sexo, tenso, y su habitual vigor. Nuestros cuerpos hambrientos se confunden, se buscan y se poseen incitados por la mirada lujuriosa de Claudia, que me besa y hace resbalar las manos por mi pecho hasta alcanzar mi sexo, donde Leonardo sigue empujando. Nos acaricia a los dos gozando de nosotros y por nosotros, y su placer amplifica desmesuradamente el nuestro.

El orgasmo no tarda en llegar y se desborda como un río en crecida, me sale por los ojos, me colorea los labios, me incendia la garganta. Es nuevo oxígeno para mis pulmones, nueva linfa para mis venas, nueva emoción. Y Leonardo está conmigo, extasiado como yo, rendido como yo a la maraña de cuerpos que somos ahora.

Nos echamos en la cama y nos abrazamos de nuevo, cómplices, exhaustos.

Al salir del palacio me siento desorientada, tengo la sensación de haber perdido los puntos de referencia y me cuesta un poco reconocer el mundo exterior. Nos despedimos de Claudia, nuestra compañera de viaje por una noche, sin sentir turbación, solo una agradable sensación de calma después de la tormenta. Leonardo y yo nos encaminamos hacia casa. El amanecer no queda lejos. Su tenue luz ha empezado a aclarar ya el cielo por encima de nuestras cabezas. La noche, en cambio, sigue envolviendo la tierra.

Nos adentramos a paso lento en un escenario posbélico, las calles están invadidas por los residuos de la fiesta: montañas de basura, botellas, papeles y cuerpos vacilantes. El mundo ha dado un vuelco esta noche y ahora le cuesta ponerse de nuevo en pie. Nos volvemos a la vez, nos miramos y nos reencontramos. Ya no llevamos las máscaras, las hemos olvidado en el palacio. Sonrío. A la vida, a la noche que agoniza, a la locura que se va desvaneciendo, a todas las máscaras de las que me he despojado, al cuerpo femenino que he saboreado. Sonrío a Leonardo, agradecida. Sin él todo esto jamás habría sucedido.

16

A las nueve y media de la mañana la plaza Roma es una babel de gente, coches, autobuses y motos que van y vienen: la frontera entre la Venecia de los canales y la provincia de las calles asfaltadas. Estoy aquí porque Leonardo ha decidido llevarme a las colinas Trevigiani y tiene que pasar a recogerme con un coche de alquiler. No sé muy bien adónde vamos, lo único que sé es que debe ver a un productor de vino. «Es una cita de trabajo, pero me gustaría que me acompañases», me dijo una noche mientras estábamos en la cama. Obviamente, la idea me entusiasmó, pero traté por todos los medios de que no se me notase. Desde que nos conocemos nunca hemos salido de la ciudad ni hemos pasado un día juntos.

Llevo varios minutos en el aparcamiento sin dejar de mirar alrededor intentando adivinar por dónde aparecerá, pero la confusión es tal que no logro ver más allá de un radio de dos metros. De repente un rápido golpe de claxon hace que me vuelva. Ahí está. Es él, a bordo de un BMW X6 blanco y resplandeciente. Se arrima con los cuatro intermitentes encendidos. Sin apearse del coche se inclina para abrirme la puerta desde dentro y me invita a subir.

—¿Estás lista? —Me da un suave beso en la boca y se pone en marcha.

—Sí. —Me pongo el cinturón de seguridad y me reclino en el asiento de piel.

Leonardo se ajusta las Ray-Ban negras y pisa el acelerador al máximo mientras emboca el puente de la Libertad, que une Venecia con tierra firme. El sol pálido de febrero brilla en la Laguna y varias bandadas de gaviotas puntean el cielo de blanco.

Veo que el cuentakilómetros roza ya los cien.

—Mira que luego te llegará una multa… —En realidad se lo digo para inducirlo a ir más despacio: la velocidad siempre me ha angustiado un poco.

Leonardo se echa a reír y me acaricia un muslo para tranquilizarme. Después desliza los dedos por el salpicadero y enciende la radio.

—Pongamos un poco de música, así te relajarás. —Se muestra desenvuelto y seguro de sí mismo al volante. Como en todo lo demás.

Arranca *Starlight,* de los Muse. Permanecemos en silencio unos minutos escuchando la canción. Después, en el estribillo, Leonardo empieza a mover la cabeza siguiendo el ritmo y a canturrear tamborileando en el volante con los dedos como si fuese una batería.

—Entonas bien —comento, irónica.

Me espía con el rabillo del ojo.

—¿Te burlas de mí?

—Sí.

—Mira que te dejo en la primera área de descanso, te abandono como a un perrito… —me amenaza a la vez que enfila la autopista de Treviso y me revuelve el pelo.

—¿Adónde vamos exactamente? —pregunto mientras me peino de nuevo con las manos.

—A Valdobbiadene, a la tierra del Prosecco. Los Zanin son unos importantes proveedores del restaurante y tienen una bodega fabulosa. —Se aparta con un dedo un mechón que le tapaba los ojos.

Los Zanin. Recuerdo el apellido. Asistieron también a la inauguración, cuando Leonardo era poco más que una fantasía en mi mente. Desde entonces ha sucedido lo inverosímil y casi no puedo creer que ahora esté aquí, a su lado en un coche.

—¿Tienes que comprar algo para el restaurante? —pregunto contemplando el paisaje que corre tras la ventanilla.

—Sí. Queremos proponer a nuestros clientes algo especial, un Cartizze de calidad superior.

—Creía que de eso se ocupaban tus colaboradores —comento al recordar lo que dijo hace unos meses.

—Hoy me ocupo yo —responde con voz firme—. Tenía ganas de dar un paseo contigo fuera de la ciudad.

Hoy no hay pruebas que superar, no hay retos. Solo él y yo, y un día entero para estar juntos. Es una promesa de normalidad en una relación que es todo menos normal, una excepción a nuestra rutina, hecha de coitos y de encuentros fugaces, y eso me colma de alegría. Leonardo me está regalando la ilusión de ser una verdadera pareja.

Introduce una dirección en el navegador.

—Deberíamos llegar en un cuarto de hora.

Lo miro y me siento completamente perdida. No siento ninguna ansiedad ni deseo, ni ninguna expectativa. El momento me parece perfecto.

—Leo…

—Sí… —Vuelve la cara hacia mí, sorprendido. Es la primera vez que lo llamo así.

—Soy feliz. —Querría decirle mucho más, pero no tengo el valor suficiente.

Me mira un poco desconcertado, no se lo esperaba.

—Soy feliz de que tú lo seas —dice esbozando una leve sonrisa; sonríen también las pequeñas arrugas que se forman a ambos lados de sus espléndidos ojos oscuros. Luego se vuelve a concentrar en el volante. Basta, no debo añadir nada más, lo he comprendido.

La visita a los Zanin es agradable y nos ocupa toda la mañana. El propietario, un hombre de unos sesenta años, tan arreglado y elegante como un lord inglés, nos enseña la finca, con sus viñas y árboles frutales. A continuación, mientras nos explica los métodos de elaboración de las uvas, nos hace entrar en la bodega. Aprovechando que Leonardo y él conversan sobre los tartratos, la formación de la espuma, los fermentos y el perlaje —temas cuyo sentido solo intuyo vagamente—, paseo entre las hileras de toneles, que me recuerdan a unas enormes barrigas en fermentación. Al final, Zanin nos enseña orgulloso los muros de botellas en los que el Prosecco reposa antes de ser consumido y nos ofrece una degustación de vinos valiosos que acompaña con un poco de pan y fiambre local.

Más tarde, mientras entablo amistad con los perros de la casa, un póinter hembra y sus dos cachorros, Leonardo cierra el trato. Nos despedimos de Zanin y nos marchamos.

Subimos de nuevo al coche y volvemos a recorrer la magnífica carretera panorámica que atraviesa las colinas. A pesar de que estamos en febrero, la temperatura de primeras horas de la tarde es templada e invita a estar al aire libre.

—¿Te apetece dar un paseo? —me pregunta Leonardo. Esperaba que me lo pidiese.

Dejamos el coche en una pequeña explanada y seguimos a pie, embocando un sendero de piedras flanqueado por hileras de viñas. Vivir en Venecia te hace olvidar que hay una tierra firme, sólida, espaciosa, y que existen verdaderos caminos por los que es posible andar, además de los puentes sobre los canales. El perfil de la colina es suave, desciende gradualmente hacia el valle tropezando con una hilera de inmensos cipreses. Es un paseo encantador, que apacigua el corazón y relaja la mente. Lo recorremos en silencio, cogidos de la mano. Respiramos a pleno pulmón inhalando el olor a hierba y a tierra húmeda. De repente, sin embargo, algo gélido me roza la mejilla.

—Está lloviendo. —Alzo la mirada al cielo, que ha oscurecido en el horizonte—. Me ha caído una gota… —Leonardo levanta una mano con la palma hacia arriba—. Otra. —Me toco la cabeza para cerciorarme de que no estoy soñando—. ¿Cómo es posible que sea la única que lo siente?

—Ahora yo también lo he notado —dice él cerrando la mano para aprisionar una gota de agua.

En unos minutos el cielo se cubre por completo de nubes y empieza a llover a cántaros. Parece un adelanto de la primavera, es uno de los típicos aguaceros que te pillan desprevenido en el mes de marzo.

—¿Qué hacemos ahora? —pregunto desilusionada. Lamento que nuestro paseo haya acabado así. Lo lamento porque sé que es una ocasión inusual, puede que incluso única.

Leonardo me cubre la cabeza con su cazadora de piel.

—Estamos demasiado lejos del coche para volver a él. —Mira en derredor en busca de una solución—. Ven. Corramos hasta allí —me dice señalando un edificio a lo lejos, una casa roja aislada del resto del mundo, en medio del valle.

Cogidos de la mano corremos un centenar de metros bajo el chaparrón. El agua nos rodea, al punto que parece que nos estemos moviendo en un mundo líquido. Es un fastidio, pero he de admitir que esta tormenta inesperada tiene todo el sabor de una aventura.

Llegamos al pórtico exterior de la casa y nos guarecemos. Jadeo. Estoy empapada. La camisa de Leonardo se le adhiere al pecho, completamente mojada; su pelo y su barba, rojizos, gotean. Lo miro y casi me echo a reír, pero un frío imprevisto me azota la espalda, siento un escalofrío y me veo obligada a cruzar los brazos. Leonardo me abraza y me caldea con su cuerpo.

—Este sitio parece habitado —observa al percibir que hay luz en la casa—. ¿Llamamos?

—No sé..., ¿crees que podemos?

Entretanto, un señor anciano, alto y delgado, sale de una especie de henil y se acerca corriendo hacia nosotros cargado con un cesto abarrotado de achicoria roja. Debe de tratarse del dueño de la vivienda. Antes de que pueda alarmarse, Leonardo lo saluda con un ademán de la mano.

—Buenos días. Discúlpenos, pero hemos aprovechado el pórtico para refugiarnos...

—Pero ¿qué hacen ahí abajo? Entren, por favor —se apresura a decir el hombre con un tono que no admite objeción, de manera que, tras ponernos de acuerdo con la mirada, lo seguimos—. Entren al calor si no quieren pillar algo —nos invita, al tiempo que abre la puerta de la casa.

El interior es agradable y acogedor, decorado con muebles sencillos y prácticos, que parecen de otra época. Se respira un buen olor, a esencias aromáticas y a madera, típico de las casas de campo, y hay plantas ornamentales y flores frescas en varios rincones.

Nuestro anónimo anfitrión nos lleva hasta la cocina, donde una mujer de unos sesenta años trajina en los fogones.

—Adele, tenemos invitados —dice en voz alta el hombre mientras deja el cesto sobre la mesa. La mujer se vuelve y nos recibe con una mirada curiosa.

—Buenas tardes.

—Se han calado hasta los huesos y se han resguardado bajo el pórtico, los muy pobres —continúa él señalando nuestra ropa chorreante.

Adele nos acomoda delante de la gran chimenea, en la que arde un buen fuego.

—Vengan, siéntense aquí, al calor. —Su voz es delicada y tiene unas manos claras y rugosas. Unas manos que han trabajado toda una vida.

—Gracias —respondemos al unísono.

Me impresiona su amabilidad. Creo que yo no aceptaría a un caminante en mi casa con tanta facilidad. Pero, sobre todo, me cautiva la atmósfera serena y reconfortante que se respira aquí.

—Voy arriba a ver si encuentro algún vestido seco —dice Adele, y, a paso lento, se dirige a la escalera.

—No se preocupe, señora… —trato de detenerla—. ¡Han sido ya muy amables!

—Sí, Adele, ve —la incita el marido—, ¡no pueden seguir tan mojados!

La mujer desaparece en el piso de arriba y el hombre se sienta a nuestro lado, se calienta las manos delante del fuego y nos pregunta cómo nos llamamos.

—Yo me llamo Sebastiano —se presenta después—, pero todos me llaman Tane.

Le contamos de dónde venimos y cómo hemos ido a parar a su casa. Parece sinceramente contento de tenernos ahí, nos observa con los ojos sinceros de quien ha aprendido a escuchar a lo largo de la vida.

Al cabo de un rato, Adele regresa con dos perchas de las que cuelgan unas prendas limpias, sencillas y un tanto pasadas de moda.

—Tengan, eran de mis hijos. Es lo mejor que he podido encontrar —dice tendiéndolas—. Si quieren colgar las suyas cerca del fuego…, así se secarán más deprisa.

Hace apenas media hora que la conozco y ya siento deseos de abrazarla.

—Si necesitan ir al baño, está ahí detrás —explica señalando una puerta en el pasillo.

—Gracias, Adele, no tardaremos nada —responde Leonardo, y, cogiéndome de la mano, me saca de la habitación.

Nos cambiamos a toda prisa. Me pongo unos vaqueros que me quedan holgados y una vieja sudadera Benetton de rayas de colores; Leonardo, por su parte, se pone un suéter de lana y unos pantalones de pana. Me mira afectuosamente y me besa con ternura en la frente, quiere asegurarse de que estoy bien. Antes de salir nos paramos unos segundos delante del espejo, uno al lado del otro, y sonreímos al vernos en esta nueva versión.

Después volvemos a la cocina y colocamos nuestra ropa en dos sillas, delante de la chimenea. Adele nos ofrece un vaso de *vin brulé* y un trozo de tarta de manzana.

—¿Usted no come? —pregunta Leonardo a Sebastiano.

El anciano niega con la cabeza.

—Tengo diabetes. Esta tirana me mata de hambre. —Busca con la mano a su mujer, quien la aprisiona entre las suyas riéndose.

Hay una dulzura infinita en la manera en que se miran, un amor sólido, incondicional, que los dos parecen haber aceptado como un destino. Leonardo y yo nos sonreímos fugazmente. Puede que estemos pensando lo mismo, que Adele y Sebastiano son un espectáculo raro y que, cogidos de la mano, suscitan una inmensa ternura. Pero no sé si él siente envidia de ellos, si, al igual que yo, se pregunta qué nos reserva el futuro a nosotros.

—¿Cuánto tiempo llevan casados? —pregunto.

—Cincuenta y dos años —responden al unísono.

—Usted, en cambio, ¿cuándo piensa casarse con su novio? —me pregunta Adele a bocajarro—. Perdone, señora, pero he visto que no lleva la alianza en el dedo… ¡A ver si se le va a escapar! —me regaña bondadosa.

Cuando me dispongo a decirle que no, que va desencaminada, que nosotros no somos pareja, Sebastiano se adelanta:

—No te metas donde no te llaman, cariño, no los pongas en un aprieto… Se ve a la legua lo enamorados que están.

El corazón me da un vuelco. Es una simple frase dicha con suma ingenuidad, pero me produce el efecto devastador de una bomba. A ojos de este desconocido resulta evidente lo que nosotros siempre nos hemos negado a ver, y sus palabras hacen irremediablemente real lo que siempre hemos considerado imposible. No me atrevo a volverme hacia Leonardo, pero noto que se levanta de golpe y que se aleja de la chimenea, como si estuviese escapando. Se acerca a un mueble sobre el que hay varias fotografías y se pone a mirarlas de espaldas a nosotros.

—¿Son sus hijos? —pregunta cogiendo un marco y cambiando de tema con una desenvoltura que a mis ojos no logra simular del todo.

Adele se aproxima a él para explicárselas.

—Este es Marco, el mayor, trabaja en Alemania. Y esta es Francesca, vive en Padua con su marido.

—Los jóvenes ya no tienen nada que hacer en las colinas —comenta Sebastiano dirigiéndose a mí con tono de resignación. Aún me siento turbada y no se me ocurre nada que decir para animar la conversación.

Mientras tanto, Adele sigue hablando de sus hijos y enseñándonos fotografías.

—Mire, aquí eran pequeños, todavía iban a la escuela primaria…

Alzo los ojos en dirección a ella y me cruzo con los de Leonardo. Sujeta el marco en la mano, pero me está mirando a mí. Y en su mirada veo algo que nunca había apreciado hasta ahora, un deseo feroz, una necesidad desesperada, una ternura infinita. Amor. Por un brevísimo instante tengo esa certeza.

Pero es tan solo un instante y su mirada no tarda en huir para refugiarse en otro lugar. Después no estoy segura de nada, y mi corazón sabe a ciencia cierta que lo que tiene ya no le basta.

Son las cinco de la tarde y por fin ha dejado de llover. La ropa está seca y, a pesar de que nuestros anfitriones nos han invitado a quedarnos un poco más, decidimos marcharnos. Nos vestimos de nuevo y nos despedimos de ellos con afecto.

—Por favor, si pasan de nuevo por aquí vengan a vernos —dice Sebastiano mientras nos estrecha la mano.

—Quién sabe… —contesta Leonardo. Pero su mente está ya lejos.

Salir de la casa es como volver de otra época, fuera ha anochecido y el mundo es diferente a como lo dejamos. Las sombras y el frío lo envuelven todo, también a Leonardo. Tiene los ojos mortecinos y la inmovilidad de su cara me atemoriza. Me coge de la mano y caminamos hacia el coche sin pronunciar una sola palabra. Temo preguntarle en qué está pensando, no me atrevo a turbar la gravedad de su silencio.

Por unos segundos tengo la clara percepción de que está a punto de suceder algo terrible. Pero desecho esa idea sacudiendo ligeramente la cabeza.

Entramos de nuevo en el coche. Durante todo el trayecto Leonardo permanece distante, taciturno, como si estuviese rumiando algo. De vez en cuando me mira a los ojos e intenta tranquilizarme con una caricia, pero también su tacto es frío, lo siento en la piel. Pienso extrañada que este hombre necesita que lo salven de sí mismo.

—¿Se puede saber qué te pasa? ¿A qué viene esa cara tan larga? —suelto mientras caminamos hacia casa, después de haber devuelto el coche de alquiler.

Él exhala un hondo suspiro y se detiene de golpe, obligándome a hacer lo mismo. Estamos a dos pasos de mi casa, en el mismo punto en que nos paramos hace unos meses, después de que me hubiese llevado a hombros por culpa —¿o por mérito?— del agua alta.

—Esta es la última vez que nos vemos, Elena. —Me lo dice mirándome directamente a los ojos. Es una afirmación sencilla, que no admite réplica.

Siento que la sangre se me congela en las venas, y que a continuación se hace añicos.

—¿Por qué? No lo entiendo… —balbuceo, confusa.

—No tiene sentido posponer más este momento. Hace tiempo que me di cuenta, pero quise esperar como un estúpido, confiando en que… Hicimos un pacto y creo que ha concluido.

—¿Qué? —Estoy completamente desconcertada, un estertor amargo sale de mi pecho—. ¿Por qué hablas del pacto ahora?

—Porque lo que nos dijimos al principio sigue valiendo para mí. Te he guiado hasta aquí y ahora nuestro viaje ha terminado. —Es inflexible. No tengo la menor esperanza de hacerle cambiar de idea.

—Pero ¿por qué no puede seguir todo tal y como está? —insisto—. ¿No podemos seguir viéndonos como hemos hecho siempre?

Leonardo sacude la cabeza.

—Nos hemos dado ya todo lo que podíamos darnos, Elena, y ha sido precioso. Pero ha llegado el momento de romper, antes de que el placer se transforme en costumbre o necesidad. —A la vez que lo dice una arruga profunda le surca la frente. Parece estar luchando consigo mismo.

No puede ser verdad, no es posible que después de un día como este, el más bonito que hemos pasado juntos, Leonardo decida dejarme. Aunque quizá sea justo ese el motivo, puede que las emociones que ha experimentado hoy lo hayan asustado.

—¿Qué pasa? ¿Tienes miedo de que me enamore de ti? ¿O es al contrario? —le grito, rabiosa.

He perdido el control. Se lo he dicho para provocarlo, más que por convicción, pero espero haber metido el dedo en la llaga. Leonardo se queda aturdido, quizá no esperaba que demostrase tanto valor.

Se defiende con una sonrisa sarcástica.

—¿Cómo puedo tener miedo de una idea que ni siquiera he tomado en consideración? —Más que sus palabras es su repentina frialdad, su indiferencia, lo que me hiere—. Elena, entre nosotros ha habido sexo, complicidad e intrascendencia. No amor, eso nunca…

—Te envidio, ¿sabes? —lo interrumpo, cáustica—. Me gustaría tener también todas esas certezas, querría saber distinguir con claridad qué es el amor y qué no lo es, como tú.

Además me gustaría permanecer impasible y no llorar, pero debo de tener los ojos brillantes, porque Leonardo ya no puede mirarme a la cara.

—No compliques las cosas, te lo ruego. —Traga saliva y me atrae hacia él. Me estrecha entre sus brazos como si pudiese protegerme del dolor que él mismo me está infligiendo. El calor de su cuerpo es de una familiaridad atormentadora, no puedo soportar la idea de separarme de él—. Si siguiese contigo te haría aún más daño. Y, créeme, es la última cosa que deseo —me dice quedamente. Después se aparta un poco y me enjuga una lágrima que me resbala por la mejilla—. Al principio, cuando te conocí, estaba convencido de que eras un desafío para mí, un juego. Pensaba que eras simplemente una muchachita a la que podía escandalizar, provocar. En cambio, en ti he descubierto mucho más. Te he visto transformarte, brotar bajo mis ojos. Eres una mujer espléndida, Elena, eres libre y fuerte, no me necesitas.

—Pero yo te deseo todavía —digo, con la desgarradora certeza de haberlo perdido ya.

Leonardo cierra los ojos un instante. Una miríada de emociones le atraviesa el semblante. Cuando vuelve a abrirlos tiene la mirada ausente, perdida en el vacío.

—Perdóname, Elena, tengo que marcharme —dice casi de forma precipitada. Me da un beso en la frente y pronuncia la palabra que jamás habría deseado oír—: Adiós.

Se desase de nuestro abrazo llevándose una parte de mí. Permanezco allí, como amputada, con los brazos dolorosamente vacíos y los ojos anegados en lágrimas. Lo único que puedo ver a través de ellas es su espalda, que se aleja. Es lo primero que vi de Leonardo y lo último que me queda de él.

17

Hoy he llorado durante dos horas ininterrumpidas. Lágrimas plenas, dolorosas, que no he intentado combatir. Es otro día de tormento que se añade a los precedentes. Llevo cuatro días atrincherada en casa, con un nudo indisoluble que me oprime el pecho y me produce una sensación de náusea sofocante. No dejo de pensar en él. De vez en cuando me acuerdo de comer, pero solo consigo tragar unos cuantos bocados, lo necesario para no morir de hambre. Tengo el estómago cerrado, el cuerpo débil, la cabeza de plomo, el corazón enmarañado de rabia. Odio a Leonardo por haberme abandonado así. Me odio a mí misma por haber abrigado la ilusión de que lo nuestro podía acabar de otra forma. ¿Se puede ser más estúpida? No sirvió de nada que me repitiese una y otra vez que no debía enamorarme, al final caí en la trampa de los sentimientos. ¿Qué otra cosa podía esperar de mí? ¿Convertirme de verdad en otra persona, más fuerte, más autónoma y valiente? No he logrado ser la mujer emancipada que creía ser. Todo ha sido una espléndida ilusión. Y ahora estoy mal, el dolor me priva de las fuerzas y me carga el alma de tormento.

No contesto al teléfono. Gaia me ha buscado varias veces estos días, pero no le he respondido ni una sola vez. Ni siquiera contesto a mi madre, que debe de estar a punto de llamar a *¿Quién sabe dónde?* Quiero estar sola, regodearme en mi soledad y en mi tristeza. En ciertos momentos estoy tan apesadumbrada que me cuesta moverme, y hasta desplazarme de la cama al sofá me parece toda una empresa; en otros estoy tan enfadada que me gustaría romper todo lo que tengo al alcance de la mano. Hace poco hice añicos un paquete de galletas a base de puñetazos. Después lo tiré todo por la ventana. No pensaba que el abandono de Leonardo fuera a dejarme así y no oso pensar cuánto tiempo me llevará aún recuperarme.

Miro alrededor. En mi casa nunca ha reinado un caos semejante: el suelo está lleno de polvo y de migas, los platos por lavar, los vestidos tirados de cualquier manera, la cama sin hacer. La cama todavía conserva su aroma, el nuestro. Las sábanas mantienen un vago perfil de nuestros cuerpos. Quiero volver a ella para sentirme más cerca de Leonardo.

Me quito las zapatillas de lana y me meto bajo las sábanas. Llevo puesto el pijama de felpa con los ositos polares.

Y son las tres de la tarde. Me arrastro hasta tocar el fondo del colchón, engancho el borde con los pies y dejo que mis sentidos se nutran de él. Veo su cara, inhalo su olor, siento sus manos y su boca en mí. Es desgarrador. No puedo privarme de él, pero a la vez querría que todos los recuerdos se borrasen en un instante.

Fuera sopla un viento siroco espantoso. Chirría en los cristales de las ventanas y se filtra por los postigos silbando de forma inquietante. Una angustia violenta se apodera de mí. Rebrotan los antiguos miedos, los que tanto me costaba controlar, el miedo a no estar a la altura, a no ser suficiente, a no ser amada.

El miedo a quedarme sola.

Entre sus brazos todo era maravilloso. Era feliz, me reía mucho, mientras que ahora lo único que hago es llorar.

En un instante de irracionalidad me pasan por la mente unos pensamientos que la mayor parte de las personas no reconoce tener, como meterme en la boca una docena de pastillas y tragármelas con un poco de vodka, o tirarme desde el duodécimo piso de un edificio. Aunque, pensándolo bien, ¿en Venecia hay edificios tan altos? Creo que no…

Qué estúpida soy, menos mal que en medio de todo este sufrimiento aún queda espacio para una sonrisa.

¿Sería tan inoportuno mandarle un mensaje para decirle que lo echo de menos y pedirle que vuelva?

Sí, no es conveniente, lo sé. Pero en el fondo ya no tengo nada que perder… Cojo el iPhone de la mesita de noche y empiezo a componer su nombre en el teclado con los dedos temblorosos y el corazón en un puño. De pronto, antes de que haya podido escribir la primera línea del SMS, el teléfono se bloquea y la pantalla se oscurece. Por unos segundos soy víctima del pánico, lo apago y lo vuelvo a encender temerosa de haber perdido todos los datos; solo me calmo cuando veo reaparecer poco a poco los iconos.

Es una señal, estoy segura. El universo me está mandando un mensaje y, sin demasiada originalidad por su parte, lo hace a través del iPhone: ¡no debo llamar a Leonardo, debo olvidarlo! Es un cabrón, un egocéntrico, un egoísta, un cobarde. Métetelo bien en la cabeza, Elena. ¿Quieres causarte más daño? No, no quiero.

Haciendo gala de un enorme valor, borro su número de la agenda. Me siento hecha un asco, pero es la única manera de no caer de nuevo en la tentación. De ahora en adelante Leonardo está definitivamente fuera de mi existencia. He tocado fondo, pero soy una de esas mujeres que deben sufrir antes de espabilarse y comprender. Para eso sirve todo este dolor, para que entienda que ha sido un error, un daño, un peligro que no debería haber corrido, un salto en el vacío que al final me ha hecho estrellarme.

Ha llegado el momento de poner punto final a esta historia.

Pienso en todas las personas que en este instante estarán sufriendo por amor en Venecia y en todo el mundo y me siento menos sola. Me repito que me las arreglaré, que no será tan difícil como parece. Ya no lloro, me concentro en la respiración, como he aprendido a hacer en las clases de pilates. Inspiro, expiro. Lentamente.

¿Qué haré ahora?

Al mismo tiempo que formulo una cantidad insoportable de pensamientos inconexos, oigo que suena el timbre. Es Gaia, solo puede ser ella, la reconozco por la forma machacona de llamar. No tengo la menor intención de levantarme de la cama para ir a abrirle. No quiero que me vea en este estado, no aguantaría sus preguntas.

Permanezco inmóvil, en silencio. El timbre ha dejado de sonar. Quizá Gaia haya pensado que no hay nadie en casa y se haya resignado. Solo que no es el tipo de mujer que se rinde, de manera que al cabo de unos segundos vuelve a llamar con mayor insistencia. Luego se produce un nuevo silencio.

—¡Elena! —Oigo su voz retumbando en mi cabeza como si fuese una habitación vacía—. ¡Elena, abre, me preocupas! —Me arrastro por inercia hasta la entrada, pero permanezco callada—. ¡Sé que estás ahí! ¡Si no me abres llamaré a los bomberos para que tiren abajo esta maldita puerta! —grita aporreándola como si de verdad quisiese echarla al suelo.

Al final abro y le dejo entrar.

Cuando me ve se queda boquiabierta.

—¿Se puede saber qué te pasa? —pregunta. Sin aguardar mi respuesta me estruja en un abrazo y me da un beso en la mejilla.

El calor de ese abrazo me abre el corazón. Me deshago entre sus brazos y me abandono. ¿Cómo he podido pensar que podía pasar sin ella? Gaia es la única persona a la que puedo confiar lo que queda de mí.

Así que le cuento todo. Con valor y sinceridad, sin pudor. La amarga verdad sobre Leonardo sale entre mis labios, gota a gota la vierto sobre ella. El primer abrazo en el palacio, el pacto diabólico, las pruebas, el sexo, mi resistencia, mi perdición. Ella me escucha en silencio, sentada delante de mí en el sofá, negando en varias ocasiones con la cabeza, con sus enormes ojos clavados en los míos.

Al final de mi relato Gaia está asombrada y conmovida, una lágrima parece estar a punto de resbalarle por la mejilla. He conseguido dejarla sin palabras, algo inaudito en ella. Pese a que no dice nada, me estrecha en un abrazo que quiere decirlo todo y yo me sumerjo en una piscina caldeada donde se hace pie y nunca te hundes. Siento la consistencia del verdadero afecto. En los escasos segundos en los que me estrecha entre sus brazos y pega su mejilla a la mía, Gaia me infunde una quietud que casi me cuesta aceptar. Ahora sí que no estoy sola.

—¿Por qué no me lo dijiste antes? —pregunta incrédula apartándose un mechón de pelo de la frente.

—Porque tenía miedo de que me juzgases mal.

—¡¿Yo?! —exclama—. Ele, ¿cómo podría juzgarte mal?

Bajo la mirada unos segundos y la vuelvo a alzar.

—Me daba vergüenza.

Ahora, en realidad, me avergüenzo de haberle mentido, pero sus ojos verdes están llenos de perdón.

—Eh… —susurra—. Sabes que siempre estaré a tu lado, suceda lo que suceda.

—Lo sé… —Es fantástico oírlo.

—¿Y ahora? ¿Qué quieres hacer con Leonardo? —pregunta con una discreción que jamás he visto en ella.

—Olvidarlo, enterrarlo. Sufro muchísimo, pero también siento mucha rabia. —Gaia me coge las manos y su gesto me anima a hablar—. El problema es que aún estoy más enfadada conmigo misma. ¡Fui yo la que se enamoró como una estúpida! —me enfervorizo—. Él me lo advirtió varias veces. Pensaba que podría controlar el juego y en cambio…

Gaia cabecea.

—Si me lo hubieses dicho antes quizá habría podido ayudarte. Te guardaste todo dentro… ¡y yo no me di cuenta de nada! —Se reprocha a sí misma mi amiga, a la que he ocultado todo deliberadamente.

—La culpa es mía… Cometí todos los errores que podía cometer, Leonardo me hizo mentir a las personas a las que más quiero. Es tremendo, lo sé. Lo siento.

—¡No! No vuelvas a pronunciar la palabra «culpa» —dice en un tono casi airado—. Tú no tienes ninguna culpa. Ha acabado mal, pero los remordimientos no sirven ahora para nada.

—Dios mío, Gaia… —Hundo la barbilla en el pecho, desesperada. Cierro por un instante los ojos y cuando los vuelvo a abrir dejo caer nuevas lágrimas.

—Eh, basta ya de llorar. Tú no te equivocaste, lo único que hiciste fue obedecer a tu corazón. —Gaia se acerca a mí y me estira las mejillas hasta dibujar en ellas una sonrisa—. Dime que, al menos, te divertiste un poco… —me provoca en tono de complicidad.

Mientras me enjugo las lágrimas se me escapa una sonrisa sincera.

—Pero ¿y tú cómo estás? —le pregunto emergiendo de nuevo del túnel de mis pensamientos—. Solo hemos hablado de mí...

Gaia exhala un largo suspiro.

—Hay novedades. Ese es otro de los motivos por los que te llamé.

—¿Buenas o malas?

—Ni siquiera yo lo sé. —Se encoge de hombros.

—¿Qué quieres decir?

—He roto con Jacopo. —Su semblante se ensombrece al instante.

—¡No! —Lo siento de verdad. Me gustaba su relación—. ¿Qué ha ocurrido?

—Me pidió que me fuera a vivir con él —explica con voz inexpresiva—. Al tener que enfrentarme a un compromiso tan grande comprendí que no podía mentir, ni a él ni a mí. —Ella, que por lo general es tan frívola e impulsiva, parece estar cobrando ahora conciencia de manera equilibrada.

—¿Belotti tiene algo que ver? —le pregunto, convencida de que es así.

—He intentado olvidarme de él, Ele, pero no lo he conseguido. —Sus ojos resplandecen mientras lo dice—. Jacopo ha sido perfecto conmigo, me ha colmado de atenciones y de regalos, pero no ha sido suficiente. Sigo pensando en ese cabrón.

—Pero ¿os habéis visto?

—Solo hemos hablado por teléfono —contesta, casi resignada—. Está entrenando mucho. Este es un año muy importante para él, debe recuperarse de las caídas que sufrió los pasados meses.

—¿Entonces?

—Entonces da igual. —La tristeza le surca la cara—. A pesar de que está lejos, de que, con toda probabilidad, solo lo veré cuando termine la temporada…, lo esperaré, ¿qué otra cosa puedo hacer? —Asiento con la cabeza para brindarle todo mi apoyo y comprensión—. Quizá sea una gilipollez de la que me arrepienta amargamente —suspira Gaia—. Jacopo se ha quedado hecho polvo. Está realmente enamorado, ¿sabes?

—Lo sé. Yo era una de sus fans. No sabes cuánto me apetecía tener una amiga condesa… —digo para quitar hierro a la situación. Una sonrisa asoma a sus labios, pero ella hace todo lo posible para que vuelva al lugar de donde ha venido.

—En cambio tienes tan solo una amiga imbécil.

—Bueno, al menos ahora somos dos.

Después de que Gaia se haya marchado, el amasijo de pensamientos en el que estaba inmersa se va deshaciendo poco a poco, como si la piedra que me pesaba en el estómago hubiese salido rodando de improviso de mi cuerpo dejándome una sensación de liberación y ligereza. Hablar con ella me ha aliviado, contarle la verdad me ha ayudado a ver las cosas desde otra perspectiva, con una mayor distancia.

He sido feliz, ya no lo soy, pero puedo volver a serlo. Debo relativizar mi dolor, considerar a Leonardo un episodio de mi vida, sumamente hermoso, pero irrepetible. El futuro me espera, lo único que necesito es comprender en qué dirección debo ir. Podría sumergirme en el trabajo, por ejemplo, decidirme y aceptar el empleo de Padua, siempre y cuando no esté ya fuera de plazo. Quiero ser una mujer fuerte, racional, tengo casi treinta años y quiero dirigir mi vida, concentrarme en las cosas que me interesan, encontrar mi lugar en el mundo. La Elena que gozaba entre los brazos de Leonardo, que esperaba confiada cada uno de sus gestos, de sus palabras, que estaba dispuesta a hacer todo lo que le pidiese ya no existe. Esa mujer no era yo. Era la mujer que él deseaba. Ahora debo volver a ser yo misma, sin Leonardo, una Elena que solo pertenece a Elena.

Suspiro. Es más fácil decirlo que hacerlo. Debo empezar por las pequeñas cosas: voy a mi cuarto a hacer la cama. Pongo sábanas limpias y meto las sucias en el tambor de la lavadora para liberarme de su aroma y de su imagen. A continuación abro las ventanas y dejo salir el aire viciado de la habitación. Hace falta una ráfaga de viento que borre todos los recuerdos. Mientras llevo a cabo estas cosas un pensamiento cruza por mi mente. ¿Es posible que las emociones que experimenté con Leonardo no fueran amor? ¿Respondían más bien a la fascinación que ejerce lo prohibido, al gusto que produce violar las reglas? La idea me inquieta. Mucho. Pero ¿y si fuese así?

Basta, me niego a pensar en ello.

Aunque puede que si redujese nuestra relación al simple deseo oculto de transgresión me resultara más fácil dar una dimensión más adecuada a todo…

Voy al salón y cojo de la librería un bonito volumen ilustrado sobre Miguel Ángel y la Capilla Sixtina. Por lo general, contemplar las obras de arte de los grandes maestros me ayuda a relajarme. Me tumbo en el sofá con la cabeza apoyada en un cojín y empiezo a hojear el libro deteniéndome en ciertos detalles que llaman mi atención.

Cuando estoy casi a la mitad del libro un folio resbala de sus páginas y cae sobre mi pecho. Lo miro: es el retrato que Filippo me hizo la noche antes de marcharse. Lo metí entre estas páginas para que no se estropease, casi me había olvidado, y ahora, al encontrarlo de nuevo, el corazón me da un vuelco.

«Qué guapa eres… Dormías tan a gusto esta noche…».

De repente siento una inmensa nostalgia de él. Fil, ¿por qué no comprendí enseguida que era tu amor el que debía aceptar? Tú eras el que me hacía sentirme realmente protegida, el que me aceptaba tal y como era, con todos mis límites y defectos, sin pretender que cambiase. Y yo no hice nada para proteger ese sentimiento puro y sincero que nos unía, no supe cuidarlo, lo maltraté persiguiendo estúpidas ilusiones. Solo ahora me doy cuenta de lo que he perdido.

Una lágrima cae lentamente de mis ojos, luego otra y otra más. Me abandono a un llanto liberador, que no es de rabia ni de dolor, es el llanto que se reserva a las personas realmente importantes, a las que estamos vinculadas por algo que va más allá del corazón, el cuerpo y la mente. Estas lágrimas borran todas las emociones que he experimentado en los últimos meses, y cuando se acaban me dejan extenuada. Pero ahora hay en mí una nueva determinación, una nueva fuerza. Estoy preparada para renacer y lo primero que tengo que hacer es pedir perdón al que ha sido víctima de mis errores.

18

Observo el paisaje a través de la ventanilla con la cabeza apoyada en el asiento y las manos abandonadas en las rodillas. Las colinas toscanas siempre me han transmitido una profunda sensación de paz: vistas desde un tren en marcha casi parece que se mueven, que sus perfiles de tierra roja me persiguen. Permanezco inmóvil, acallo mis pensamientos y me concentro en lo que sucede a mi alrededor. Ruido de raíles, voces que se superponen, timbres de móviles, puertas que se abren y se cierran. Túneles, oscuridad, sol, de nuevo oscuridad, de nuevo sol.

Vuelvo a comenzar a partir de aquí, de este tren que corre en dirección a Roma. En menos de dos horas estaré en la capital, en casa de Filippo. Es un acto arriesgado, una empresa que no es propia de mí, pero lo he pensado mucho y al final he comprendido que es lo mejor, lo que conviene hacer; no llevo nada conmigo, únicamente el deseo de pedir perdón sin pretensión de obtenerlo. Puede que Filippo no se alegre de verme, puede que nunca podamos superar el escollo de nuestra última pelea y volver al punto en el que estábamos antes. Pero, al menos, quiero hablar con él, decirle que he comprendido que me equivoqué. Habría podido escribirle o llamarle por teléfono, pero pienso que este viaje será, cuando menos, un breve trayecto de expiación. He reservado una habitación en un pequeño hotel, cerca de San Giovanni. Mal que bien, serán unas cortas vacaciones.

Llego a Termini a las tres de la tarde. Me recibe un sol cálido que me inunda la cara de luz. Me quito de inmediato la cazadora. El aire de Roma es tibio, calienta el corazón con sus novedades. Arrastrando mi pequeña maleta salgo de la estación y me subo al primer taxi libre.

—Avenida de la Música —digo amablemente al taxista.

Quiero ir a las obras. La última vez que hablamos Filippo me dio la dirección. Tengo la impresión de que ha pasado un siglo desde esa llamada y no estoy nada segura de que vaya a encontrarlo. Aun así quiero intentarlo, es la única referencia que me dio durante nuestras videollamadas.

El taxi atraviesa la ciudad abarrotada de tráfico y ruido y, por fin, el Eur se erige ante nosotros con su severa majestuosidad.

Me apeo del vehículo y recorro varios metros a pie sin saber muy bien hacia dónde ir. A lo lejos veo un inmenso edificio de cristal y cemento rodeado de grúas y andamios, de manera que me encamino en esa dirección. Cuando estoy justo debajo alzo la mirada. El edificio todavía no está acabado y a saber cuánto tardará aún en estarlo, pero ya se percibe la armonía y la sofisticada belleza que apunta directamente al futuro.

Con paso vacilante entro en las obras, sujetando el iPhone con una mano y arrastrando la maleta con la otra. Miro alrededor un poco temerosa, varios obreros me observan intrigados, pero ninguno me detiene. Me anima una única e inmensa esperanza. Encontrarlo.

Ahí está, lo reconozco desde lejos, se halla de espaldas y lleva en la cabeza el casco de protección. Estoy segura de que es él. Solo Filippo tiene esa manera cómica de gesticular. Está hablando con varios obreros, apunta con el índice a un lado del edificio, parece seguro de sus movimientos y de sus palabras. Mi corazón late acelerado, ardiente. Pero no debo tener miedo: ahora sé que hay final y principio de un viaje. Hay vida, amor, un único instante, y la maravillosa certeza de no saber.

Cuando los obreros se marchan lo llamo al móvil. Filippo rebusca en el bolsillo del Burberry tratando de localizar su iPhone. Lo veo titubear unos segundos. Cabecea, arquea las cejas y esboza una extraña mueca. ¿Estará sorprendido? Ahora sí que tengo un poco de miedo. Da la sensación de que no quiere contestar la llamada, de que ha puesto punto final a nuestra relación.

Por un instante ruego que me responda y justo entonces su voz se filtra en mi oreja como un viento tibio.

—¿Dígame?

—Date media vuelta —me limito a decirle.

Cuando lo hace nuestras miradas se encuentran. Abre sorprendido los ojos y se queda en su sitio, paralizado; a continuación se quita el casco, lo deja en un montón de cemento y se acerca a mí lentamente. Tengo un nudo en la garganta, las rodillas me flaquean, pero aun así me preparo para afrontarlo.

Se para a medio metro de mí, su mirada es dura, impenetrable.

—¿Qué haces aquí?

—He venido a pedirte perdón —le digo de golpe—. Me equivoqué, Fil, solo quería decírtelo.

—Estás loca… —No me cree.

—Sí, pero aún lo estaba más cuando te dije esas cosas y luego dejé que te marchases. Sé que no tiene remedio, lo he estropeado todo, pero lo mínimo que podía hacer era disculparme. Te lo digo de corazón, con un corazón que, en parte, es tuyo…

Mientras hablo sin respirar, su mirada se va dulcificando y sus labios se doblan cuando esboza su espléndida sonrisa.

—Ven aquí, Bibi —dice de pronto tirando de mí.

¡Dios mío, cuánto he echado de menos este abrazo y este calor, tan buenos! Me relajo por fin pegada a su cuerpo, mientras me siento a salvo por primera vez después de mucho tiempo. Ahora el pasado me parece tan solo una ilusión que debo olvidar, y el futuro una caja llena de promesas.

Lo miro. Me mira. Apoya su mejilla en la mía. Oigo su corazón latiendo veloz junto al mío. Siento sus manos. Siento que sus labios se acercan poco a poco a mi boca. Filipo aún me quiere, y yo también lo quiero.

Lo demás no cuenta.

Gracias

A Celestina, mi madre.

A Carlo, mi padre.

A Manuel, mi hermano.

A Caterina, Michele, Stefano, faros de día y de noche.

A Silvia, guía preciosa.

A toda la editorial Rizzoli, del primer al último piso.

A Laura y Al, presencias importantes.

A todos mis amigos, incondicionalmente.

A Diana y Annamaria, tías en el corazón y en el alma.

A Filippo P. y al tren de regreso.

A las dieciséis horas y diez minutos del catorce de septiembre de dos mil doce.

A Venecia.

Al destino.

ELLA NUNCA HA QUERIDO DE VERDAD.
ÉL SOLO HA CONOCIDO EL LADO OSCURO DEL AMOR.
EL SUYO SERÁ UN VIAJE TURBADOR A LA BÚSQUEDA DEL PLACER.

La historia de Elena y Leonardo continúa con

YO TE SIENTO
Irene Cao
Volumen II

Tras acabar su relación con Leonardo, Elena se muda a Roma para estar con Filippo e iniciar un nuevo capítulo de su vida. Trabaja en una importante obra de restauración en la iglesia de San Luigi dei Francesi y parece haber recuperado la serenidad. Pero el destino hace que se encuentre de nuevo con el hombre que ha sacudido para siempre su mundo. Leonardo aún la quiere como antes, más aún. El suyo, sin embargo, es un amor imposible sobre el que se cierne un secreto inconfesable que los obligará a separarse de nuevo...

ELLA NUNCA HA QUERIDO DE VERDAD.
ÉL SOLO HA CONOCIDO EL LADO OSCURO DEL AMOR.
EL SUYO SERÁ UN VIAJE TURBADOR A LA BÚSQUEDA DEL PLACER.

El capítulo conclusivo de la trilogía

YO TE QUIERO
Irene Cao
Volumen III

Elena lo ha perdido todo. Su vida es ahora un descenso a los infiernos que culmina cuando, una noche, sale borracha de un local y un coche la atropella. Cuando se despierta en el hospital, Leonardo está a su lado. Ha decidido curar su dolor con la pasión. Pero el pasado es un demonio que Leonardo aún no ha podido vencer…

Irene Cao nació en Pordenone en 1979 y vive en un pequeño pueblo de la región italiana de Friuli. Es licenciada en Clásicas y posee un doctorado en Arqueología. Ha sido columnista en publicaciones femeninas semanales y ha trabajado en el sector de la publicidad. Entre otras cosas, ha trabajado de actriz, ha doblado películas y ha actuado como bailarina.

Yo te miro es la primera entrega de una trilogía que también componen los títulos *Yo te siento* y *Yo te quiero*, un viaje en busca del placer por Venecia, Roma y Sicilia, respectivamente.

Publicada en Italia, *Yo te miro* se convirtió de inmediato en un éxito absoluto de ventas y de crítica, alcanzando en su primera semana los primeros puestos de la lista de más vendidos y recibiendo elogios de los medios más respetados del país. La trilogía será publicada en todo el mundo.

Suma de Letras es un sello editorial del Grupo Santillana

www.sumadeletras.com

Argentina
Avda. Leandro N. Alem, 720
C 1001 AAP Buenos Aires
Tel. (54 114) 119 50 00
Fax (54 114) 912 74 40

Bolivia
Calacoto, calle 13, 8078
La Paz
Tel. (591 2) 279 22 78
Fax (591 2) 277 10 56

Chile
Dr. Aníbal Ariztía, 1444
Providencia
Santiago de Chile
Tel. (56 2) 384 30 00
Fax (56 2) 384 30 60

Colombia
Carrera 11 A, n.º 98-50. Oficina 501
Bogotá. Colombia
Tel. (57 1) 705 77 77
Fax (57 1) 236 93 82

Costa Rica
La Uruca
Del Edificio de Aviación Civil 200 m al Oeste
San José de Costa Rica
Tel. (506) 22 20 42 42 y 25 20 05 05
Fax (506) 22 20 13 20

Ecuador
Avda. Eloy Alfaro, 33-3470 y Avda. 6 de
Diciembre
Quito
Tel. (593 2) 244 66 56 y 244 21 54
Fax (593 2) 244 87 91

El Salvador
Siemens, 51
Zona Industrial Santa Elena
Antiguo Cuscatlan – La Libertad
Tel. (503) 2 505 89 y 2 289 89 20
Fax (503) 2 278 60 66

España
Avenida de los Artesanos, 6
28760 Tres Cantos (Madrid)
Tel. (34 91) 744 90 60
Fax (34 91) 744 92 24

Estados Unidos
2023 N.W 84th Avenue
Doral, FL 33122
Tel. (1 305) 591 95 22 y 591 22 32
Fax (1 305) 591 74 73

Guatemala
26 Avda. 2-20
Zona 14
Guatemala C.A.
Tel. (502) 24 29 43 00
Fax (502) 24 29 43 03

Honduras
Colonia Tepeyac Contigua a Banco Cuscatlan
Boulevard Juan Pablo, frente al Templo
Adventista 7º Día, Casa 1626
Tegucigalpa
Tel. (504) 239 98 84

México
Avda. Río Mixcoac, 274
Colonia Acacias
03240 Benito Juárez
México D.F.
Tel. (52 5) 554 20 75 30
Fax (52 5) 556 01 10 67

Panamá
Vía Transísmica, Urb. Industrial Orillac,
Calle Segunda, local 9
Ciudad de Panamá
Tel. (507) 261 29 95

Paraguay
Avda. Venezuela, 276,
entre Mariscal López y España
Asunción
Tel./fax (595 21) 213 294 y 214 983

Perú
Avda. Primavera, 2160
Surco
Lima 33
Tel. (51 1) 313 40 00
Fax. (51 1) 313 40 01

Puerto Rico
Avda. Roosevelt, 1506
Guaynabo 00968
Puerto Rico
Tel. (1 787) 781 98 00
Fax (1 787) 782 61 49

República Dominicana
Juan Sánchez Ramírez, 9
Gazcue
Santo Domingo R.D.
Tel. (1809) 682 13 82 y 221 08 70
Fax (1809) 689 10 22

Uruguay
Juan Manuel Blanes, 1132
11200 Montevideo
Tel. (598 2) 402 73 42 y 402 72 71
Fax (598 2) 401 51 86

Venezuela
Avda. Rómulo Gallegos
Edificio Zulia, 1º – Sector Monte Cristo
Boleita Norte
Caracas
Tel. (58 212) 235 30 33
Fax (58 212) 239 10 51